KB252959

김소월 백석 시의 민속성

■■■ **저자 약력**

조연향 曺蓮香

　1954년 경북 영천에서 출생하여 대구에서 성장했으며, 1994년 『경남신문』 신춘문예, 2000년 『시와 시학』으로 작품 활동을 시작하였다. 경희대학교 대학원에서 현대문학을 전공해 박사 학위를 취득하였다.

　시집으로 『제1초소 새들 날아가다』 『오목눈숲새 이야기』 등이 있다. 현재 육군사관학교, 경원대학교, 경희대학교에 출강 중이다.

푸른사상 현대문학연구총서 **24**

김소월 백석 시의 민속성

인쇄 · 2013년 1월 31일 | 발행 · 2013년 2월 5일

지은이 · 조연향
펴낸이 · 한봉숙
펴낸곳 · 푸른사상
주간 · 맹문재 | 편집 · 김재호 | 교정 · 김소영, 강하나

등록 · 1999년 7월 8일 제2-2876호
주소 · 서울시 중구 초동 42번지 아시아미디어타워 502호
대표전화 · 02) 2268-8706(7) | 팩시밀리 · 02) 2268-8708
이메일 · prun21c@hanmail.net / prun21c@yahoo.co.kr
홈페이지 · http://www.prun21c.com

ⓒ 조연향, 2013

ISBN 978-89-5640-975-7　93810
값 22,000원

푸른사상 현대문학연구총서 24

김소월 백석 시의 민속성

조연향

Ethnic Sense

대부분의 한국인에게 그렇듯 나에게도 소월과 백석은 무척 (뼈가 저리게) 친숙한 시인이었다. 그리고 누구에게나 그러하듯이 이 위대한 '친숙함'은 시공간을 초월한 정서적 유대감을 바탕으로 하고 있다. 소월과 백석의 시를 읽고 있노라면 아주 자연스럽게, 마치 응당 그래야 하는 것처럼, 내 마음은 어릴 적 내가 살아온 풍경과 그 소박한 마을에 가닿고, 그곳을 처절하게 '살아낸' 일가와 친지들의 얼굴이 하나둘씩 떠오른다. 잃어버린 것을 찾아 헤매다 그 흔적과 드디어 마주하게 되었을 때 느껴질 것만 같은 슬픔과 아픔, 혹은 안도와 평안이 그들의 시로 인해 새록새록 떠오르는 것이다.

물론 두 시인이 태어나서 자란 저 북쪽 정주지방과 내가 태어난 남쪽 끝의 산골마을 사이에는 물리적인 거리와 시간적 차이가 존재한다. 하지만 그들의 시 속에 나타난 풍경은 언제나 내게는 낯익은 그것이었다. 어째서일까? 그건 무엇일까? 50여 년 세월의 차이와 500킬로미터 공간의 차이를 뛰어넘어 지금－여기의 나의 마음을, 더 나아가서 우리의 마음을 건드리는 그것은 무엇일까? 물론 그것이 '시'가 가지고 있는 가장 강력한 효능이라는 것을 알고 있다. 하지만 소월과 백석의 시에서 느낀 감정은 너무나 구체적인 것이어서 그것의 실체가 늘 궁금했다. 그들 시의 감정적 전이를 그토록 강력해지도록 만든 것이 무엇일까? 의문이 풀린 것은 좀 의외의 계기를 통해서였다. 대학원에서 '민속학'이라는 학문을 접하게 되면서 지금－여기에 있는 나를 두 시인의 시세계까지 이르게 하는 그 원천이 무엇인지 비로소 실마리를 찾게 되었던 것이다.

민속학은 선대의 역사적 증거인 유무형의 전승물을 토대로 '민속'의 실체를 구성해내는 학문이다. 나는 전통재를 통해 민속성이라는 일종의 '가치체계'를 재구성해내고, 거꾸로 민속성을 통해 또다시 전통재의 의미를 확장시키고 되살려내는 민속학의 무한한 매력에 빠져 들었다. 특히 소월과 백석의 시를 민속성이라는 렌즈로 들여다보며 더 선명해지는 어떤 연결점을 확인할 수 있었다는 것이 무척 기뻤다. 그러니까, 민속성이라는 방법론을 통해 소월과 백석의 시가 현재에도 생생하게 살아있을 수 있는 이유를, 내가 그들의 시를 읽으면서 느꼈던 구체적 낯익음을 설명할 수 있을 것 같다는 생각이 들었던 것이다.

지난 100년 동안 우리의 문학은 실로 많은 변화와 질곡을 겪어냈다. 100년 동안의 거대한 물결에 비한다면 나는 그저 변방의, 그것도 그 변방 한 구석 끄트머리를 아주 좁게 차지하고 있는 무의미한 존재인지도 모른다.

이런 내가 시를 공부하겠다고 덤벼든 것이 실로 무모하기 그지없다는 걸 잘 안다. 그런 자책과 부끄러움 속에서도, 나는 이런 생각을 했다. "시 한 편을 쓰다 말더라도, 시의 근간을 이르는 그 감정의 원형질을 찾아내보고 싶다. 우리를 동의하게 만드는 그 정서의 공통성을 알고 싶다."

소월과 백석이 당시 민간의 삶과 풍속을 놓치지 않고 그 현상을 포착하였듯이 시인이라면 당대적 삶의 현상에 주목해야 한다는 것은 상식이다. 다만 그들의 시를 접할 때마다 내가 만나는 것은, 내 속의 과거를 환기시키는 상상력과 관련된 것이었다. 말하자면 이들의 시를 파고들어가는 과정에서 호출되는 것은 당대 삶의 모습뿐만 아니라, 하나의 동일한 정서 속에 면면히 이어져 내려온 개별적 존재의 모습까지 확인하게 하는 일종의 자양분이었던 셈이다.

내가 어릴 적, 동이 틀 무렵 어머니는 목이 아픈 나를 감나무 아래 작은 바위에 올려놓고 두 귀를 아프게 잡아당기며 "일월신 일월신 우리 아가 목젖 거두어 주소 목젖 거두어 주소" 하며 나의 병마를 내쫓아 주시곤 했다. 정월 대보름이면 문 종이에다 가족의 이름과 생일을 붓으로 쓰시고 하늘로 불쏘지를 불어 올리며 일 년의 무사안일을 빌었으며, 식구 중에 누구라도 몸이 아프기라도 하면 어머니는 마당에 칼을 꽂고 바가지를 엎어놓기도 하셨다. 그뿐인가, 일 년 지은 농사의 곡식을 모신 신주단지는 대청마루 한 귀퉁이를 늘 지키고 있었다. 하지만 우리 가족이 도시로 나오면서 신주단지는 없어졌고 어머니가 피워 올리던 불쏘지의 불춤은 더 이상 볼 수 없게 되어버렸다. 먹고 살기 위해 혼이라든가 전통이라든가 다 잊어버리고 오로지 눈에 보이는 것만 쫓으며 살았다. 그때는 그게 우리가 살아내야 하는 단 한 가지의 방식이라고 믿었으니까. 많은 시간이 지나고 지금에 와서, 나는 가끔 우리가 그토록 손쉽게 포기해버린 바로 그 삶의 방식이 사실은 어쩌면 우리가 고수했어야 하는 단 하나의 방식이 아니었을까 하는 생각을 한다. 자연의 힘과 우주의 혼을 불어넣은 삶, 우주 속에서 생명의 참모습을 지키고 살아가는 삶이 관련된 것들 말이다. 하지만 분명한 것은 내가 소월의 시에서 질서의 세계를 떠나지 못하는 불귀를 보았고, 백석의 시에서 어머니, 할머니, 고모 그리고 집 떠난 아버지, 우리의 혈육이 순수기억 저편에서 생생하게 살아난, 이제는 사라져버린 삶의 방식을 보았던 것은 이제 그러한 삶의 방식들을 다시 찾을 수 없으리라는, 또한 불가능하리라는 절망에서 비롯되는 것이리라는 점이다. 그리고 이러한 절망은 나만의 것이 아니라 현대를 살아가는 많은 이들과 함께 가지고 있는 것이라고 생각한다. 소월과 백석의 시를 '전통재'라는 관점에서 바라보고, 그것의 의의를 되짚어 가는 과정이 이 많은 절망을 조금이나마 희석시킬 수 있지 않을까 라는 주제넘은 소망을 가져본다.

물론 짧은 학식과 부족한 눈으로 두 시인이 남긴 문학의 성과를 민속성이라는 틀로 해석하기는 역부족이었다. 다만 현대문학사의 큰 봉우리인 두 시인 곁에서 민속의 숨결을 맡아보았다는 것을 무한한 행복으로 여긴다. 또한 현대문학사의 많은 담론 가운데 '민속성'이라는 카테고리를 만들어내려고 애쓴 이 작업이 소월과 백석의 시를 다시 읽게 하는 계기가 된다면 좋겠다. 두 시인뿐만 아니라, 다른 시인들을 대상으로 이루어진

이 계통(무속신앙, 신화, 설화, 주술성의 수용양상)의 연구가 활발하게 진행되어 왔고, 이러한 선행 연구가 있었기에 이 글이 진행될 수 있었다는 점을 감사하게 생각한다.

지금까지 질책과 격려를 아끼지 않으셨던 필자의 은사님 김재홍 교수님 그리고 김종회, 김진영, 박주택, 박호영 교수님 그리고 이정재 민속학 교수님께 감사의 말씀을 전한다. 또한 같은 연구실에서는 선배이지만 늘 친구처럼 따스하게 대해주시던 장현숙 교수님께 고마움을 표한다.

면면의 사랑과 격려를 보내주신 선배, 동료들과 만학의 어설픔을 어루만져주던 형제, 자매 그리고 우리 가족에게도 고마운 마음 가득 올리며, 구천에 계셔도 늘 막내의 어설픈 삶을 지켜보시고 힘을 주시는 아버지, 어머니 영전에 이 책을 바친다. 특히 책을 펴내게 아량을 베풀어주신 한봉숙 사장님께 이 고마움을 달리 전할 길이 없음을 아쉬워할 뿐이다.

2013년 1월
조연향

제1장

김소월 백석 시와 민속성

1. 문제제기

본 글에서는 김소월 백석 시에 나타난 전통성을 연구하고, 특히 이들 시에서 민속성[1]이 어떻게 수용되고 있는지를 고찰하고자 한다. 민속은 특정한 문화권 내에서 다수가 향유하는 전통적이고 보편적인 문화를 지칭한다. 여기에는 정신문화와 의식주를 포함하여 각종 문화재와 생산양식, 혹은 생산도구에서 추출된 성격이 있는데 이것을 민속성이라 한다.

---

[1] 이하, 민속적 주체를 민족·민중·민간으로 칭한다. 전승문화를 보존한다는 의미에서 서민층을 민간으로 칭하며, 인종, 국민, 언어 또는 종교적 기원을 공유한다는 의미에서 민족이라는 개념이 가능해진다. 또한 민족의 기반세력과 힘을 가진 대상을 민중으로 지칭할 수 있다. 한편 보존은 정적인 의미이지만 전개는 동적인 과정에 있고, 개혁성과 적극적인 변용과 수용적 의미에서 민중이라는 말이 포괄적으로 사용될 수 있다. 민속은 사회집단의 주변 환경과 다른 사회집단, 더 나아가 집단이 속해 있는 국가 사이의 관계에 적응하는 과정에서 만들어진다. 이때, 과거로부터 민족의 특수한 역사와 함께 전승되어 온 민속성은 현재와 미래라는 시간적 전망까지 포함하며 변모되어 가는 연속성을 지니고 있다. 김태곤, 「민속학의 전환적 과제」, 『한국민속학원론』(시인사, 1984), 99~187쪽.

민족 · 민중 · 민간의 민속성을 수용한 전통의 인식거점은 역사의식을 수반할 뿐 아니라, 민족의 신화성을 포괄하고 있다. 전통[2]은 특정한 공동체의 문화가 한 질서체계를 동시에 가지는 것이며, 시간성과 초시간성을 동시에 감각할 수 있는 의식의 연속체계이다.[3] 이때 전통의 연속성은 민족의 추상적인 원형을 구체적으로 재현시키고 미래까지 계승시키고 복원시키는 데 그 의미가 있다.

'민속'이란 용어는 일제강점기에 한국인의 민족의식을 고취하려 했던 민속학적인 업적에서 나온 것이기는 하지만, 민속성에 대한 자각이나 본격적인 연구는 근래에 와서야 하나의 학문으로 체계화되기 시작했다. 잔존하는 전통문화에 대한 가치규명이 미흡한 사정으로 문학과 민속의 관계성을 통한 전반적인 연구 성과를 기대하기는 어려운 점이 있었다.

민속의 전통이 성립되기 위한 첫 요건은 전통요소로부터 시작된다. 선대의 역사적 증거인 구체적 사물 내지 표상으로 전승된 것들을 전통재라

---

2) 전통이 역사의식을 수반한다는 문제를 제기한 엘리어트(T. S. Eliot)에 의하면 전통에는 역사에 대한 과거 의식뿐만 아니라, 현대적인 인식까지 내포하고 있다. 역사적인 의식은 또한 작가가 몸소 지니고 있는 시대의식 뿐만 아니라, 문학 전체와 그의 일부인 자국의 문학 전체가 동시에 한 질서를 형성하고 있다는 의식을 가지고 글을 쓰도록 강요하는 것이라는 것이 엘리어트의 주장이다. 역사의식을 시간적인 것은 물론 초시간적인 것을 감각할 수 있는 의식으로 이해하기도 한다. 그것이 작가로 하여금 전통적인 것을 쓰도록 만드는 것이다. 전통이란 자기 자신이 처해있는 시대의 시대성을 가장 예민하게 의식하도록 만드는 힘이다. 김찬기, 「근대 계몽기와 전통성의 문제」, 『한국 근대문학과 전통』(국학자료원 , 2002), 12쪽.
3) T. S. Eliot, *On Poetry and Poets*(The Moonday Press, 1976), p.177.

부르는데,[4] 그것은 광범위한 계층으로 파고 들어가 유포되어 있다. 삶의 형식과 직접적으로 관계되는 부락, 마을, 무덤, 신당, 사당 등의 각종 민속요소와 생산도구 등이 유형의 전승물이라면, 종족 사이에서 전승되어 오는 사상, 철학, 종교, 예술, 구전물, 풍속, 놀이, 축제 등은 무형의 전승물이다.

문학은 인간의 정신사·예술사적 측면뿐만 아니라 역사의 유형적 전승물도 망라하고 있기 때문에 문학사에 나타나는 민족·민중·민간의 보편적인 총체를 민속성이라는 틀로 묶을 수 있으며, 이러한 유·무형의 민속적 집적물과 관계된 문학적 특성은 민족의 원형[5]성이라는 관점에서 파악할 수 있다. 그러므로 현대문학을 통해 민속성을 연구한다는 것은, 그것을 통해 우리 민족의 원형성과 보편적인 정서를 거꾸로 추출해낸다는 것의 동의어이고, 결국 문학이 가진 보편적인 총체의 힘을 확인한다는 의미

---

4) 이렇게 전승된 것은 민속요소, 또 전통문화재의 의미를 가지고 있다. 김태곤은 이것을 전통재라는 개념으로 정리하고 있다. 그러나 본고에서는 '문화재' 또는 '민속요소'로 칭한다. 민중생활의 정신적, 물질적 토대가 되어있는 전통재는 행사, 예법, 성질, 신앙, 문학만이 아니라, 도구, 가옥, 노동, 부락 등이며 그 모든 민속적 유산이 민중을 규제하고 이런 기반이 없으면 전통의 메커니즘이 성립되지 않는다. 김소월과 백석이 상징하는 민속요소는 서로 상반된 형식으로 나타난다. 김소월은 정신적 민속요소를 통해서 자신의 세계관을 표출하는 반면, 백석은 물질적 민속요소를 통해서 자신의 세계관을 표현하는 측면이 강하다. 김태곤 편, 『한국민속학원론』, 49쪽 참조.

5) '원형'의 개념을 사용할 때, 이 개념은 신(神)에 의한 천시창조 행위 자체를 원형으로 본 엘리아데(M. Eliade)의 원형이나 융(C. G. Jung)의 무의식의 구조에서 설명되는 서구의 개념으로서의 '원형'에 국한되는 것은 아니다. 여기서 사용되고 있는 의미는 한국인의 원질적 사고에서 출발하는 것으로 원본이론과 원형이론은 다르게 설명될 수 있다. 그 이유를 2장에서 '원본개념'과 같이 다루고자 한다.

가 될 것이다.

본 연구가 한국 근·현대시에 드러나는 민속성에 관한 연구를 수행하는 과정에서 김소월과 백석의 시를 택한 첫 번째 이유는 다음과 같다.

이 시인들이 활동한 1920~30년대는 말과 글이 빼앗긴 암담한 시대였으므로 우리말로 표현된 시의 역할이 민중·민족의 삶으로 확장되면서 자연스럽게 전통의 심층적 차원과 연관되었다고 볼 수 있다. 또한 사회·역사적으로 문학사조의 혼조한 양상을 보이던 근대 전환기의 성격과 맞물려 있었던 탓에 두 시인의 시에 나타난 민속성에서 전통단절론을 극복하는 근거와 전통지향성의 요소를 찾을 수 있다고 보았다. 둘째, 두 시인의 시가 문학의 형식 안에 민속성을 자리 잡게 한 대표적인 예라고 가정해 본다면, 그 과정을 고찰함으로써 시인들의 시에서 나타나는 민속의 원본과 핵심적인 상징[6]을 밝히는 기회가 될 것이다. 그러한 것들을 규명하기

---

6) 이 당시 안서와 『백조』 시인들 사이에서 말해졌던 상징은 우리의 역사적 환경의 필연적 소산에서 연유된 것이다. 이 땅의 상징시는 프랑스의 베를렌을 거쳐 말라르메가 주장한 형식의 완벽을 위한 심벌리즘이 아니다. 보들레르의 영향을 받은 일군의 시인도 있었으나, 근본적으로 서구의 것과는 차이가 있었다. 이 땅의 상징주의의 시초는 식민지적인 질곡에서 우리들의 정당한 권리를 요구 내지는 주장하기 위해 정서적으로 쓰여진 것이다. 안서의 영향을 받은 소월의 상징은 이러한 입장에서 해석할 수 있다. 백석의 경우에도 많은 풍물과 인물, 동물의 시어들이 등장하는 이유는 농촌공동체적 삶을 통해 민족의 원형을 나타냄으로서 민족성을 복원하고자 하는 것이다. 백석 시에 나타나는 친족의 이름과 풍물의 시어들에 대한 구체적인 사례는 양문규의 『백석 시의 창작방법 연구』에 상세히 기록되어 있다. 이들의 시어들은 객관적 상관물로써 민중과 민족의 당대의 보편적 삶을 살아가는 상징이다. 나아가, 원형성과 상징을 설명한다면 원형은 '지금—여기'라는 시간과 공간에 자신을 드러낼 때, 비로소 의식적인 마음에 일정한 형태로써 지각된다. 이렇게 원형이 자신을 구체적으로 현현한 것이 상징이다. 따라서 모든 상징은 원형에 참여한다. 상징이 상징으로써 출현하기 위해서는 원형적인 토대를 가져야 한다. 오장환, 「조선시에 있

위해서는 셋째, 전통을 가능케 한 언어예술로써 문학의 본질을 민간전승과의 관련하에서 조명해야 한다. 이는 시에서 민중의 삶에 관한 상징들이 어떤 방법으로 표현되었으며, 어떤 방식으로 변용되었는가를 살피는 것과 연관되어 있다고 보기 때문이다. 이때 민속학 관점은 역사과학과 자연과학을 동시에 고려해야 하며[7] 삶의 모양과 방법, 존재의 의미와 원리, 삶의 심층에 자리 잡고 있는 민족의 원형을 찾는 작업과 밀접하게 연결되어 있어야 한다. 뿐만 아니라 종교학, 심리학, 인류학 등을 보조과학으로 활용해서 민족의 사상을 입체적으로 보여줄 수 있어야 한다.[8]

한편, 시는 예로부터 종교의식에서부터 마술적 목적과 제의에 사용되어져 왔으며, 이러한 언어의 주술성으로 인해 사회의 특수한 약속과 기호로써 그 기능을 수행해 왔다.[9] 이렇게 유래된 시는 시인으로 하여금 자기

어서의 상징」, 『신천지』 2권 1호(1947.1); 양문규, 『백석 시의 창작방법 연구』(푸른사상사, 2005); 김기덕, 「김태곤 원본사고 개념의 이해와 의의」, 『한국의 민속과 문화』 11집(경희대 민속학연구소, 2006), 120쪽 참조.

7) P. Sainte Beuve, 「민간전승에 관하여」, 심우성 역, 『민속학개론』(대광문화사, 1985), 20쪽.

8) 김태곤 편, 『한국민속학원론』, 29쪽.

9) 우선 시가 시대와 언어에 차별이 없이 보편적으로 어떠한 역할을 하였느냐를 결정하는 것은 가치 있는 일이다. 과거에 사회적인 기능을 가지고 있지 않았다면 미래에 있어서도 시가 그러한 것을 가지는 일이 없을 것이다. 루운 민족의 주문적인 시 차안르 중에는 실제적인 마술적 목적을 가지는 것이 있다. 그것은 요안을 막거나 질병을 치료하거나 마귀를 달래거나 하기 위한 것이었다. 시는 일찍이 종교적 의식에 사용되었으며 특수한 사회적 목적에 사용되기도 하였다. 초기 형태의 부락적인 오락으로써 잔존하기 전에 역사적인 것을 전승하는 역할을 한 것이다. 그런데 문자언어가 사용되기 이전에는 일반적인 시의 형태가 확실히 인간이 기억하는 데 큰 도움이 된 음유시인과 설화사에 학자들의 기억은 굉장한 인정을 받았고 또한 고대 희랍과 같은 비교적 진보된 사회에서는 인정받은 시의 사회적 기능은 대단히 뚜렷한 것이었다. T. S. Eliot, *On Poetry and Poets*, p.28.

정서에 상응하는 이미지나 장면을 역사·사회적 의식 속에서 보편적이고 공통적인 측면으로 구현해 왔다. 그리하여 독자는 객관적 상관물을 통하여 시인의 개인적 정서와 등가의 정서를 경험하게 된다.

김소월(1902~1934)은 대체적으로 대표적인 민족시인 또는 민중의 정감과 한(恨)의 가락을 서정시로 형상화하는 데 탁월한 솜씨를 보여준 전통시인[10]으로 논의되어 왔다. 민속의 원본인 무(巫)의 측면에서 보면, 시적 자아는 코스모스와 카오스의 경계를 넘나드는 혼의 행위로 파악된다. 이러한 시혼의 역할로 소월 시는 민중·민족의 정감과 한이 자연 발생적으로 흘러넘치는 가락을 형성하고 그 가락은 모국어로 새롭게 구성된 시적 리듬의 발견으로 이어진다. 따라서 민중·민족의 내면적 리듬과 정서를 담은 소월 시는 고대 시가에서 근대시를 문학사적으로 연결해주는 매개 고리로써 전통 확립과 계승의 분명한 가능성을 보여주었다.

백석(본명 백기행(白夔行), 1912~1995)은 1935년 『조선일보』에 「정주성」을 발표하면서 작품 활동을 시작했다. 등단 이후 6년 남짓한 기간 동안 시집 『사슴』에 실린 작품들을 포함하여 100편 정도의 시를 발표하였으며, 분단 이후 북한에 머물면서 동시와 12편 정도의 시를 발표한 것으로 알려진다. 그는 고단한 시대를 살아 갈 수밖에 없었던 지식인이자 시인으로서 민중·민족의 삶과 아픔을 섬세한 언어로 형상화하는 데 심혈을 기울였다.

고형진[11]에 의하면 백석의 언어는 공동체적 삶의 풍습을 한 필의 비단

---

10) 김재홍, 「소월 김정식」, 『한국현대시인 연구(1)』(일지사, 1986), 29쪽.
11) 고형진은 백석 시의 특징을 한두 가지로 규정할 수 없을 만큼 다양한 개체성을 갖고 있으며 한편 한편이 강한 차별성을 지닌 매우 개성적인 예술품으로 점철되어 있다고 하였

을 짜듯이 아름답게 교직함으로써 섬세한 북방적 삶과 정서의 원형성을 묘파해내고 있다. 또한 민중의 삶을 구체적 또는 사실적으로 묘사함으로써 시가 지닌 예술성이 현실적 대응으로 어떻게 그 역할을 담당하는지를 잘 보여주기도 한다. 시를 통해서 과거 삶의 가치를 되돌아본다는 것은 인간이 지닌 이상적인 삶의 형태를 꿈꾸게 함과 다름 아니다. 박주택은 이를 두고 "낙원회복의 꿈과 자유지향성"[12]이라 명명한 바 있다.

두 시인의 시는 하나의 사조적 관점에서 파악하기 힘든 복합적 세계의 결과물이라 할 수 있다. 1920년대부터 해방공간까지 한국문학사는 대립과 혼종의 문학적 파편화가 이루어진 시기였다. 이 두 시인은 시대적 상황에서 오는 혼돈의 문예사조에 휘둘리지 않고 민족 고유의 호흡과 전통적인 사상을 고수하고자 하였다. 시인으로서 고수하고자 했던 시세계를 민속적 차원에서 살펴보는 것은 두 시인의 복합적 시세계의 일부를 발견하는 데 도움이 될 것이다. 특히 본 연구는 이러한 복합적인 시세계에 나타난 전통의 수용양상을 한국문화의 원형과 원본사상의 측면에서 살펴보는 것을 기본 과제로 삼고자 한다. 왜냐하면 전통은 현상과 현상 너머 시공의 입체적인 집합 속에서 순환과 지속을 반복함으로써 형성되는 것이기 때문이다. 빠르게 파편화되어 가는 문학의 다양성이라는 테제 속에서 민속과 전통의 의미가 미래에 있어서도 새로운 방식으로 끊임없이 수용되고 확대 재생산될 수 있으리라 기대하는 이유이기도 하다.

다. 고형진, 『백석 시 바로 읽기』(현대문학, 2006), 7쪽.
12) 박주택, 「백석 시 연구」(경희대 대학원 박사학위논문, 1999), 43쪽.

2. 연구사 검토

한국문학사에서 민족이나 전통에 대한 관심이 높아진 것은 1930년대 중반[13]이었는데 40년대에는 이 관심이 수그러들었다가 50년대 들어서서 활발하게 재개되기 시작한다. 그러나 기층문화에서 유래된 설화, 민요, 신화, 무속 등의 전통문화를 우리 전통의 맥락으로 가치화하고 문학 속에서 깊이 탐구하기 시작한 것은 20세기에 와서야 가능한 일이었다.[14] 전통에 대한 논의[15]는 파괴되지 않은 이상향으로서의 민족에 대한 회귀의식에

---

13) 김찬기, 『한국 근대문학과 전통』, 70쪽.

14) 동양이나 서양에 관계없이 여러 형태의 정치시사와 새로운 종교 갈등과 경제, 정치, 사회의 도덕적 기준체계에 있어서 급격한 변화를 계기로 새로운 물음들이 제기되는데, 그것은 전통이나 과거 신화에 대한 새로운 가치체계였다. 이들의 과거에 대한 회귀의식은 인류의 근원적인 이야기에 대한 관심으로부터 시작된 것이며, 몇몇 원시적인 형태의 종교사상과 신화사상, 가령 토템, 숭배 사회의 종교를 연구해보면 과거 그들의 심성이 얼마나 개성적인 것인지 놀라게 된다는 것이다. Ernst Cassirer, 「신화적 사고의 구조」, 최명관 역, 『국가의 신화』(현대사상사, 1979), 7~23쪽.

15) 김재홍은 이 글에서 지금까지 있어온 전통론에 대한 과정을 소상히 정리하고 있다. 전통에 대한 논의는 단절이냐 계승이냐 하는 흑백의 논리의 단계를 넘어서서 극복론으로 귀결된 듯하다고 밝히고 있는데, 이는 전통계승론에 대한 중요한 근거를 제시한다. 즉 전통단절론과 접맥론의 대립, 전통단절론의 극복 논의, 연속성에 근거한 구체적 연구 성과를 정리하면서 전통론은 완료된 것이 아니라 진행 중에 있다고 강조한다. 그것은 첫째, 지금껏 전통 논의를 다시금 검토하고 구체적인 문학 연구 및 문학사 기술이 다각도를 이루어져야 하는 점, 둘째, 고전문학과 현대문학으로 나뉘어져 있는 것을 고전문학과 현대문학이 통합적 또는 일원화되어야 한다는 것, 셋째 전통의 단절현상이 문학의 경우에만 국한되는 것이 아니라 사회문화적 차원과도 무관하지 않다는 점에서 기인한다. 따라서 본고에서는 전통의 계승적 측면을 민족의 문화현상에서 발촉된 민속성을 바탕으로 시 속에서 그 역할을 찾아내고자 한다. 또한 전통론 논쟁에 대한 구체적인 사례는 2장 "전통지향성과 민속성"에서 다시 다루고자 한다. 김재홍, 「국문학의 전통」, 『한국문학사의

서 시작된 것이다. 그러므로 이러한 과정 속에서 발굴된 민속성이라는 의미로의 접근은 선택된 전통[16]의 관점에서만 단면적으로 파악될 우려가 있었다. 그러나 이 두 시인의 시는 전통과 근대성, 형식과 내용, 외재율과 내재율, 고전과 새로움이 접점을 이루는 혼용의 시대 한가운데 있었고, 그 시대를 뚫고 나와 여기까지 닿는 시의 핵심은 민족이 가진 특수한 보편성에서 찾을 수 있다.

김소월이 보여준 전통적 세계는 다른 시류와 구별되는 주요한 특질로 지적[17]되기도 했다. 사회ㆍ정치적인 격변기였던 1970년대 이후에는 소월 시의 구조와 형식, 주제와 정서 등과 관련된 전반적 연구가 상당하게 이루어져 왔다. 백석의 경우, 재북 시인이라는 그의 역정 때문에 분단 이후 30여 년 가까이 문학에 대한 평가는 실종 상태에 놓여 왔다. 특히 1980년대 이후 월ㆍ재북 작가 해금이 되어서야 비로소 문학행로에 대한 관심이 재개되면서 백석의 시 연구는 다양한 관점에서 이루어지기 시작하였다. 향수와 토속의 원형을 노래한다는 측면에서 소월 시와의 비교분석이 이루어지기도 했다. 두 시인에 대한 공통된 평가 중 하나는 절박했던 시대에서 항일에 대한 역사의식을 노출시키지 않았다는 한계를 지적하는 것이었다.

　　쟁점』(집문당, 1986), 42~57쪽 참조.

16) 문학작품이 독자와 갖게 되는 접촉은 그것이 우연에 의한 마주침이션 의식적이견 어러 통로를 거치는 선택적 전통에 의해서 매개된다. 즉 선택적 전통이란 작자의 의도와는 상관없이 시대성과 저널리즘, 독자 사이에서 선택되어지는 것으로 그것은 다분히 상투화된 결과물일 수도 있다. 유종호, 「임과 집과 길」, 『세계의 문학』 1977년 봄호 참조.

17) 김윤정, 「시와 영원성의 감각」, 『한국 현대시와 구원의 담론』(박문사, 2010), 14쪽.

소월 시는 근대시의 한 봉우리,[18] 한국시사의 파수병[19] 혹은 가장 한국적인 시로 일컬어져 왔으나, 그 정체성을 제대로 포착하기 어려울 만큼 불역의 세계[20]를 가지고 있는 것으로 평가되어왔다. 당대 최초의 언급은 박종화[21]에 의해 이루어졌는데, 박종화를 필두로 해서 이광수, 김동인, 김억, 주요한, 김기진의 단평적인 작품론이나 작가론이 발표되기 시작했다.

이 가운데 박종화, 김동인, 김억, 주요한은 그의 시를 긍정적으로 평가한 반면 김기진은 리리시즘의 수준을 넘어서지 못했다며 비판의 자세를 취했다. 소월 시는 당대에는 낭만주의와 고전주의의 결합으로 보는 관점[22]이 주를 이루었고 시간이 흐른 뒤에는 민족 및 민중적 세계와의 관련성과 전통주의 관점 사이를 오가며 세분화된 여러 잣대로 평가되어 왔다. 특히 소월의 민속성과 특출한 개성의 연관된 논의 가운데 가장 많이 회자되어온 것은 소월 시의 전통지향성이다. 이는 소월 시의 특징이 시대를 초월할 수 있는 민족의 보편적 정서와 그 원형성에 있다는 것을 확인하게 한다.

김억[23]은 「소월의 추억」이라는 글에서 월탄이 『개벽』에 소월의 시에 대

---

18) 유종호, 「임과 집과 길」, 40쪽.

19) 김춘수, 『김춘수 전집』(문장사, 1982), 104쪽.

20) 장철환, 「김소월 시의 리듬 연구」(연세대 대학원 박사학위논문, 2010).

21) 박종화, 「문단 1년을 추억해야」, 『개벽』(1923.1).
이광수, 「우리 문예의 방향」, 『조선문단』(1925.11).
김동인, 「내가 본 시인-김소월 군을 논함」, 『조선일보』(1925.12.11~12).
김기진, 「현 시단의 시인」, 『개벽』(1925.4).

22) 김시태, 「소월의 낭만주의와 고전적 취향」, 『한국학논집』 27집(한양대 한국학연구소, 1995.10), 289~311쪽.

23) 김억, 「소월의 추억」, 『조선중앙일보』(1935.1.14). 김소월, 『진달래꽃: 김소월 시집』(삼중

해 "無色한 詩壇에 소월의 시가 있다"며 높이 평가하였다고 소개한다. 모두 외국어식 언어 사용에 열중하고 조선말다운 조선말을 사용치 못하던 때에 김소월은 순수한 조선말을 붙들어 생명 있는 그대로 자기의 시상표현에 적절히 사용하였다는 것이다. 이것은 경이로운 일이었던 것으로 전한다. 박두진[24]은 민족적 주체의 불가분리적인 관련을 맺고 있는 시인이 기능면에서 더욱 깊고 세밀한 차원에서 "겨레에 바쳐진 시"라고 평가했다.

김동리[25]는 소월 시에 대해 '정한'이라는 용어를 처음 쓰기 시작하였는데, 그는 소월의 화자가 '님'을 즐기는 편이라기보다는 구하는 편에 서 있다며, 이는 '님' 부재 현상에서 오는 정서의 기초를 마련하는 계기가 되었다고 설명한다. 또한 개인적인 인간의 일반적 '정한'을 자연성과 '신'의 위치로 격상시킴으로써 그 대상을 추궁하였음을 김동리는 밝히고 있는데 특히 청산과 시적 자아와의 거리를 '저만치'라고 지칭하는 것에 주목했다.

오장환[26]은 김소월 시의 '한'은 일제의 압박을 당하는 피지배층인 민족이 감수하지 않으면 안 될 필연적인 결과라고 말하면서 그의 죽음을 두고 감성적인 시인이라고 비판하였으며 또한 '소월과의 거리재기'를 통하여 근대적 이데올로기인 리얼리즘으로 향한 과정을 확인할 수 있다고 평하고 있다.

당, 1983), 250~269쪽 재인용.

24) 박두진, 「김소월의 시」, 『한국현대시론』(일조각, 1971), 82~83쪽.

25) 김동리, 「청산과의 거리―김소월」, 『문학과 인간』(백민사, 1948).

26) 오장환, 「조선시에 있어서의 상징」.

또한 서정주[27]는 일찍이 "북도에 소월이 있고 남도에 영랑이 있다"고 말하기도 했다. 미당은 소월의 종교관, 사랑관, 그리고 '한'에 대해 분석하였는데, 이러한 비평은 일반적 수준에서 재단할 수 있는 것이며, 전통과 미학적인 측면에 국한되고 있다.

김윤식[28]은 「시인 부락」이었던 오장환, 김동리, 서정주 등이 해방공간에서 새로운 시의 방향성을 제기하였을 때, 그 기준이 소월이었다는 점을 주장한 바 있다. 오장환은 소월의 시를 비판하면서도 그것을 바탕으로 한 리얼리즘적 행동으로 나섰으며, 김동리는 "구경적 생의 형식"에서 보면 소월과 꼭같고 "내가 소월이다"라는 인식을 "청산과의 거리"에서 증명하였다는 것이다. 김윤식은 그에 대해 여러 각도에서 논급하고 있다. 소월이 등단한 경위에서부터 죽음에 대한 물음[29] 문제까지 제기하면서 소월을 민족시인이자 근대와 맞선 근대의 시인으로 규정하였다. 그러면서 김윤식은 소월을 '근대시의 주류'보다는 '한국시의 주류'에 놓고자 한다.

고석규[30]는 한국 근대시사에서 소월 시에 나타난 시간성을 '미래적 과거'라고 규정하고 있다. 그의 시를 형이상학적 주제와 기억 부정의 자의

---

27) 서정주, 「조선에 있어서의 상징, 소월 시의 초혼을 중심으로」, 『신천지』 2권 1호(1947.1).

28) 김윤식, 「소월에 있어서의 정한의 거리」, 『현대문학』(1959.6).

29) 김윤식은 소월의 죽음에 대해서 여전히 불투명하다고 기록하고 있다. 안서의 글(「요절한 박행시인 김소월에 대한 추억」, 『조선중앙일보』(1935.1), 22~26쪽)을 소개하면서 죽음의 원인이 '저다병'이며 그 '저다병'은 요즘 식으로 풀이하면 '각기병'이라고 설명하고 있다. 그러나 안서의 글로 소월 죽음의 원인을 정확하게 해석하기 힘든 점이 있다. 김윤식, 「소월을 죽게 한 병-오감도를 엿본 사람」, 『작가세계』 2004년 봄호, 366~367쪽 참조.

30) 고석규, 「시인의 역설」, 『문학예술』(문학예술사, 1957), 2쪽.

식으로 처리하고 있으며 「산수갑산」이나 「진달래꽃」을 역설적 부정의 측
면에서 접근하고 있는데 김소월의 시간성을 근대적 시간성으로 논의하는
논거를 마련했다는 점에서 의미가 있다.

이인복[31]은 김소월의 '님'을 순전히 애환의 정서를 불러일으키기 위한
하나의 미학적 개념으로 꾸며진 허구의 대상으로 파악한다. '님'의 구체
적인 행동이 그려지지 않고 떠난다는 사실로만 존재하고 있기 때문에 대
상의 '님'을 이별의 상황에다 놓고서 자신의 정한을 도출해낸다는 논리로
이어진다.

조동일[32]이 해석하는 '님'은 생각하는 '님'과 잊어버리고자 하는 '님' 사
이에 존재하는 갈등의 '님'이다. 이러한 맥락에서 김학동[33]의 '님'은 상실
저편에서 어른거리는 동시에 낭만적 동경으로써 볼 수 있으며, 그 사랑은
호응과 완성의 환희를 알지 못하며 채 여물어보지도 못한 상징으로 파악
하고 있다.

김우창[34]은 소월을 감정주의 시인으로 보았으며, 그것은 곧 허무주의로
귀결된다고 하였다. 이 허무주의는 한국적 낭만주의가 차지하고 있는 하
나의 전율이라면서 이 전율은 곧 사물의 핵심까지 꿰뚫어 보겠다는 형이
상학적 충동이라고 말한다. 결국, 소월의 개인적인 감정주의에 외부적 현
실이 포괄된 양상으로 보고 소월 시를 한국적이고 민족적인 관점으로 확

---

31) 이인복, 『죽음의식을 통해 본 소월과 만해』(숙명여대 출판부, 1979), 27쪽.

32) 조동일, 「김소월·이상화·한용운의 님」, 『국문학논문선』 9권(민중서관, 1977), 83쪽.

33) 김학동 엮음, 『김소월』(서강대 출판부, 1995), 28~29쪽.

34) 김우창, 「한국시와 형이상」, 『궁핍한 시대의 시인』(민음사, 1977).

장시키고 있다.

형식과 율격에 대한 언급으로 김준오[35]는 1920~30년대에 김소월이 선택한 민요적 형식은 그의 자의식과 시간의식의 내적 관련을 맺고 있다고 진단하였다. 이 글에서 민요시가 가지는 리듬은 자기동일성 유지의 문학적 소산이라고 하면서 자아와 시간의식에 관한 생의 통일성과 질서를 획득함으로써 자유의 의미를 찾으려 했다는 것이다.

조동일[36]은 김소월이 전통적 율격을 변형시켜 간직한 내재율로 자유시를 지었다고 하였다. 반복과 변화를 최대한의 질서를 가지고 다듬은 시로써, 같은 짜임새를 가진 작품이 둘이 없이 단 한 번만 창조된 점에서 그의 시를 자유시라고 평가하고 있다. 이러한 조동일의 평가는 "한국시가 김소월을 통해 정형시라는 공식적 자수율을 벗어난다"[37]는 김윤식의 논지에 그 맥락이 닿는다.

오세영[38]은 소월 시의 형태적인 측면에서 점층형식, 대칭형식, 반복형식, 혼합형식이라는 네 원리에 의해 구성되어 있음과 그의 시에 자주 등장하는 7·5조는 3·3·4조 혹은 3·3·5조의 변격 음수율이라고 주장한다. 이 점은 소월의 시가 한국의 전통요소인 민요를 따르고 있는 민요시라는 사실의 근거를 제시하는 것이다.

---

35) 김준오, 「자아와 시간의식에 관한 시고」, 『한국어문학』 통권 제33호(한국어문학회, 1975.10), 103~114쪽.

36) 조동일, 「근대시 형성의 기본 과제」, 『한국문학통사』(지식산업사, 2005), 87쪽.

37) 김윤식·김현, 「개인과 민족의 발견」, 『한국문학사』(민음사, 1974), 236쪽.

38) 오세영, 「형태의 심리학과 시적 구조」, 『김소월, 그 삶과 문학』(서울대 출판부, 2000), 63쪽.

정한모[39]에 의하면 안서가 "민요시의 특출한 재능"이 있는 "소월의 민요시인의 지위"를 높이 평가하면서 소월이 "민요시의 길잡이"가 되기를 간절히 요망하고 있었던 점을 상기시키고 있다.

오세영[40]은 '한'이란 일차적 갈등을 좌절과 미련이라는 서로 모순되는 감정의 충돌이라 보고, 이차적 갈등으로 원망과 자책의 상반되는 감정의 충돌이며 '한'은 통일되거나 해결될 수 없는 복합된 갈등과 미해결의 감정이라고 설명하고 있다.

윤석산도 김소월의 '한'을 다루고 있는데, 그는 시 속에 등장하는 화자들을 유형화하고 그 유형에 따라 율격과 시형이 '한'의 미학 형성에 어떻게 기여되고 있는가에 대한 고찰을 하고 있다.

고종석은 김소월의 시에서는 무속이나 어떤 종교도 무색하다면서 그의 세계를 슬픔과 '한'의 세계가 아니라 '흥'의 세계로 인식한다. '흥'은 곧 슬픔과 '한'이 바탕이 된 신명으로 우리 민족정서에 해당하는 것이므로 그의 시세계를 '흥'의 세계라고 승화시킨 것은 '한'을 이해하는 데 있어서 또 다

---

39) 소월은 '민요시인'보다는 '시인'으로 불러주기를 바랐다고 안서는 전하고 있다. 그러나 그 당시 발표된 작품에 민요, 또는 민요시라는 단서가 붙은 것으로 보아 이것이 이 무렵의 추세였음을 알 수 있다. 프로문학을 비판하면서 그 반응으로 국민문학 내지 민족문학의 일환으로써 민요시가 절실하게 요청되는 시기였기 때문이다. 이 글은 원전의 확정을 위해 그 정착과정을 추구한다. 소월이 지상에서 발표한 뒤에도 개작을 거친 시의 과정의 전모를 조사 검증하고 개작에 있어서 안서의 개입 여부와 그것을 극복한 과정을 소상히 고찰하고 있다. 정한모, 『현대시론』(보성출판사, 1985), 174~219쪽.

40) 오세영, 『한국낭만주의시연구』(일지사, 1980), 333~334쪽.
   고종석, 「시인공화국의 정부」, 『모국어의 속살』(마음산책, 2006).
   천이두, 「한국적 한의 다층성과 다면성」, 『현대문학』(1992.3), 366~385쪽.

른 시각이라고 할 수 있다.

천이두는 '한'을 크게 정한과 원한으로 나누고 있다. 그는 이러한 작업을 통해 '한'의 내포성이 지극히 다층적인 탓으로 '한'의 총체성이 제대로 규명되지 않았음을 돌아보고 있다. 대체로 '한'은 한국인 정서의 표상, 한국 고유미와 멋의 표상으로 여성 편향적, 서정적인 비애의 미라는 점에서는 평자들의 의견이 거의 일치한다.

김대규[41]는 김소월의 아니마적 경향을 밝힌 연구에서, 그는 리듬과 각운, 시어 구사에서 임을 향한 시적 자세가 집단 무의식에서 나온 모성의 귀의에서 찾고 있다. 여성 편향성은 인류 집단의 출발이 모계로부터 출발하였고, 인간은 하나의 소우주로써 존재한다는 의미에서 그 운율과 리듬을 자연의 근원에서 찾고 있다.

김재홍[42]은 일찍이 김소월 시는 '사랑의 정한'이라는 말로 요약될 수 있고, 서정시의 차원에서 해석할 수 있음을 밝히고 있다. 또한 소월이 민중·민요시인으로 단순화하여 받아들여져 온 측면이 있다는 점을 지적했다. 오히려 그의 시는 존재론적인 깊이를 지닌 시로써 깊이 있는 철학성을 획득하고 있다면서 다각적인 평가를 요구한다.

또한 소월의 시가 자연 질서에 비추어 본 자기성찰과 연민의 표출이라는 김시태[43]와 당시의 절박한 상황의식과 현실적 체험과 생사관이 "궁핍

---

41) 김대규, 「아니마의 시학」, 『연세어문학』 제4집(연세어문학회, 1973).
42) 김재홍, 「존재론과 저항의식 김소월」, 『한국현대문학의 비극론』(시와시학, 1993), 186쪽.
43) 김시태, 「자연과 덧없음의 인식, 김소월론」, 『현대시와 전통』(성문각, 1978), 144~156쪽.
   김학동, 「궁핍의 모티브와 일상적 경험―소월의 후기시를 중심으로」, 『최정석 사백 정년

의 모티브"로 나타난다는 김학동의 글이 있다.

　남기혁[44]은 김소월을 식민지 시대에 있어서 근대와 전통이 교차하는 혼종의 시공간에서 근대의 모순을 가장 비극적인 목소리로 노래한 경계인으로 규정하고 있다. 이러한 시공간성 연구를 한 논자로는 심선옥, 이희중, 이혜원이 있다. 김소월 시의 시공간성 연구는 대체로 근대라는 개념과 생태학과 환경에 대한 연구와 통하는 바가 있다. 이는 곧 인간이 인간답게 삶을 영위할 수 있는 시간과 공간에 대한 의문으로 집약된다. 이러한 의미에서 근래 이문재[45]의 생태학적인 측면에서 바라본 김소월 시의 시간과 공간 의식 연구는 인간 환경에 대한 근본적인 물음으로 이어진다.

　그러나 무속이 우리 겨레의 의식과 풍속, 윤리와 규범에 끼쳐온 파급력을 생각한다면 현대시의 공간에 드리운 무속의 모티브는 상대적으로 미미하다고 할 수 있다. 이몽희[46]의 논문 「한국근대시의 무속적 구조 연구」

　퇴임기념논문집』(1990), 386~397쪽.

44)　남기혁, 「김소월의 시에 나타난 근대풍경과 시선의 문제」, 『어문론총』 제49호(한국문학언어학회, 2008. 12).
　심선옥, 「김소월 시의 근대적 성격 연구」(성균관대 대학원 박사학위논문, 2000).
　이희중, 『현대시의 방법 연구』(월인, 2001).
45)　이문재, 「김소월 백석 시의 시간과 공간의식 연구」(경희대 대학원 박사학위논문, 2008).
46)　이몽희, 「한국근대시의 무속적 구조 연구」(동아대 대학원 박사학위논문, 1988).
　이영춘, 「김소월 시에 반영된 무속성 연구」(경희대 교육대학원 석사학위논문, 1988).
　이경수, 「맺힘과 풀림의 미학」, 『동국어문학』(동국어문학회, 1991), 65~76쪽.
　곽봉재, 「김소월·백석 시 비교연구」(경희대 대학원 석사학위논문, 1993).
　임문혁, 「한국 현대시의 전통연구」(한국교원대 대학원 박사학위논문, 1993).
　신범순, 「샤머니즘의 근대적 계승과 시학적 양상」, 『시안』 2002년 겨울호.

는 무속을 우리의 민족종교로 인식하고 우리 근대시 속에서 무속성과 신화성의 근원을 찾아내고자 한다. 한국인 생명의 본질과 불멸성을 발견하고 그것을 재창조해가려면 무속적 원리 위에 서야 한다는 명제하에서 논지를 진행시키고 있는데, 이 논문에 나타난 김소월을 비롯하여 이상화, 이육사, 서정주 시에 대한 고찰은 깊이 있는 논의라기보다는 무속이라는 것을 민족종교로 일원화시키는 관점에 치우친 감이 있긴 하다. 그러나 시와 신화와 관계를 근접하게 두고, 한민족의 신화의 시원과 전승관계를 밝히고자 한 첫 학위논문이라는 점에서 의미가 있다고 판단된다.

이러한 무속과 설화 또는 주술에 관해서는 이영춘, 곽봉재의 논문이 뒤따르고 있다. 이경수 또한 김소월을 전통시인으로 규정함과 동시에 전통시인의 의미 기능들이 전통적인 우리의 고대 무속신앙과 접맥되어 있다는 것과 무속적 세계관이 시로 형상화되어 있다는 점을 밝히고 있다. 임문혁 역시 김소월 시를 설화 수용양상에 대한 논의로 진행시키고 있다. 이 논문은 한국 현대문학 속에서 김소월의 시가 고전설화들과 어떠한 연결이 있는가를 귀납적으로 밝히고, 설화의 원초적 형태와 모태에 대한 접근을 시도하면서 한국문학의 중요요소를 찾아내고자 한다.

신범순은 또 김소월 시의 샤머니즘은 신채호와 최남선의 회통의 개념에서 출발한다고 하면서 인내천과 천도교에서 그 근거를 찾고 있다. 김소월의 전통성에 대한 진정하고 깊이 있는 안목의 측면에서 정주지역의 풍속과 노랫가락들이 근대적인 혁신적 움직임 속에서 새롭게 변모되는 측

오정국, 「한국 현대시의 설화 수용 양상 연구」(중앙대 대학원 박사학위논문, 2002).

면을 검토하고 있다. 혼의 영역이 천도교의 세계관과 동일하다는 관점을 제시하면서, 소월의 무속적 측면을 과거의 구태의연한 무풍의 잔존물이 아니라, 한 시대의 전체 운명을 감당하려는 샤먼으로 보고 있다.

오정국은 한국 현대시에서 설화를 메타적 해석으로 이끌고 가면서 설화가 현대에까지 전환되고 재연되는 과정을 구체적으로 다루고 있으며, 특히 김소월의 시 「접동새」는 설화 속의 인물과 시 속 인물의 유기적 결합으로 보고 그 구조를 분석하면서 시인의 현실적 상황과 어떤 관련을 맺고 있는지 해석을 덧붙이고 있다.

김열규는 김소월 시세계의 해석을 리리시즘과 컬츄럴리즘 사이에서 그 접점을 구하고 있다. 여기서 한국인 특유의 아니마적 속성이 토정의 형식으로 나타나고 있으며, 이러한 것의 근원이 곧 내적인 집단 무리의 소리라는 것이다. 따라서 시의 서정과 읊음에서 민속성을 이야기할 단서를 잡게 되고, 이 점에서 가장 한국인다운 속성을 지니고 있다는 점을 강조하였다. 시의 특징은 역사, 사회 그리고 문화를 향해서 한없이 열려있고 연관될 수 있으므로 개방적임과 동시에 자성적 또는 중성적이라고 평가한다.

오태환[47]은 서구적 근대 인식 안에서는 호소력을 발휘하기 어려웠던 무속성이 겨레정서에 가장 예리하게 접적된 물증이라 할 수 있는 현대시 속에서 어떤 시으로 그 의미를 드러내는지 포착하고자 한다. 무속과 설화

---

47) 오태환, 「혼과의 소통, 또는 무속적 요소의 문학적 층위」, 『국제어문집』 제42집(국제어문학회, 2008.4), 203쪽.

수용에 관한 논문은 이영춘, 김지혜, 김혜숙, 곽혜란의 연구가 이어지고 있다.

　김소월의 연구를 분류해 보면 첫 번째로는 리듬과 율격에 관한 연구가 있고, 둘째로는 정한에 대한 평가, 셋째는 자연에 대한 인식규명과 시공간성과 근대성에 대한 연구가 있으며, 넷째 민중 · 민족에 대한 전통성에 기인한 민족시인으로 규정된 평가와 다섯째, 무속과 설화 수용에 관한 연구로 나눌 수 있다. 이렇게 다각적인 연구 방법과 연구의 양적 방대함은 더 파악해야 할 잠재적 가능성이 있음을 방증하는 것이겠지만, 모든 연구는 그 시에 있어서 아직 불완전한 간파로 볼 수 있다. 지금까지 여러 각도에서 연구가 이루어져 왔지만, 이 연구들은 사실 초기 연구의 동일한 토대를 공유하고 있는 것처럼 보이고, 그 연구는 오히려 제자리를 맴돌고 있는 느낌이다. 소월 시의 연구과정을 짚어 본다면 대체적으로 이러한 맥락으로 이루어져 왔다고 볼 수 있다.

전통성 ⇒ 근대성 ⇒ 시공간성 ⇒ 자연성 ⇒ 리듬/율격 ⇒ 거리
　⇒ 정한 ⇒ 전통성(민족/민중/민속성) ⇒ 근대성 ⇒ 생태성

　위 연구의 과정들은 얼핏 보면 다른 측면에서 논의되어온 독립된 주제들로 보이지만, 실제로는 시인이 추구했던 하나의 핵심적 세계, 즉 '님'을 향한 지속적 과정이었으며, 그것이 또한 그의 시의 특질로 보인다. 결국 소월 시의 연구는 '님'을 중심으로 한 세계를 파헤치기 위한 과정에 있었음을 부정할 수 없다. 시를 제대로 해석하고 이해하기 위해서는, 과거와 현재, 그리고 앞으로 살아갈 미래 사이에 놓인 시인으로서 소월을 이해하

여야 하기 때문이다. 소월의 시에서 가장 중요한 개념은 주로 '한'이 된다. 이 개념은 민속학적 관점에서 우리 민족의 정서를 슬픔과 기쁨을 하나의 극단으로 아우르고[48] 있으며, 그것을 민족의 내면적 원형으로 볼 수 있다. 문학의 전통이란 민속의 원형, 즉 정서와 리듬이 새로운 형식으로 구현될 때 생생히 현재 속에 살아남는 이유가 되는 것이다.

백석과 김소월은 출생지와 출신학교가 같고 떠돌이의식 등의 시적 의식에 비슷한 면이 있다. 그러나 백석의 작품 활동 시기는 소월의 작품 활동 시기와 10여 년의 차이가 나며 백석은 김소월이 생을 마감했던 시기 전후로 작품 활동을 시작했다. 백석은 이미 당대에 많은 조명을 받았다. 1936년부터 1937년까지 발표된 백석 시에 대한 김기림, 오장환, 박용철, 임화 등의 논의[49]는 시집 『사슴』에 나타나는 방언과 향토생활에 대한 논평이 주를 이룬다. 대략 살펴보면 한국어의 원초적 질감을 되살려내려는 노력에 대한 긍정적인 평가가 있는 반면 식민지 치하에 맞서려는 깊이 있는 시심이 부재하다는 지적[50]도 있었다.

오장환은 백석의 시가 묵은 기억 등을 질서도 없이 "그저 곳간에 볏섬 쌓듯이 구겨 넣는데 지나지 않는다"고 혹평했고, 임화 역시 "민족 과거에 대한 감상적 회고주의"라며 백석의 시를 평가절하했다. 반면에 김기림은

---

48) 심재휘, 「한국 현대시의 전통서정 연구」, 『어문논집』 제37 집(안암어문학회, 1998.2), 232쪽.

49) 김기림, 「사슴을 안고」, 『조선일보』(1936.1.29).
    박용철, 「사슴─해설」, 『박용철 전집』(동광당, 1940).
    오장환, 「백석론」, 『풍림』 통권 5호(1937.4), 18쪽.

50) 김윤식·김현, 『한국문학사』, 357쪽.

백석 시의 외관이 "철저한 향토주의에도 불구하고 주책없는 일련의 향토주의"와는 명료하게 구별되는 근대성을 품고 있음을 높이 평가했다. 원초적 공간으로써 고향을 다루는 시적 자아의 태도가 객관적이라는 사실에 주목하고 "불발한 정신을 가지고 대상을 마주 선다"고 하면서 식민지 현실에 맞선 시인의 언어적 노력에 힘을 실어주었다. 또한 시문학파 박용철은 시의 방법적 특징에 대해 지적하였는데 정제되지 않은 방언과 진술적 문장에 대해 부정적 태도로 일관했다.

백석에 대한 논의는 시기적으로 구분해서 살펴 볼 수 있다. 첫째는 당대의 평가이고, 둘째는 해방 후의 논의이며, 셋째는 해금조처 이후 양적으로 다양하고 질적으로 발전된 본격 논의들이다. 이들 논의는 관점에 따라 크게 민족주의, 리얼리즘, 모더니즘에 대한 연구로 나눌 수 있다. 형식적 측면에서는 구조와 표현 문제의 연구를 들 수 있고, 또한 다른 시인과 비교 연구가 있다. 그러나 대부분 평자들은 백석이 지향하는 문예사조와 구조적 특징, 표현 문제를 포괄적으로 다루고 있으며 가장 두드러지는 양상은 그를 민족주의 또는 모더니즘, 리얼리즘이라는 문예사조에 편입시키려는 것이다. 더 세부적으로 보자면, 토속성과 향토성을 민족주의와 연관 짓는가 하면, 한편으로는 이러한 점을 근대적 관점과 모더니즘으로 규정하기도 한다. 본 연구사에서는 백석 시에 대한 연구의 진척을 좀 더 명확하게 보고자 함으로 시기적으로 이어간 평자들의 연구를 살펴보는 것이 합당하리라 본다.

첫 번째로 당대의 평은 백석의 문체나 향토성에 대한 긍정적 의견과 부정적인 의견으로 양분되는 양상을 보인다. 두 번째 해방 이후의 시인에 대한 논의는 1949년의 백철의 논의와 1960년대 이후 유종호, 김현, 김종철을 대표적으로 들 수 있다.[51] 백철은 "눌박한 민속담을 듣고 소박한 시골 풍경화를 보고 구수한 흙냄새를 맡을 수 있다"며 그의 민속 취미를 높이 평가한다. "민속은 그의 시학의 출발점이며 다시 결론이다"며 백석의 시세계는 어느 유파에도 편입시킬 수 없는 특수한 것이라는 평가와 함께, 외국문학에도 능통한 자가 유독 집착한 것이 향토와 민속이라는 그 이유와 책임은 결국 당대의 현실이라는 의견을 피력하였다.

유종호는 당시 "이데아를 의식적으로 노린 많은 시인의 작품들이 어딘가 서구의 모조품이라는 인상을 주면서 공전하고 있음에 반하여 이 작품은 철두철미 독창적이다."[52]라며 특히 「南新義州 柳洞 朴時 逢方」은 "한국 사람들만이 미득(味得)할 수 있는 한국의 노래이면서, 동시에 겨레의 한숨의 코라스를 연상케 함으로써, 이 나라 역사의 굵은 주름살을 보는 듯하다"고 하였다.

김윤식과 김현은 백석이 김영랑, 이용악과 함께 외국의 서투른 모방보다는 한국어의 재래적인 가치를 보존하려고 한 시인이었다는 평가를 내린다. 그러나 한편으로는 "샤머니즘이 지배적인 산골마을의 풍경묘사를 통해 백석은 독자를 민담의 세계로 인도하고 있다"며 이러한 샤머니즘적 세계의 탐닉에 대한 위험에 대해 주의를 표하면서, 비극적 세계관에서 연

---

51) 백철, 『조선신문학사조사: 현대판』(백양당, 1949).

　　유종호, 『비순수의 선언』(신구문화사, 1962).

　　김종철, 『시와 역사적 상상력』(문학과지성사, 1978).

52) 유종호, 위의 책, 105~106쪽.

유된 숙명론이 인간의 자유의지를 말살해 버릴 소지가 있다[53]는 우려를
표명하기도 했다.

김종철[54]은 백석의 초기 시에 주목하면서 백석이 고향 자체를 시적 대
상으로 삼고 방언과 어린아이의 시각으로 객관화하려는 노력을 보인다고
하였다. 현실의 지속적인 위험과 불안 속에서 살아있는 세계를 제시하는
가운데 자기 존재 근원에 대한 시적 분투를 보이고 있다는 평가이다.

1988년 해금조처가 내려지면서 백석에 대한 연구가 본격적으로 이루어
지기 시작했다. 이숭원, 고형진, 박태일, 정효구, 이동순, 최두석, 김명인
의 연구가 대표적인 것으로 나름의 성과를 이끌어내고 있다.

이숭원[55]은 백석의 시를 상실감의 극복이라는 차원에서 해석하고 민족
의식을 지닌 시인으로 평가하며 1930년대 한국시단에서 가장 개성적인 시
인으로 자리매김한다. 세련된 도시감각을 배제하고 향촌의 투박한 어투를
되살림으로써 개성적인 눌변과 미학의 세계를 창출하였다는 것이다.

고형진[56]은 토속적인 풍물과 관련하여 그것을 환기하는데 언어의 형태
적 측면에 초점을 맞추고 개성적인 언어구사에 주력하였다고 평가하고
있다. 이동순[57]은 "백석의 방언주의는 민족 주체성의 확보와 모든 동족 사
물들 사이에 합일의 목표를 두었"음을 지적하면서, 그를 민족 현실을 대

---

53) 김윤식 · 김현, 『한국문학사』, 354~357쪽.

54) 김종철, 『시와 역사적 상상력』, 42~44쪽.

55) 이숭원, 「풍속의 시화와 눌변의 미학」, 『한국시문학의 비평적 탐구』(삼지원, 1985).

56) 고형진, 「백석 시 연구」(고려대 대학원 석사학위논문, 1983), 95쪽.

57) 이동순, 「민족 시인 백석의 주체적 시 정신」, 『백석시전집』(창작과비평, 1987), 167쪽.

변한 민족시인으로 파악하고 있다. 이동순의 시각은 모국어 발굴과 공동체의식을 확보하기 위한 민족주의에 기초한다. 김명인[58]은 백석이 소재적 측면에서 사라져가는 우리의 전통과 향토적 정서를 통해 모더니즘의 새로운 경지를 개척했다는 점을 높이 평가하고 있다.

김재홍[59]은 백석의 시가 유년 회상과 과거적 상상력을 바탕으로 한국적 삶의 다양성으로 확대 심화됨으로써 민중시의 한 전형을 지니게 되었다는 점을 지적한다. 이어 북방 정서 그리고 방언을 민중적인 샤머니즘과 연결함으로써 생생한 생명력을 갖는다며 그의 시를 두고 "주변부 정서를 중심부화"한 예라고 규정한다.

정효구[60]는 백석의 시를 서민정신과 객관주의 정신으로 요약한다. 시에 깃든 서민정신은 그가 농촌 출신이라는 데서 연유하는 것이고, 시적 방법은 객관주의의 방법으로 대상과의 미적 거리를 일관되게 유지하고 있음을 설명하고 있다. 이 객관주의는 1930년대의 이미지즘 혹은 모더니즘 정신과 같은 선상에 놓일 수 있으며 김기림이나 김광균의 그것보다 더 리얼리티가 있다는 점을 강조하고 있다.

박태일[61]은 백석 시의 시적 공간에 있어서 민족 체험이라 부를 만큼 전형적 사건들에 대한 기억들을 불러 온다고 하면서 시인이 보여주는 민속

---

58) 김명인, 「백석 시고」, 『우보 전병두 박사 회갑기념 논문집』(우보 전병두 박사 회갑기념 논문집 편찬위원회, 1983), 107쪽.
59) 김재홍, 「민족적 삶의 원형성과 운명에의 진실미」, 『백석』(새미, 1996), 179쪽.
　　 김재홍, 『한국현대시인 연구(2)』(일지사, 2007), 348~370쪽.
60) 정효구, 「백석 시의 정신과 방법」, 『한국학보』 57(일지사, 1989), 195~203쪽.
61) 박태일, 「한국 근대시의 공간현상학적 연구」(부산대 대학원 박사학위논문, 1991).

체험의 구체적인 전개를 독자적인 것으로 평가한다. 신범순[62]은 시인이 민담과 신화, 동화적 세계가 유랑의 체험으로 이어지는 후기 시에서는 민족적인 설화의 세계를 보여줌으로써 공동체적 실현을 보여준다고 평가하고 있다.

이어서 김열규[63]도 시의 향토성과 토속성을 민족 심성의 원형이라고 하면서, 이러한 향토성을 민족의 정신적 재생으로 보고 신화적 미분화 상태로 개진한다. 또한 민족의 신화성과 영원성으로 평가할 수 있는 작품은 후기에 갈수록 그 한계를 보인다고 하였다. 이 시각은 어떤 사조의 유파와도 동떨어진 세계로 파악하고 있는 유종호의 예와 같이 백석 시에 대한 민속성의 최초의 접근이라는 점에서 의미가 있어 보인다.

이렇듯 해금 이후에서 1990년대 말까지 그에 대한 평가는 시가 지향하는 정신이나 미학적인 것에 치중되고 있는데 그 이외에도 그 전까지 이루어져 온 백석 시에 대한 전형적인 평가, 예를 들면 "(토속성/동화/민담/향토성)=(민족공동체)=(민족시인)"과 "(모더니즘/리얼리즘)=(시적 근대성)"이라는 도식에 대한 이견이 제시되기도 한다.

그 예로 이숭원은 백석 시의 토속적인 세계를 근대적인 시선으로 묘사하고 있는 전봉관의 주장을 예로 들면서 근대적인 시각의 구체적인 잣대에 대해서 의구심을 표명하고 있다. 백석 시를 굳이 그 개념이 확실치 않

---

62) 신범순, 「백석의 공동체적 신화와 유랑의 의미」, 『한국 현대리얼리즘 시인론』(태학사, 1990), 173~177쪽.
63) 김열규, 「신화와 소년이 만나서 일군 민속시의 세계」, 『1930년대 민족문학의 인식』(한길사, 1990).

은 모더니즘이나 근대성이라는 외부의 틀을 끌어오지 않더라도 얼마든지 접근할 수 있다는 것이다. 정효구의 입장도 백석의 시는 어느 사조 어느 유파에 얼른 소속될 수 있는 것이 아니라고 주장한다. 이런 유사한 지적은 최두석에 의하여 제시된 바 있다.

그러나 거슬러 올라가보면 백석의 시를 어느 사조에도 편입시킬 수 없는 특수한 것으로 보는 견해는 백철의 주장의 연장선에 있다. 그의 민속성과 토속성이 어느 일반 사조와도 동떨어져서 "一特殊"한 지위에 선 것이 유니크한 존재성[64]이라고 밝힌 적이 있기 때문이다.

정효구[65]는 그러므로 "민족시인이라는 칭호를 마땅히 붙여서 그를 경배해야 한다"는 이동순의 주장에 대해서도 설득력이 약하다고 주장한다. 그러나 해금조처와 더불어 많은 평가가 이어지고 특히 1990년대 후기에는 많은 연구가 본격적으로 뒤따르기 시작했다. 이때부터 백석의 시를 근대적 시각으로 규명하는 뚜렷한 경향을 보인다. 이때 말하는 근대성은 전통성의 맥락에서 구현된 근대성임과 동시에 시적 주체의 욕망이라는 새로운 접근법으로 그의 시를 인식하고 있음을 밝히는 것이기도 하다.

---

64) 여기서 정효구의 주장은 백석의 시적 특성이 우리 시사의 어느 유파 혹은 시적 사조에 얼른 소속될 수 있는 그런 특성을 갖고 있지 못하다는 것이다. 다시 말하자면 1930년대 우리 시사의 몇 가지 유형적 특성, 시문학파의 특성, 이미지즘의 특성, 초현실주의 특성 어느 하나에도 분명하게 소속될 수 있는 시적 특성을 갖고 있지 못하다고 했으나, 백철과 유종호는 백석의 시는 어느 유파에도 편입시킬 수 없는 백석민의 특수한 시세계를 가지고 있다고 하였다. 그러나 많은 평자들은 그를 다양한 사조로 편입시키고 있음을 볼 때 백석의 시세계는 그만큼 개성적이되 보편적 세계를 확보하고 있다고 볼 수 있다. 백철, 『조선신문학사조사: 현대판』, 292~293쪽.
65) 정효구, 「진솔한 삶의 공간」, 『현대시』(1990. 5).

정효구는 백석의 시를 서민정신의 측면에서 연구한 것에 이어 시의 정신을 모더니즘과 서민정신으로 융합시키고자 한다. 시에 나타나는 객관주의는 열거식 병렬이라는 기법에 의해 나타나는 것이고, 시인은 낭만주의 경향의 유출을 위해 풍물을 끌어들이는 방법을 선택하고 있다고 해석한다.

1990년대 이후로 백석 시의 자료로써 시선집이 발간되기 시작했으며, 기본 자료가 실린 원전 비평집들이 다수 나오게 된다.[66] 이 가운데 김학동은 시의 원문과 연보 그리고 연구서를 함께 묶어 싣는 작업을 했다. 김학동은 백석 시에 나타나는 무지한 속신과 원초적인 삶 속에 세워진 소박한 인생관이나 우주관을 높이 평가하고 있다. 이것은 백석이 가지고 있는 향리를 향한 근본 의도라고 밝히기도 한다. 고형진은 시의 양식적인 면에 보다 더 관심을 가지면서 그의 양식적 특성이 풍속을 전달하는데 다양한 서사적 기법으로 토속적인 풍물과 정취를 환기시키는 데 기여하고 있다고 파악하였다.

최두석[67]은 시의 창작 방법에 대해 고찰한다. 고향을 재현할 수 있게 되

---

66) 고형진 편, 『백석』.

　　　송준 편, 『백석 시 전집』(학영사, 1995).

　　　이동순 편, 『모닥불』(솔출판사, 1998).

　　　김자야, 『내 사랑 백석』(문학동네, 1995).

　　　김재용 편, 『백석 전집』(실천문화사, 2004).

　　　이지나, 『백석 시의 원전비평』(깊은샘, 2006).

　　　이숭원 주해, 『원본 백석 시집』(깊은샘, 2006).

67) 최두석, 「백석의 시세계와 창작방법」, 고형진 편, 위의 책, 145쪽.

는 것은 서사적 골격을 통해서라고 밝히고 그 시사성이 바탕이 된 산문시
는 자연스럽게 어린 시절의 고향을 재현하는 데 진실성을 확보하고 있다
고 분석하고 있다. 이동순은 시인의 시를 원문 그대로 싣고, 방언의 해석과
해설을 붙임으로써 이후 연구자들의 성과에 기반을 다지는 역할을 했다.

김윤식[68]에 의하면 백석은 그 심연에 자리 잡은 허무를 극복하기 위해
과거의 사물과 끊임없는 대화를 나누려고 한다. 그러므로 말 건넴의 대상
이라는 측면에서 고향이나 풍물은 끌어들이고 있으며, 허무를 통해 근대
에 대한 철저한 인식을 가질 수 있었다고 판단한다. 그렇기 때문에 그의
시는 현대인의 그것이며 풍물묘사의 정확성은 이야기 형식의 정신을 강
조한다.

김재용[69]은 시인이 과거의 민속에 관심을 보이는 것을 과거 습속에 대
한 관심이라기보다는 근대적 성찰에 기인하는 것이라며, 근대에 대한 의
식은 당대에서부터 근대 이후까지의 공동체와 유토피아를 향한 것으로,
이 점이 백석의 중요한 시적 지향점이라는 견해를 밝힌다.

박윤우[70]는 시인의 거리의식은 전통적 "토속성 세계와 현실의 거리감"
이라 규정하고 모더니즘적 인식의 근거가 된다고 입장을 정리한다. 근대
적 인식으로써 민족의식을 나타내는 방식은 자아중심적 세계인식으로부
터 벗어나서 대상에 대한 객관적인 언어형상화를 통한 세계의 이성적 인
식을 이루어내는 방식이라고 판단하고 있다.

---

68) 김윤식, 「허무의 늪 건너기」, 『한국 현대시인 비판』(시와시학사, 1994).
69) 김재용, 「근대인의 고향상실과 유토피아의 염원」, 『백석 전집』.
70) 박윤우, 「백석 시에 있어서 고향의식과 근대성의 관계양상 연구」.

이명찬[71], 박주택[72], 곽봉재[73]의 논문도 있는데, 이명찬은 시인의 시적 여정은 현실적 좌절을 유년기의 풍요로움을 극대화하는 동력으로 삼고 공동체를 발견하고자 했으나 개인적인 민족성 차원의 고향 찾기를 행하면서 결국 퇴행이라는 한계에 이르고, 마지막 여정에서 자신의 성찰로 향하고 있는 이유를 설명하고 있다. 한편 박주택은 지금까지 있었던 연구와는 다른 면모를 보여주는데 지금까지의 논의는 대부분 민속성과 토속성에 집착하는 것을 과거로의 퇴행이냐, 혹은 근대적 성찰이냐, 혹은 거리의식이냐에 관심을 두고 논쟁을 거듭하여 왔다면, 이러한 논쟁에서 벗어나 백석의 시가 낙원회복의 의지를 뚜렷이 보여주기 위한 탐색이라는 점을 밝히고 있다.

곽봉재 역시 시적 주체가 역사 속에 자기정체성을 획득하는 한편 해체되고 왜곡된 민족의 운명을 드러내고 있다고 본다. 즉 공동체의 원형 공간에서 화해로운 유년의 주체에서 단절된 시공간을 재구성해야 하는 시적 주체로 이동하면서 거대한 타자에 대한 부정의 정신을 자각하는 면모는 자신의 존재양식에 대한 탐구를 보여주고 있다는 것이다.

백석 시를 민속성의 관점에서 연구한 사례는 최정숙[74] 등의 학위논문이

---

71) 이명찬, 「1930년대 후반 한국시의 고향의식 연구」(서울대 대학원 박사학위논문, 1999).
72) 박주택, 「백석 시 연구」.
73) 곽봉재, 「백석 문학 연구」(경희대 대학원 박사학위논문, 1999).
74) 최정숙, 「한국 현대시의 민속 수용양상 연구」(경희대 대학원 박사학위논문, 2003).
    김민정, 「백석 시 연구-민속성을 중심으로」(홍익대 대학원 석사학위논문, 2000).
    오세미, 「한국현대시의 무속신앙 수용양상 연구」(건국대 교육대학원 석사학위논문, 2007).
    이인경, 「백석 시 연구」(인하대 교육대학원 석사학위논문, 2004).

있으나, 민속성이나 무속성 또는 토속성에 대한 단평들을 다시 정리하고 해설을 붙인 것에 지나지 않는 경우였다. 그러나 이들이 피상적이나마 백석의 시에서 나타난 민속성이라는 가치를 구현함으로써 우리 문학 속에 민속성이 지속되어야 하는 중요한 이유와 근거를 제시했다는 점에서 의의가 있다고 본다. 지금까지 백석에 대한 많은 글이 쏟아져 나왔으나, 그 연구의 기반이 되는 기본적인 개념은 토속성과 민속성임에도 불구하고 그것에 대한 깊이 있는 연구보다는 근대 혹은 반근대적인 것에만 몰두하고 있음이 사실이었다.

민속 또는 무속적 상상력이 조선의 지엽적 풍속, 변방의 문화를 강조함으로써 지역주의적 감각을 표현한 것[75]이라든가, 과거로의 퇴행이라든가 하는 선입견과 함께 민속성에 대한 확고한 근간이 부족했음이 사실이다. 그러나 오태환, 김열규의 민속성에 대한 신화주의적 접근, 김재홍의 민족 원형성에 대한 탐구는 본 연구를 진행하는 데 있어서 길잡이가 되었음을 밝힌다.

본 연구는 선행 연구들에서 지속적으로 이루어졌던 민속에 대한 해석이 참고가 되었음을 부인할 수 없다. 이러한 민속성에 대한 관심은 근대

임재서, 「백석 시의 풍물묘사에 나타난 민속성과 전통의 의미」, 한중인문학회 · 부산외대 비교문화연구소 공동 국제학술대회(2004).

박미서, 「백석 시 연구」(동국대 교육대학원 석사학위논문, 1998).

오태환, 「혼과의 소통, 또는 무속적 요소의 문학적 층위」.

윤여선, 「백석 시에 나타난 샤머니즘 고찰」, 『문예시학』(한국문예시학회, 2010).

75) 김은석, 「백석 시의 무속성과 식민지 무속론」, 『국어문학』 제48호(국어문학회, 2010.2).

성과 관련된 연구가 다수를 차지하고 있었는데, 최정례[76]는 근대성에 집중하면서, 백석이 1930년대 한국의 모더니즘 자체에 대해서는 부정적 견해를 가지고 있었다 하더라도 시에서 묻는 행위는 분명 현대성·근대성의 성격과 일맥상통한다는 점을 강조하고 있다. 2000년대 중반에 들어오면서 백석에 대한 논문에 이어 단평[77]과 단행본이 출간되는 적극적인 연구가 진행되었으며 시의 내재적인 의미는 공동체의식에서부터 시작하여 생태학적인 내용으로 그 의미를 확장하게 되고 창작 방법 연구에 있어서도 다각적인 연구 성과를 내기 시작했다.

---

76) 최정례, 「백석 시 연구―근원에 대한 질문으로서의 근대성」(고려대 대학원 석사학위논문, 2001).
   최정례, 「백석의 근대성 연구」(고려대 대학원 박사학위논문, 2005).
   최정례, 『백석 시어의 힘』(서정시학, 2008).
77) 백지혜, 「백석 시에 나타난 마을 형상화의 의미」, 『한국근대문학연구』 제4권 1호(한국근대문학회, 2003).
   류순태, 「백석 시에 나타난 '고향의식'의 아이러니 연구」, 『한중인문학연구』 제12집(한중인문학연구회, 2004.6).
   이승원, 「백석 시에 나타난 자아와 대상의 관계」, 『한국시학연구』 제19호(한국시학회, 2007.8).
   유성호, 「백석 시의 세 가지 경향」, 『한국근대문학연구』 제17호(근대문학회, 2008).
   임수만, 「백석 시에 나타난 공동체 윤리」, 『개신어문연구』 제30집(개신어문연구회, 2009.12).
   이경수, 「백석의 기행시편에 나타난 장소의 심상지리」, 『민족문화연구』 제53호(고려대 민족문화연구원, 2010.12).
   금동철, 「백석 시에 나타난 세계인식방식 연구」, 『개신어문연구』 제29집(개신어문연구회, 2009.6).
   정유화, 「음식기호의 매개적 기능과 의미작용」, 『어문연구』 제35권 2호, (한국어문교육연구회, 2007.6).
   소래섭, 「백석 시와 음식의 아우라」, 『한국근대문학연구』 제16호(한국근대문학회, 2007.10).
   신철규, 「백석 시의 비유적 표현과 환유적 상상력」, 『민족어문논집』 제63집(민족어문학회, 2011.4).

백지혜의 마을 형상화의 의미나 류순태의 고향의식에 관한 글을 비롯해서 많은 글들은 근대·반근대적인 지점에서 고향을 그리고 있다는 관점에서 시를 해석하고 있다.

소래섭은 시에 나타난 음식을 분석하며 이 음식은 근대의 기호이자 욕망의 산물임을 전제하고 백석 시의 음식물을 하나의 기호로써 간주하고 있다.

양문규[78]의 연구는 시어들에 대해 세밀한 조사를 바탕으로 시의 형식과 시적 화자와 대상의 관계, 그리고 서사 양식에 집중한 예이다. 따라서 그의 시가 민중·민족적인 시각에서 당대 현실을 반영하고 있으며 이러한 과정에서 언어적 언술은 의도적이며 새로운 언어적 구축을 하고 있다는 전제하에 그가 모더니즘을 수용하여 시대현실 속에 접목시키고, 나아가 독자적인 세계를 구축하였음을 보여주는 총체적인 연구를 진행하였다.

동시영[79]은 백석 시의 기호학적인 분석의 한 예를 보여주었다. 그의 시에 등장하는 방언과 사투리는 문학의 낯설게 하기의 전략이라며 신화와 고대의 영역들이 현대시 거장들의 텍스트를 빚어내는 듯한 시적 디스코스들은 한국의 옛날이야기들과 토속적 풍물들을 생산하고 있다는 것이다. 여기서 중첩기법의 이미지와 시각 이미지는 연결기법 의식의 흐름기법 등으로 철저한 모더니즘을 통과한 포스트모더니즘 기법에 해당한다고 하였다.

---

78) 양문규, 『백석 시의 창작방법 연구』, 29~31쪽.
79) 동시영, 『한국문학과 기호학』(집문당, 2007), 9~31쪽.

이문재[80]는 김소월과 백석의 시를 비교 분석하면서 그들의 시에는 근대적 시간과 공간의식을 극복하는 어떤 단서가 내재해 있다고 전제하고 인간과 자연, 자연과 우주에 대한 새로운 인식과 표현을 찾아낼 수 있다고 주장하면서 생태학적 관점에서 시를 탐구하였다. 백석 시에 나타난 동심에 대한 연구도 많이 있는데 최근 이소연[81]의 백석과 윤동주 시의 동심 지향성 비교 논문은 근대적 동심에 대한 명확한 규명을 보여주고 있다. 개념 정리에서부터 근대적 아동의 등장과 그 의미를 탐구하는 의미 있는 연구로 보인다. 이어서 소월과 백석의 비교분석의 경우, 신범순[82], 김지선[83], 권용현, 곽봉재, 마미기 등의 석사학위논문이 있으나, 이 두 시인의 깊이 있는 본격적인 학위논문은 미미한 단계에 있다.

지금까지 이루어져 온 백석 시에 대한 많은 연구의 경우, 그 관점이 향토성(내재성)이나 문체(형식)에 대한 동시적 접근이 아니면 연구가 성립되지 않는 불완전성을 포괄하고 있다. 따라서 명확하게 구분하기가 어려운 사정이 있었으므로 시기적으로 본 연구사를 진행시켰으며, 그중에서도 본고에 가장 참고가 될 만한 근대성과 향토성을 다룬 논문을 중심으로

---

80) 이문재, 「김소월 · 백석 시의 시간과 공간의식 연구」.

81) 이소연, 「백석 · 윤동주 시의 동심지향성 연구」(경희대 대학원 박사학위논문, 2011).

82) 신범순, 「현대시에서 전통적 정신의 존재형식과 그 의미─김소월과 백석을 중심으로」, 『국어교육』 제96호, (한국국어교육연구회, 1998.2).

83) 김지선, 「소월과 백석 시에 나타난 지방주의」(건국대 교육대학원 석사학위논문, 2005).
곽봉재, 「김소월 · 백석 시 비교 연구」.
권용현, 「김소월과 백석의 시어특성 비교연구」(청주대 대학원 석사학위논문, 2007).
마미기, 「근대시에 나타난 국어의식의 표출양상 연구」(건국대 대학원 석사학위논문, 2010).

살펴보았다. 백석 시에 대한 평가가 전방위적으로 이루어지고 있고, 연구서의 양적 또는 질적인 수준이 보여주는 방대함은 시인의 시가 민족의 보편성과 개성을 떠나서 다각적인 세계관이 바탕이 되고 있음을 방증하는 것으로 볼 수 있다.

다양한 연구의 관점을 분류하면 첫째 향토성과 토속성, 둘째 민족성과 민중성, 셋째 근대적인 관점, 넷째 동심지향성, 다섯째 형식적인 면으로 구분할 수 있었다. 그러나 평자와 평자 사이에 가장 큰 쟁점은 그의 시를 근대적인 관점으로 볼 것이냐, 아니면 퇴행적인 복고주의로 볼 것인가로 그 이견 차이가 뚜렷한 점이 특징이다. 그러나 그를 어느 문예사조에 편입시키기 이전에 시세계의 근간을 이루고 있는 민속성에 대한 정확한 개념과 사실규명 및 가치판단이 미흡했음이 아쉽다. 그동안 민속성에 대한 몇몇 연구가 있었으나, 그리 활발하거나 본격적인 연구가 이루어지지 못했음은 분명한 사실이다.

특정한 공동체가 하나의 공통된 정신적 역사와 자산을 가지고 있는 것을 밝히는 것이 민속성에 대한 연구라면 이것이 문학 연구에 적용될 때, 미학적이거나 형식적인 차원의 분석을 넘어서서 보편적이고 총체적인 의미를 지닌 것으로 파악될 수 있기 때문이다. 그러므로 본서에서는 민속성이 우리 전통을 이루는 데 중요한 핵심의 정신사가 되고 있음을 밝히고, 그에 따른 맥락으로 연구를 진행하고자 한다.

김소월은 혼의 심연을 탐구하는 대신 백석은 역사적 문맥에서 삶의 심연을 선택하였으며, 소월이 자연과의 공간적 거리인식을 보여준 데 반해서 백석은 과거와의 객관적 거리인식을 보여준다. 다양한 관점으로 해석되어지는 이들의 창작행위의 근본은 시대적 모순과 대응하고 조응하면서 민속의 원형을 새로운 문학 형식으로 현재화함으로써 전통의 계승을 지향하고 있음이 확인된다.

3. 연구방법과 범위

문학 속에서 구현된 민속성[84]의 대한 새로운 가치와 재발견을 위한 작업이 보다 체계적으로 이루어지기 위해서는 다음과 같은 과제들의 바탕 위에서 이루어져야 한다고 본다.

첫째, 1920, 30년대의 근·현대문학과 민속성, 전통지향성에 관한 문제점.
둘째, 문학 속에서 민속성을 이루는 유형, 무형 민속요소에 대한 구체적인 양상과 의미.
셋째, 문학 전통과 민속성의 접점을 이루는 여러 요소들의 이론적 근거, 즉 원본사상, 민속의 원형성, 자연종교, 주술성 개념에 대한 정리.
넷째, 민속성이 과거에서부터 미래, 그리고 현재적 의미에서, 전통계승과 전통지향성 구현에 대한 정의.

위에 열거한 기본적인 문제의식에 따라 본 연구를 행할 때 첫째, 이들

---

84) 이 글을 진행하는 데 있어서 사용되어지는 민속성, 토속성, 토착성, 향토성은 조금씩 다른 의미를 가지고 있다. 토속성은 그 지방의 특유한 풍속성을 의미한다, 그리고 토착성은 대대로 그 땅에 살고 있음을 뜻하거나, 그곳에 들어와 정주함, 향토성은 자기가 태어나서 자란 땅, 즉 고향의 뜻을 의미하는 것으로 쓰고자 한다. 민속성은 민속요소를 바탕으로 전승된 민족·민중문화의 성격을 통틀어 일컬을 뿐만 아니라, 위의 토속성, 토착성, 향토성을 포함한 포괄적 의미이다.

시인의 활동시기를 근·현대와 맞물리는 전환기로 보고, 서로 많은 영향을 주고받은 근·현대 문학의 변천과정을 파악하는 것이 순서라고 본다. 특히 우리의 문학의 전통에 있어서 근대성을 내재적이고 연속적인 것으로 파악하기 위해서는 선대로부터 물려받은 전통적인 요인을 밝히는 것이 중요한 과제가 될 것이다. 그 가운데에서도 두 시인의 시에서 민속적 요소를 전통 지향적으로 규명하는 일이 선행되어야 할 것이다.

둘째, 소월 시에서 민속성의 근간을 이루는 민속요소는 주로 자연성(무덤, 강, 바다, 나무, 동물)의 유동적(流動的)인 공간으로, 전체 시세계를 이루는 데 상징 또는 그 매개체가 된다. 이 유동의 공간 속에서 '시혼'이라는 관념적 의식의 활동은 존재의 원본을 향하는 시공의 초월적 행위로 파악될 수 있다.

그러나 백석의 경우는 유형의 고정적인 사물과 정신, 즉 내면의 거리가 철저한 긴장관계에 놓이면서 풍물들이 가진 고유성을 자신의 정신 속으로 내면화하는 모습을 보이고 있다. 음식의 종류를 비롯하여 인물의 유형, 사물의 모습, 귀신들의 유형, 구체적인 성소의 모습들이 사실적으로 시 속에서 살아 움직이는 것이다. 일상생활의 의식주의 물적 흔적은 당대의 문화적 방식과 민속의 상징이 되고 이것은 오랜 시간을 두고 지속을 유지시키는 전통적 준거로써 파악할 수 있다. 백석의 시에서는 그 당시, 마을의 모습과 주거 속에서 그 유형의 흔적들과 어떤 관계를 맺으며 살아가는지를 사실적으로 보여줌으로써, 토속적 삶의 전형을 새롭게 형상화하고 있다.

민속문화는 민중에 의해 역사적으로 전승되는 동시에 현대사회에 잔존하는 삶의 한 양식이다. 그 생명력이 강한 이유는 그것이 상층문화가 아니라, 하층문화이며 기층문화이기 때문이다. 상층문화가 외국문화의 수용적인 성격이 강한 데 비하여 기층문화는 그 나라의 고유성이 강한 민족문화이다. 자크 아탈리(J. Attali)에 의하면 "현대문명과 문화에 있어서 세계적인 시장"은 하나의 문명으로 통합될 것을 ─모든 사람들이─ 예견할 만큼 실제로 모든 문명이 서로 통합되고 상호침투하며 혼합되어 가고 있다. 그렇지만 시장과 소비 모형이 아무리 세계화되어도 문화나 언어, 종교를 획일화시키지는 못한다고 지적한다. 또한 신유목시대라고 불리는 현대에 와서 가장 소중한 자산은 고급문화와 대립되는 서민과 민중의 삶의 양식이다. 기층문화일수록 민족의 고유한 민속성과 민족의 특성을 내포하고 있다고 할 수 있다.

셋째, 민속에 대한 정의와 원형에 자연종교와 주술에 대한 접근이다. 특히 시에서 구현되는 민속의 범주는 민간신앙, 구비문학, 세시풍습 등이며, 또한 그것은 우리 민족이 가진 전반적인 습성과 문화를 이루는 유·무형의 민속요소이다. 지금까지 전통의 맥락에서 이루어져 온 많은 연구는 설화나 신화가 문학에서 수용되고 있는 양상을 중심으로 연구가 이루어져 왔다. 그러나 본서에서는 그들이 누리던 전반적인 풍습과 그러한 문화 가운데 세시풍속과 계절적으로 행하는 축제의 경우, 주기적 또는 반복적이고 두려움과 경이로움의 행위와 관련지을 때, 이것을 종교적인 것과 민간신앙적인 것으로 이해하고자 한다. "자연이 인간에게 미치는 다양한 현상 가운데 인간의 죽음, 또는 빛과 열기가 줄어드는 데 대한 슬픔과 고통, 인간의 탄생이나 긴 겨울이 지나면서 빛과 열기가 되돌아오는 것,

또는 수확의 축복에 대한 기쁨, 또는 꽃이 피고 지는 것에 대한 놀라움, 이 모든 두려움과 신비함"에 대해서 루트비히 포이어바흐(A. Feuerbach)는 자연종교의 근원적인 본질과 관계가 있다[85]고 설명한다. 이것이 민족과 민중이 누리고 섬기는 자연종교의 근원으로 이해된다. 아도르노(T. W. Adorno)도 역시, 자연종교 즉 민간신앙에서 행해져 온 주술은 자연이 하나의 소재나 견본, 혹은 의도의 관계 속에 있는 것이 아니라, '친숙성의 관계'를 형성한다[86]고 밝힌다. 이러한 맥락에서 보면 자연과의 '친숙한 관계' 속에서 형성된 우리 민족의 원형성과 토속성이 시세계의 바탕이 되고 있다고 볼 수 있다.

넷째, 민속성을 고찰하는 경우, 김태곤의 원본개념과 순환이론을 기본으로 하되, 두 시인의 시를 한정된 이론으로 파악하지는 않을 것이다. 민속성이라는 개념은 많은 민속요소를 포함하고 있고, 민속성은 또 다른 모든 민족과의 보편적인 성격을 지니고 있기 때문이다. 그것을 정의하고 파악하는 개념은 고대에서부터 존재해온 사회 · 역사적인 전통성을 지니고 있다는 점에서 여러 각도로 해석해야 할 부분이다.

두 시인이 시 속에서 민속에 대한 특성을 드러내고자 한 이유에 대해서 분석할 때, 그 방법은 프레이저(G. Frazer)의 주술성에 관한 연구, 융(C. G. Jung)의 원형이론, 민속학, 문화인류학, 신화학, 인접학문의 도움을 받고자 한다. 본 연구에서는 이 구비문학의 원류에 민속문화 전반에 걸친 주

---

85) Ludwig A. Feuerbach, 강대석 역, 『종교의 본질에 대하여』(한길사, 2006), 121쪽.
86) Theodor W. Adorno · Max Horkheimer, 김유동 역, 『계몽의 변증법』(문학과지성사, 2001), 33쪽.

술성이 많은 영향을 미치고 있다고 보았는데, 고대에서부터 근대시에 이르기까지 주술성을 기반으로 하여 시적인 형상화를 이룬 경우에 있어서 그러하다. 민속성의 원형에 대한 해부에 있어서는 원형의 개념을 사용하고 있지만 융의 원형이론과 엘리아데(M. Eliade)의 원형이론, 그리고 김태곤의 원본사상을 바탕으로 시를 해석하는 것은 주된 방법으로 한다. 김태곤의 원본사상과 서구의 원형이론은 우주와 존재의 원본을 향한 시각이 근본적으로 다르다고 할 수 있다. 김태곤은 원형 이전, 존재의 원본개념을 체계화하였다. 반면 그의 원본사상은 우주와 존재에는 원형 이전의 원질의 개념으로 카오스의 세계에서부터 그 근원을 설명하고 있다. 원형이 고정적인 개념이라면 원본은 카오스와 코스모스의 시공의 입체적인 순환성과 지속성으로 본 원질사고에 바탕을 두고 있다는 것이다. 신의 행동 자체를 종교나 신화의 원형으로 본 엘리아데의 원형이론과 무의식의 구조라는 개념으로 사용한 원형의 이론은 인위적으로 조직화된 종교적 관점에서 사용할 수 있다. 그러나 양자는 모두 영원히 변치 않는 의미의 핵이란 근원적 의미를 갖는다.[87] 본 연구에서는 이러한 원본사고와 원형이론이 주제에 따라 다르게 사용됨을 밝힌다. 엘리어트의 "각 나라의 민족은 각기 독특한 창조적 재질과 비평적 재질을 가지고 있다"[88]라는 말을 빌리지 않더라도, 우리의 민속성에 대한 고찰을 다양한 이론과 방법으로 연구를 시도하려 할 때, 시대를 바라보는 관점과 그 가치 규명이 형편에 따

---

87) 김태곤, 「원본의 개념」, 『한국문화의 원본사고』(민속원, 1997), 6쪽.

88) T. S. Eliot, *On Poetry and Poets*, p.108.

라 달라져야 하기 때문이다.

2장 1절에서는 근대이행기에 있었던 근대성과 민속성에 대한 논의과정을 구체적으로 정리하면서 한국문학사에서 그 당시 이식사관을 극복하고자 했던 사례를 보고, 전통의 자생적인 이론에 접근하고자 한다. 이로써 전통계승의 노력 한가운데 있었던 시인들의 작품활동을 통해 민속성은 민족이 가진 영원한 원형성이라는 점을 제시할 수 있을 것이다. 또한 고전과 현대의 이분법적인 단위 가운데 민속성이 전통의 고리와 매개가 된다는 점을 밝힌다.

2장 2절에서는 전통에 대한 연구의 기본 토대가 되는 민속의 원형성을 살펴본다. 원형의 개념과 원본사고의 기본개념에 대해 비교 검토하고, 민속성을 이루는 무형·유형 민속요소의 근원에 대해 구체적으로 고찰한다. 또한 민속성에 대한 본격적인 관심과 연구가 시작된 동기와 시기 등에 대해 살펴본다.

2장 3절에서는 주술성이 문학이 전승되는 데 주된 역할을 하고 있다는 판단 아래 주술성과 문학의 상관관계, 고전문학에서부터 현대시에 수용되고 있는 주술성의 의미를 탐구한다.

3장은 김소월이 자신의 시에서 표현해내고자 했던 전통지향성에 대한 포괄적인 연구가 될 것이다. 첫째, 그의 시에 흐르는 전원상징과 민족 고유의 정서가 민요시라는 형식을 통해 전통을 이루고 있다고 보고, 민요적 리듬의 이유와 혼의 노래로써 시 「접동새」를 분석하고자 한다. 둘째, 삼성(三聖)에 관한 상징이 바탕이 된 시를 살펴보고 이 시들이 민간신앙적인 측면에서 자연인식과 생명의 근원을 드러내고 있다는 것을 밝힌다. 세 번째, 시에 나타난 혼의 부름과 주술적 상징을 통하여 민중·민간의 절망과 고통을 기원하는 제의의 형식과 초월적 행위를 분석하고자 한다. 또한 그의 시에서 자연과 동일시되는 자연공동체의식과 민족의 원형성이 다소 주관적인 인식으로 형상화되고 있음이 확인된다. 그럼에도 불구하고 그 점이 곧 김소월만의 개성이며, 우리 민족 누구나 동질감을 느낄 수 있는 보편적 정서의 확대화라는 것을 밝히고자 한다.

4장에서는 백석의 시에 대해 고찰한다. 그의 시는 일제강점기 여러 문예사조에도 편입시킬 수 없는 특수함을 지녔다거나, 또는 리얼리즘과 모더니즘의 근대성의 시각으로 일컬어지고 있다. 본서에서는 민속성에 대한 객관적 거리에서 백석 시가 출발한다고 보았다. 그의 시는 민속의 삶의 모습을 사실적이고 객관적인 거리에서 형상화함으로써 시간을 초월한 유형의 전통성을 확보하고 있다. 이렇게 사실적인 풍물의 형상화를 통해서 정신의 전통을 구현하는 모습이다. 시적 방법에 있어서는 이야기의 서사성과 엮음과 병렬, 반복, 점층의 방법을 택함으로써 우리 전통 판소리의 민중적 호흡에 맥을 이으면서 현대적인 의식의 흐름에도 속한다. 이러한 백석 시의 요소는 충분히 근대성과 전통에 접점을 이루고 있으며 근대 이행기에 있어서 독특한 전통의식과 근대시의 시적 성취를 이루었다고 평가할 수 있다.

두 시인의 시세계에는 변별점과 공통점이 함께 존재한다. 이 두 시인의 시세계의 민속적 보편성과 시적 개성을 5장에서 집약하고자 한다. 김소월이 주로 보여주는 공간적 거리인식과 백석이 보여주는 시간적 거리인식을 해명하는데, 김소월은 공간적 거리인식을 통해서 삶과 죽음의 세계의 미분성을 실현하며, 백석은 시간적 거리인식을 통해서 공간성의 합일을 보여준다. 또한 이러한 상관관계를 통해서 소월의 '혼'과 백석의 '정신'이 대비되는 면을 분석하고자 한다.

본서에서 인용·분석하고 있는 작품은, 김소월의 경우 원본시집『진달래꽃』(매문사, 1925)에 수록된 시와『김소월 전집』(김용직 편, 서울대 출판부, 1996)의 시를 대상으로 삼는다. 백석은 원본시집『사슴』(선광인쇄사, 1936)과『원본 백석 시집』(이숭원 주해, 깊은샘, 2006)을 기본 텍스트로 한다.

전통지향성과 민속성

1. 근대성과 민속성의 관계

전통의 의미는 민족의 과거로부터 물려받은 신념, 관습, 풍습이 한 세대에서 후대로 전해지는 것이다. 즉 각종 문화재와 생산 양식에서 추출된 성격들과 정신사적인 것이 전통의 한 범위를 이룬다. 그것의 가치를 현재화하고 주체적으로 계승하는 것에는 전통지향성이라는 측면에서 민속성의 의미가 중요하게 놓여 있다. 한국문학에서의 전통계승의 논의는 역사·사회적 현실에서 파생된 사회·문화적인 측면과 함께 지속적으로 논의되어 왔다. 특히 일제강점기라는 시대적 특수성을 극복해야 하는 '근대성'은 전통계승이나 전통단절의 논의와 함께 한국문학에 관한 시각을 정립하는 과정에서 여러 쟁점이 있어 왔다.[1] 한국문학사에서 근대성[2]을 따

---

1) 성기조, 『한국문학과 전통논의』(장학출판사, 1986), 13쪽.

2) '근대'는 전통적으로 또는 자연적으로 형성되었다고 여겨지던 '사회'가 이성적 사고와 과학적 발전이 새로운 세계를 지배하기 시작된 시기를 말한다. 우리의 경우 근대성은 서구

지는 문제는 비단 문학에서뿐만 아니라, 포괄적인 한국사의 이해에 요체가 되는 질문들과 마주치게 된다. 즉 타율성, 정체성 이론으로 대표되는 식민지 사관을 어떻게 극복해야 할 것인가 하는 문제와도 깊은 관련이 있기 때문이다.

김재홍은 우리의 근대성 논의는 21세기에도 완성된 논의가 아니고 아직 논의의 과정 위에 있다고 하였다.[3] 그 가운데 가장 시급하게 수정되어야 할 부분을 지적하였는데, 고전문학과 현대문학의 이원적인 단위는 암묵적으로 단절론을 수긍하는 입장에 서게 된다는 점을 강조한다. 또한 "고전문학과 현대문학의 표면적인 유사성, 예컨대 모티브나 소재, 추상적인 민족정서 등에 대한 피상적인 접근이 문학의 전통론을 주장하기에는 부족하다"는 것이다.[4] 이러한 관계로 과거와 현재 그리고 미래를 엮어주는 근대성으로써 연속의 고리로 발현되지 못하고 있다.

또한 중요한 점은 "조선 후기 사회는 실학과 동학으로 대표되는 근대정신의 대두와 그것이 성숙할 징후를 보여주었음에도 불구하고 19세기 말엽에 이르러 그러한 자생적 역량이 완전히 개화하기 전 외세 앞에 무방비적으로 노출되고 말았다"[5]는 것이다. 이렇게 일제 침탈과 함께 맞은 근대

적 근대성과 식민지 근대성 사이의 상호작용, 그 뒤얽힘의 특이한 양상으로 형성되었다. 우리의 특수한 근대성(한국의 새로운 근대의 정체성을 요구한)을 민속성이 한국문학의 전통계승의 역할을 연구하는 측면에서 근대성이란 용어를 쓴다. 정우택, 『한국 근대 자유시의 이념과 형성』(소명출판, 2004), 112쪽 참조.

3) 김재홍, 「국문학의 전통」, 『한국문학사의 쟁점』, 42쪽.

4) 위의 글, 43쪽.

5) 위의 글, 43쪽.

이행기에 있어서 전통단절의 직접적 원인은 일본이 우리 민족의 유구한 정신사적인 면모를 근본적으로 부정하는 것에서 기인한다. 여기에 몇몇 지식인들은 식민사관에 동참하고 뒷받침하는 근거가 있다.

먼저 최재서(1880~1936)가 "현재 문화 영역에 있어서 우리의 사고를 지배하는 것은 아무리 보아도 朝鮮傳來의 것이 아니라 서양문화에서 온 것"[6]이라고 한 주장이 그 대표적인 예이다. 또한 일본 유학생 중심으로 펼쳐진 유학생 문학운동의 한 예로 이광수의 문학론이 있다. 춘원은 1910년에 「문학이란 하오」[7]에서 "士라 하면 조선에서의 文을 수양한 자의 칭호이거늘 일본 고대에는 武를 수양하는 者의 존칭"이라든가 "금일 문학이란 함은 서양인이 사용하는 문학이라는 말의 뜻을 위함이나 서양의 Literatur 혹은 Literature 라는 말을 문학이라는 말로 번역하였다. 고로 문학이라는 말은 예부터 있어 온 문학으로의 문학이 아니요 서양어의 문학이라는 말을 표하는 것"이라며 문학이란 단어가 서양문화의 일본 내 수용과정에서 만들어진 번역어임을 주장하고 있다. 이 번역어는 서양문화의 충격 속에서 자국 문화의 형식과 내용을 규정하는 준거로 원용되어 왔다고 해도 과언이 아니다. 이는 과거의 우리 것을 부정하고 일본 또는 서구적 의미의 문학론을 체계화하는 예가 된다. 이러한 문학론은 새로운 것에 대한 지나친 관심과 강조이며, 단순히 표면에 드러나는 새로운 형식과 형태론에 입각한 경우이다.

---

6) 최재서, 「文化寄與者로써」, 『조선일보』(1937.6.9). 위의 글, 44쪽 재인용.

7) 이광수, 「문학이란 하오」, 『한국문학 명비평』(문학의 숲, 2009), 69~87쪽.

특히 현대시 형성 과정에 대해 일본 유학파들은 "창가 → 신체시 → 현대시"라는 이행 과정론을 보여주는데, 이는 당시의 현대시를 포함한 문학이 '한문/국문', '외래/자국' 사이에서 혼란과 위기의 과정에 있었다는 점을 대변한다. 이 시기에 나온 신채호의 「천희당시화」는 문학, 특히 시는 낡은 풍속을 개혁하고 사회 교화 기능을 가져야 한다고 주장한다.[8] 여기에는 당대의 혼란 상황을 딛고 일어서려는 초극의지를 문학에 요구하는 의미가 담겨있다. 여기에 따른 정신지향을 최남선은 신시(新詩)라는 형식으로 표면화하려고 했다. 그러나 최남선의 신시의 시정신은 신채호의 정신과 같은 맥락이지만, 형식에 있어서는 서구의 분위기를 동경하고 있는 것이었다.

> 처……ㄹ썩, 처…… ㄹ썩, 척, 쏴……아, / 때린다 부순다, 무너버린다,/ 태산같은 높은 뫼, 집채같은 바위ㅅ돌이나/ 요것이 무어야, 요게 무어야,/ 나의 큰힘을 아느냐, 모르느냐, 호통까지 하면서/ 때린다, 부순다, 무너버린다./ 처……ㄹ썩, 처……ㄹ썩, 척 투르릉, 콱
>
> — 최남선, 「海에게서 少年에게」 부분[9]

위 시는 최남선의 신시가 의식적으로 외향적 충동을 지향하면서도 무의식적으로 내향적 충돌의 지배 아래 구성되고 있음을 나타낸다. 개화기 지식인의 일반적인 구조를 전달해 줄 뿐, 내외충동의 양극적인 대립상으로는 볼 수 없으며, 결국 「海에게서 少年에게」는 외래문화에 대한 한없는

---

8) 김윤식, 「한국 현대 문학의 출발」, 『우리 문학 100년』(현암사, 2001), 22쪽.
9) 김시태, 『현대시와 전통』, 14쪽.

동경과 예찬[10]을 보여준다고 할 수 있다. 그 당시, 친일 대중매체들도 신시라는 미명 아래 정형화된 시를 게재하였을 뿐, 자유시를 게재하는 데는 적극적인 입장이 아니었다. 이것은 일제가 자유시를 통해서 발현하고자 했던 우리의 근대정신을 억압하고자 한 것과 관련이 있다. 또 최남선에게 새로운 정신이란 근대적인 개화사상을 지칭하는 것으로, 우리 과거의 전통을 부정하는 것과 연관이 있다. 이렇게 지식인들의 편향된 시각으로 형성·전개되어갔던 신문학사의 당시 상황은 임화의 1940년 「신문학사의 방법」에서 드러난다.

① 신문학사의 대상은 물론 조선의 근대문학이다. 무엇이 조선의 근대문학이냐 하면 근대정신을 내용으로 하고 서구문학의 장르를 형식으로 한 조선의 문학이다.[11]

② 신소설과 창가는 낡은 형식에다 새로운 정신을 담은 문학이다. 새로운 정신이란 일본과 외국으로부터 흘러 들어오는 근대사상의 영향임은 물론이나 이 가운데는 또한 조선계급이 조선의 민주주의적 개혁과 근대국가를 수립하자는 역사적 욕구가 표현되어 있음도 부정해서는 안 된다. 이러한 역사적 사회적 조건 가운데서 이인직, 이해조 등의 신소설과 유명 무명한 작가의 손으로 된 다수의 4·4조의 창가가 쓰여졌고, 이러한 문학적 시험을 통해서 초기의 소설과 신시가 맨드러졌다. 신소설과 창가가 구시대문학의 연장이었다면 새로운 소설과 신시는 형식, 내용이 다 같이 신시대에 적합한 문학이었다. 이러한 형태의 문학이 일본의 영향과 또 일본을 통히어 輸入된 서구문학의

---

10) 위의 책.
11) 김윤식·김현, 「임화 문학의 이론」, 『한국문학사』, 819쪽 재인용.

직접적인 모방에서 나온 것은 부정할 수 없는 사실이었다.[12]

　①과 ②의 임화의 주장에 대해, 김현·김윤식은 "첫째 그는 무언중에 근대정신을 서유럽의 문물이 들어온 이후의 소산으로 치부하고 있고, 둘째 내용과 형식을 분리해서 생각하려는 태도"를 보이고 있음을 들어 비판하였다. 근대정신과 서유럽 장르의 결합을 곧 근대 조선문학이라고 보는 태도는 유럽어와 한국어, 유럽인과 한국인을 혼동하게 만드는 보편성이라는 미망으로 이끌고 간다[13]며 서구 취향적이었던 임화의 태도를 비판한다. 임화 외에도 이병기·백철의 『국문학 전사』(1957)나 백철의 『신문학사조사』가 문학사의 이원론적인 인식을 드러내 보여준 예가 된다.

　1924년 『조선문단』 창간 즈음해서 발표된 김억, 이광수, 주요한의 문학론이 서구의 문예사조를 통해서 조선의 근대문학을 구상하는 것에 바탕을 둔 것이 아니라, 문학에 대한 원론적인 인식을 국민문학의 초점에 맞추면서 조선의 근대문학을 구상하려고 했다는[14] 점은 중요하다. 이러한 문학론을 통하여 서구의 방법론과 카프의 계급문학파 활동이 맹위를 떨칠 때, 문예부흥운동 중심으로 전통에 대한 각성이 이루어지게 되었던 것이다.

　전통계승론자들은 일제의 식민지 정책에 암묵적으로 항거하기 위한 방

---

12)　임화, 「건설기의 조선문학」, 『한국문학 명비평』, 259쪽.
13)　김윤식·김현, 『한국문학사』, 22쪽.
14)　구인모, 「전통의 고안, 조선시가의 과제」, 『한국 근대시의 이상과 허상』(소명출판, 2008), 49쪽.

편으로 고전승계를 주장하며 주체의 재건을 모색했고, 시조 부흥운동이나 고전 부흥운동 등의 연구를 통하여 민족정신을 찾으려고 노력했다. 물론 20년대의 고전계승파가 계급문학파의 대립적 존재로 인식되면서 상대적으로 폄하된 것은 사실[15]이었으나 전통확립에 대한 의식이 몇몇 지식인 사이에서 팽배해졌던 것은 무시할 수 없는 사실이다. 그것은 주로 시조 부흥운동, 그리고 김억의 민요시론과 관계되는데, 시조 부흥운동에 대한 최초의 논문은 1926년 『조선문단』 16호에 실린 최남선의 「조선국민문학」이다. 뒤를 이어 이병기, 염상섭, 조운 등이 시조 부흥론에 참여했는데, 주로 조선적인 시가 양식이 무엇인가에 초점을 맞춤으로써 다분히 피상적 차원을 넘어서지 못하는 감도 있다. 김억은 국민문학의 전개과정에서 민요시론의 주창했는데 이것은 중요한 의미를 지닌다. 조선적인 것과 원시적인 감정으로서 민요의 재발견이고, 조선이라는 민족의 원형을 심미화하는 것으로 전통을 계승하는 구체적인 사례가 되기 때문이다. 근대시의 새로운 발견으로써 민요는 민족의 원시적인 운율과 리듬을 담고 있는 데서 중요함이 존재한다.[16]

이렇게 지식인들이 조선의 창가(唱歌)와 시가(詩歌)에서 민족의 정신을 계승할 가치를 찾아내고 식민지성과 강요된 근대성을 뛰어넘기 위해 자체의 힘을 집약시키고자 노력한 것을 확인할 수 있다. 1930년대는 프로시 진영과 시문학파 계열 또는 모더니즘 계열의 시인들이 문학사에서 자신

---

15) 여지선, 『한국근대문학의 전통론사』(이회문화사, 2006), 24쪽.

16) 박승희, 「1920년대 民謠의 재발견과 전통의 審美化」, 『어문연구』 제133호(어문연구회, 2007.3), 317쪽.

의 모습을 각인시키기 시작한 시기였다. 특히 임화는 프로시와 시론이라는 가장 진보적인 창작방법론을 실현하였다. 당대의 현실인식과 민중의 삶을 리얼리즘적 세계관으로 뚜렷이 드러내며 식민지 사관을 극복하고자 한 예로 볼 수 있다.[17]

그러므로 1920~30년대에 나타난 당대의 근대성[18] 논의에는 서구의 근대성과는 초연하게 토착성과 민중의 삶의 토대 위에서 나름 근대적 방법을 문학 속에서 구현하려고 노력한 사례가 분명히 존재하고 있었다. 2~30년대의 여러 논쟁들은 한국문학사에서 전통단절을 극복하고 그것을 극복할 통합적인 근대성을 모색하는 이론적 자세가 필요 불가분하다는 것을 인식한 것에 대한 결과였다. 그 결과 자기모순을 철저히 인식하고 그것을 내재적으로 극복하려는 대안적인 근대성으로 민족문학운동으로 심화 확대되어 갔다. 한 예로 신문학을 수용하면서 민족문학의 의미를 구체적으로 실현하고자 했던 김억의 성과를 다시 들 수 있다. '조선심'과 '조선혼'을 강조함으로써 민족의 근원과 원형을 제시하고 "민족적인 것, 민중적인 것, 전통적인 것"의 문학 양식[19]을 문학의 자생적 근대성을 실현하게 하

---

17) 유종호 외, 『현대한국문학 100년』(민음사, 1999), 105쪽.

18) 김찬기는 전통의 수용에 있어서 다음과 같은 두 가지의 속성을 추출할 수 있다고 했다. 형식성이라는 전통의 통시적 성격과 본체성이라는 단면적 특성(전통의 내용)이 그것이다. 이 두 가지 특성은 사실상 철저하게 분리화되어 나타나는 것은 아니다. 현실적으로 이 두 가지 특성은 상당량의 내적 상관성을 유지한다. 형식성은 본체성의 존재 기반을 제공하며 본체성은 형식성을 위한 자원을 이루면서 궁극적으로 전통의 효과적으로 구체화시킨다는 것이다. 김찬기, 『한국 근대문학과 전통』, 11쪽 참조.

19) 박경수, 「한국 근대 민요시 연구」(부산대 대학원 박사학위논문, 1989), 7쪽.

는 계기가 되었고 이것은 민족문화가 전통으로써 핵심이 되고 있음을 자각하는 중요한 실마리가 되었다.[20] 1920~30년대의 문화적 민족주의나 국민문학론은 근대의 문화적 보편성을 실현하려는 근대적 심미화의 기획이 내재해 있었던 것이다.

민족문화의 계승이 단절된 근대성을 극복하는 데 핵심적인 요소라고 한다면 그 핵심적 요소는 '민속성'이라고 말할 수 있다. 우리 민족에게 존재하는 원형이나 전통계승이 이루어질 때 형상화되는 민간신앙, 구비문학 등을 포함한 성격의 시를 이미 앞에서 '민속성'이라는 개념으로 규정해 왔다. 이 논의에 따라 1920~30년대 전통계승론자들이 주창하던 국민적 문학에서 가장 중요시하던 주제 중 하나는 '민속성'으로 간주되는 향토의 복원이 식민지 문제의 극복이자 자국의 근대성을 극복하는 문제틀이라는 점이다.[21]

또한 1920년대에는 최남선, 이능화, 손진태, 송석하 등 여러 학자에 의해 민속에 대한 연구가 이루어졌다.[22] 이정재는 오늘날 사용되는 '민속'이란 용어는 한국인의 민족성과 민족의식을 고취하려 했던 이때의 민속학

---

20) 박승희, 「1920년대 民謠의 재발견과 전통의 審美化」, 321쪽.

21) 위의 글, 323쪽.

22) 한국민속학이 근대과학의 학적 체제를 갖추기 시작한 것은 1920년대로 잡는다 해도 방대한 민속자료를 후세에 물려준 선학들의 업적에서 찾아야 한다. 민속이란 용어가 저음 등장한 것은 『三國史記』 신라유기(新羅遺記) 편에 나오지만 고려 충렬왕 때 일연(一然)의 『삼국유사』는 고대의 민속을 고스란히 전하고 있는 민속의 보고다. 민속이 학문으로 체계화를 시작한 시기는 일제강점기였다. 김태곤, 『한국민속학』(원광대 민속학연구소, 1973), 9~23쪽.

적인 업적에서 나온 것이라고 밝히고 있다. 이러한 민속은 단순히 개념으로서만 존재했던 것이 아니다. "민속은 과거에 지나간 문화가 아니라", "현재의 민중문화까지를 다 포함하고 있는 문화이다. 이것은 과거부터 현재에 이르는 민족의 전통문화와 대중문화를 다 포함하고 있는 개념"[23]인 것이다. 그러므로 시 속에서 민속의 전통문화와 대중문화를 포함하고 있다면 문학이 전통을 계승하고 있는 예로 볼 수 있을 것이다. 이것은 이미 창가 시기부터 이루어진다.

> 보내는해맛는해 다를것업네/날달이나해이나 한도막한참
> 일움에갓가워집깃버나하지//나먹을대째싸라서리력이차고
> 이팔과이다리에힘더오르니/두려움더욱줄고미듬더나데
> 큰발자국쳬면서다만합흐르!
>
> — 최남선, 「새해」 부분[24]

    이를테면 창가 형식으로 쓰인 최남선의 「새해」에는 새로 맞이하는 설날, 지난해를 되돌아보고 자신의 연륜과 처지를 자각하는 내용을 담고 있다. 세월을 지나온 만큼 더 이상 두려움이 없다는 것은 남은 세월에 대한 믿음을 보태는 것이다. 우리 민족은 한 해를 새로 맞이하는 설날에 즈음해서 가족이 모여서 세배를 하고 세찬을 하였다. 이 시는 최남선의 신체시 「海에게서 少年에게」와는 대비되는데 「海에게서 少年에게」가 미지 또는

---

23) 이정재, 「민속과 민속학」, 『한국 민속학 개론』(민속원, 1998), 11~12쪽.
24) 조연현 외, 『현대시인론』(형설출판사, 1985), 24쪽.

서구에 대해서 무한한 찬양과 동경을 보여주는 반면, 시 「새해」는 우리 민족의 설날을 되새기면서 자신의 위치를 내적으로 되돌아본다. 당시 그가 관심을 가졌던 '민속성'에 내적 정서가 이어지고 있는 것으로 볼 수 있다.

또한 주요한의 「불놀이」에서도 민속문화의 하나인 관등놀이를 배경으로 하고 있다. 그의 시는 민중의 마음과 같이 울리는 것이어야 한다는 의식하에서 쓰인 자유시이다. 이 점은 한국어의 본질이 무엇인지를 탐구하겠다는 열의를 보여준 예[25]로 평가되기도 한다.

민족의 문화나 민속성은 이 시기에 여러 형태의 시에서 이미 그 모습을 드러내고 있었다. 물론 조선의 창가(唱歌)와 시가(詩歌)의 형식으로부터 근대 자유시까지는 하나의 통일된 미적 양식으로 파악될 수 없는 거리가 있음은 분명하다. 그러나 김윤식·김현은 1920~30년대 등장한 자유시나 다른 시는 형식뿐만 아니라, 내재적인 의식이 조선시대의 구조적 모순을 기반으로 삼아왔다면서, 이를테면 그 시들이 보이고 있는 언어의식은 조선에서 생활했던 문화의 측면을 흡수해온 점을 인정하고 있다.[26] 이런 과정에서도 특히 김소월과 백석의 시는 과거의 토속성과 향토적인 삶을 전통적인 문학방법과 관련된 창작행위를 고수하였다. 근대이행기에 불어 닥쳤던 서구의 근대적 요소나 다양한 문예사조와 합류하지 않았으면서, 전대와 후대의 문화적 연결을 만들어 줌으로써 전통의 맥을 잇고자 한 것이다. 문화 전통의 연속성을 민속요소인 내적인 정서로써 지켜내고자 했던 소월

---

25) 최정숙, 「한국 현대시의 민속수용양상 연구」, 23쪽.
26) 김윤식·김현, 『한국문학사』, 37쪽.

과 백석 시인의 시는 아래와 같이 매우 중요한 시사점을 가지고 있다.

첫째, 민족의 원형인 고대의 향토성과 토착성을 순우리말로 구현함으로써 과거와 현대의 민족적 정서를 동일시하였다는 점, 둘째, 각각 민중·민족의 운율과 리듬을 현대적으로 되살려 민요시와 판소리의 재창조를 보여줌으로써 민족적 형식의 동일시를 실현하는 점이다. 요컨대 전통에 기인한 두 시인의 시 창작 방법은 나름대로 혼란스러운 식민지적 시기를 견뎌내고 자생적인 근대를 받아들이기 위한 최선의 선택이었음을 알 수 있다. 소월과 백석은 각각의 시에서 언어적 구성방식과 문화의 보편적인 정서를 개성적으로 표현해 낸다.

2. 민속의 원형성과 전통성

민속성은 귀족적 고급문화와 대립되는 내용을 지닌 서민적·민중적 토속문화에서[27] 그 유래를 찾을 수 있다. 이 민속[28]이라는 개념을 설명하기 위해 민속의 원형성에 대한 고찰이 필요할 텐데 본고는 '원형' 개념을 좀 더 포괄적인 관점에서 접근하려고 한다.

'원형(原型)'에 대한 이론은 서구에서부터 시작되었다. 융은 '고대의 잔존물'을 '원형' 또는 '원시 심상'이라 하면서 어떤 명확한 신화적인 이미지

---

27) 최상수, 「민속학의 성립과 전개」, 『한국 민속학 개설』(성문각, 1988), 10쪽.
28) 또한 우리나라에서 민속이라는 용어는 『삼국사기』 1권 신라 본기 제1 유리니사금 조 유리왕 5년에 "민속이 환강해서 도솔가를 지어 부르니 이것이 가락의 시초다"라고 하고 있다. 이정재, 「민속과 민속학」, 『한국 민속학 개론』, 11쪽.

나 모티브를 뜻하는 것이 아니라 그와 같은 모티브의 표상을 형성하는 경향이라고 이야기한다. 융의 '원형'[29]은 인간이 갖는 보편적·집단적·선험적인 심상들로 이루어진 무의식의 구조에서 그 개념이 출발하였다. 사람들이 삶을 영위하면서 형성된 수 없이 많은 원초적 이미지나 모티브가 표상으로 나타날 때, 우리는 표상 이전으로 거슬러 '원형'을 이해할 수 있게 된다. 이러한 융의 '원형'은 'archetype' 또는 'archetypus'라는 어원을 가진다. 그러나 김태곤은 우리 무속에서의 '원형'을 존재 근원에 대한 원질사고, 즉 'arche-pattern'의 의미로 정립하면서 한국문화 전반을 이해할 수 있는 원본사고[30]의 개념으로 제시하였다. 김태곤의 위 주장은 우리 문화를 이해하는 데 효과적이고 독자적인 이론이므로 본서에서는 문학의 민속성을 연구할 때 이것에 의거하여 진행함이 마땅하다. 그러나 김태곤 자신도 원형과 원본의 용어를 번복해서 사용[31]하며 개념의 혼란을 느꼈다는

---

29) C. G. Jung, 「원형에 대하여」, 설영환 역, 『C. G. 융 무의식 분석』(선영사, 1986), 292쪽.

30) 원본사고는 무속을 통해서 추출된 존재사고이다. 우리 무속에서 발견된 무속사고이기 때문에 조어(造語)로 Arche-Pattern이라고 쓴다. 무속사고에 의하면 인간은 육신과 영혼으로 구성되어 있는데, 이승의 삶은 순간적이며 저승의 삶은 영원하다. 이승의 죽음은 육신의 죽음일 뿐 영혼은 영원하다고 믿는다. 종교학에서는 세속과 신성의 준거를 일상(현실)과 비일상(비현실)으로 나누는데 일상(현실)은 코스모스이고 비일상은 카오스로 칭한다. 신성영역인 카오스는 신이 존재하는 영역으로 모든 존재의 근원지이다. 무속의 원본사고는 존재 근원의 원질사고로써 카오스와 코스모스는 완전히 분화된 것이 아니라, 미분된 것이어서 자유롭게 오갈 수 있다는 것이다. 이 미분상태가 무속사고의 핵심을 이룬다. 미분되었기 때문에 굿이라는 행위를 통해서 소망을 획득할 수 있다는 것이 무속의 원본사고이다. 존재의 근원은 카오스이지만 코스모스와 카오스 사이에서 반복과 순환이 거듭되어 영원하다고 믿는 입체적 존재사고로 설명되어진다. 이정재, 「민속과 민속학」, 『한국 민속학 개론』.

31) 김태곤은 이 원형이란 용어를 이후의 논문에서 원본이라 바꾼다. 여기서 쓰인 원형의 용

점을 상기할 때, 민속의 '원형'과 전통성을 분석하려는 문제에 들어가기 전에 먼저 '원형'과 '원본'에 대한 개략적인 이해 과정이 요구된다.

> 그 표상은 기본적인 패턴을 잃지 않으면서도 세부에 있으면서 잘 변화 할 수 있는 것이다. 예를 들면 절대적인 종족의 모티브를 나타내는 표상은 여러 가지가 있지만, 모티브 그 자체는 동일한 것이다. 나에 대한 비판자는 내가 유전된 표상을 취급하고 있다고 잘못 추론하고, 그와 같은 기초에 서서 원형의 개념을 단순한 미신으로 매도했다. (…중략…) 원형이란 실제로 본능적인 것에 있어서 새가 집을 짓는 충동이나, 개미가 조직화된 집단을 형성하는 것과 같이 현저한 것이다.[32]

요컨대 융의 'archetypus'은 표상 이전의 현저한 모티브가 패턴을 잃지 않은 고정된 '원형'이다. 또한 엘리아데의 'archetype'로써의 '원형'은 신의 행동(특히 신의 천지창조 행위)이라는 개념으로 사용되었다.[33]

그런데 원본사고에서는 우주가 카오스로부터 시작되며 하늘과 땅이 열리면서 창조되었고 우주가 창조되고 나서야 신의 힘으로 우주의 질서를 잡았음을 주장한다. 신(神)이 이 세계의 질서를 주관하고 있다는 것은 '원본'이든 '원형'에서이든 크게 다르지 않다. 다만 서양의 '원형'은 도그마적인 측면, 말하자면 우주를 신의 창조로 보는 관점이 강조되는 반면, 원본사고에서는 우주창조 이전의 문제에 관점을 더 많이 두고 있다는 점이 다

어는 초기 논문을 주로 다루었기 때문이라고 이정재는 밝히고 있다. 이정재, 「김태곤, 원본이론의 존재 문제」, 『한국문화의 원본사고』, 17쪽 재인용.

32) Carl. G. Jung, 『C. G. 융 무의식 분석』, 290쪽.

33) 김태곤 외, 『한국문화의 원본사고』, 5쪽.

르다. 그러므로 '원형'은 신의 창조행위를 모범적 모형이나 모본으로 보
아 만물의 근원을 신으로 보는 관점이고 "원본사상은 무엇이 만물의 근원
을 신으로 보게 하였나에 더 초점을 두는 것"[34]이다. 그러므로 원본사상은
존재의 근원을 향하는 보다 근원적인 질문을 포함한 진술이 된다고 할 수
있다. 특히 이정재는 '원본사고'에 사용된 존재의 범위에는 협의와 광의
의 개념이 모두 포함된다고 하였다. 존재는 인간에서부터 우주의 영역지
에 있는 모두를 포함한다는 것이다.

> 여기서의 두 영역은 신화상에 나타는 인간관, 세계관, 우주관을 주로 말한
> 다. 세계창조와 세계질서가 나타나는 과정을 신화는 잘 설명하고 있는데, 이
> 때 이 세계와 우주 그리고 인간과 신의 존재라 실체를 어떻게 파악해야 하는
> 가 하는 것이 존재 문제와 관건이 되는 것이다. 협의의 문제는 인간의 존재
> 방식만을 그 주요대상으로 하고 있다는 점이다.[35]

이정재는 이 글에서 '원형'[36]의 개념은 존재의 근본을 밝히기 위해 사용
되었던 것이라고 덧붙인다. 존재란 광의의 개념으로 우주자연의 본을 설
명하는 원본개념과 상관성을 두고 사용되어 왔는데, 엄밀히 말하자면 '원
형'이 고정적인 의미라면 '원본'은 인간 존재에 있어서 우주와의 총체적
이고 순환적인 관계성에 있다고 볼 수 있고, 그러므로 원본개념은 원형을
포함한 유기적이고 입체적인 개념을 말하는 것이 된다.

---

34) 위의 책, 11쪽.
35) 이정재, 「김태곤, 원본이론의 존재 문제」, 위의 책, 19쪽.
36) 이때의 원형은 'arche-pattern'을 의미한다.

‘원형’에 대한 서양과 동양의 근원적인 인식이 다르므로, 그것을 사유하고 표현하는 데 있어서도 다른 방법과 과정이 존재하고 있다고 본다. 동양의 원본개념이 추구하는 우주정신은 카오스를 포함한 우주창조 이전의 세계까지를 인정하고 순환과 입체적인 관계성을 말하는데 그것은 초탈성과 직관에서 출발하고 있다. 한편 서양의 인식은 유일신에 의한 창조정신과 자연의 대립적이고 현상적인 관계성에서부터 출발한다. 따라서 김태곤이 주장하는 원본개념은 융이나 엘리아데가 표상하는 우주정신과는 차이가 있다. 서양의 ‘원형’은 정신의 초탈이나 영혼의 순환 과정을 인정하지 않고 있으며, 또한 그것이 관념과 무의식 속에서 머물러 있다 하더라도 일단은 객관적으로 나타나는 표상으로써 신화적 이미지와 상징들을 말하는 것이다. 원형에 대한 인식을 사유하는 과정에 있어서 굳이 동서양의 차이점을 비교해 본다면 다음과 같은 도표가 가능하다.

〈민속 원형의 표상 과정 분석〉

민속의 구체적인 심상	서양	동양
조상·사자(死者)에 대한 관념	개관적 또는 이성	주관적 또는 직관
발현되는 표상의 과정	무의식에서 의식화	일심의 세계
자발적인 행위의 방법	꿈	초탈 또는 해탈
질서체계	대립적	순환적
원형의 모태	무의식의 모태	윤회의 모태

이러한 과정을 바탕으로 본 글에서는 민속의 ‘원형’을 규명할 때 무의식

적으로 자리 잡은 '원형'의 이미지와 상징 이전의 심상을 수용하면서, 동
양정신 작용의 하나인 초탈 또는 해탈과 순환 과정으로써 '원본개념'을 적
용시키고자 한다.

둘의 입장이 서로 모순적일지라도, 각기 다른 정당성을 갖고 있다는 것
이기 때문이다. 융에 의하면 동양인은 무의식의 세계를 과소평가하고 서
양인은 일심의 세계를 과소평가[37]하는 경향이 있다. 우주를 총체적으로
이해하기 위해서는 양자가 서로 보완적인 이해를 수반하지 않으면 불가
능하다. 따라서 우주정신에서부터 창조를 이루는 세계의 '원형성'을 이해
하는 데 있어서, 융의 원형과 동양의 원형개념은 상호보완적인 이해가 필
요하며, 이때 원형에 대한 이해에 따르는 한계성을 극복할 수 있으리라
믿는다.

'원형'과 '원본'에 대한 기본개념을 바탕으로 민족의 원형에 대한 이해
를 구한다면 민족은 우주로부터 선물 받은 개성적인 공동체인 동시에 위

---

37) 융에 의하면, 원형은 무의식의 우성이며, 원형에 대한 개념을 이성에 앞서 있는 기관 같
은 어떤 것이며, 개인의 체험이 언제나 이러한 형들 속에 붙잡혀서 개인의 삶 속에 나타
난다. 가령, 꿈, 환상, 정신병은 신화의 모티브들과 동일한 상(象)을 나타내고 있는 것으
로 보아, 그것은 무의식의 구조가 무엇이든 간에 확실히 존재한다는 것이다. 이러한 무
의식이 마음의 모태이며, 그것으로 인한 창조성을 설명한다. 그것을 융은 우주정신이라
말하면서, 사고의 형을 발생시키는 곳이 곧 무의식이라고 말한다. 조상이나 사자에 대
한 인식도 보편적으로 퍼트려져 있는 관념에서부터 시작되고, 이것은 개인의 무의식에
서 집단적 무의식까지 관여한다. 여기서 우주정신을 이야기하는 창조정신은 동양에서
이야기하는 것과 그 근본에 있어서 다르지 않다. 그러나 그것을 드러내고 이해하는 데
있어서는 상반된 이론이 있을 뿐이다. C. G. Jung, 「동양적 사유와 서양적 사유의 차이」,
김성관 역, 『융 심리학과 동양종교』(1995, 일조각), 26쪽.

대한 생명체[38]이며, 그 속에는 '광의적인 존재'의 의미를 가지는 '원본'과 '협의적인 존재'의 의미를 가지는 '원형'이 갖추어져 있다고 볼 수 있다.[39] 개인은 태어나고 죽으면서 하나의 유기체로서 민족을 유지·보존해 가는 순환적이고 지속적인 과정에 있다. 여기에 자리 잡고 있는 민족의 원형이 문화 속에서 구체적 사실로써 현재에 나타날 때 전통을 이룰 수 있는 것이다. 이때 그 요소는 곧 민속요소라는 것이 원형이며 그것은 과거와 미래를 이어주는 메커니즘의 요소가 된다.

문학적인 측면에서 전통을 살펴보자면, 원시적 심성 또는 원형은 설화나 신화를 통해 민간의 사고와 문화적 조건에 따라 수정되고 윤색되어 현대에까지 전승되어 왔다. 구비문학의 원형으로써 설화나 신화는 현대문학에서 지속적으로 재수용되고 있기 때문이다. 따라서 우리 민족·민속의 원형성은 단군신화에서부터 찾을 수 있다. 단군신화는 우리 민족의 우월성과 정통성을 일깨워 주고 우리 문화의 '원형성'을 해명해 주며, 우리 민족이 지향해야 할 이면을 제시해 주는 자료[40]이므로 우리 민족의 원형을 알아보기 위해서는 단군신화를 살펴볼 필요가 있다. 「단군고기」[41]에는

---

38) 김용운, 「원형의 불변성」, 『원형의 유혹』(한길사, 1994), 73쪽.

39) 이정재, 「김태곤, 원본이론의 존재 문제」, 『한국문화의 원본사고』, 19쪽.

40) 『삼국유사』의 단군이란 단어는 부족의 제장인 신당의 사제자로서 부족사회의 제정을 겸한 제정의 장이라는 것을 한역해서 단군왕검이라 표기한 것이다. 『제왕운기』에 표기된 단군도 이와 같은 의미인데 신화적으로 한 차원이 높은 단수신으로 신격화하여 '단군'이라 표기하였다. 최운식, 「고전문학 연구의 성과와 의의」, 『한국의 민속과 문화』 제11집 (경희대 민속학연구소, 2006), 16쪽.

41) 이 책은 단군의 사적에 관한 오래된 기록으로 이승휴의 『제왕운기』에서는 단군본기로 되어 있다. 그러나 '고기'가 여러 가지 옛 기록의 총칭이지, 특정한 책을 가리키는 것이 아

단군신화를 이렇게 싣고 있다.

> 옛날 환인의 서자 환웅이 자주 천하에 뜻을 두고 인간 세상을 탐내어 구하였
> 다. 아버지가 아들의 뜻을 알고는 삼위태백을 내려다보기에 인간을 널리 이롭
> 게 할 만하여, 즉시, 천부인 세 개를 주어 내려 보내 인간세상을 다스리게 하였
> 다. 환웅이 다스리는 데 필요한 무리 3000명을 거느리고 태백산 꼭대기 신단수
> 아래로 내려왔다. 이곳을 신시라고 하고 이분을 환웅천왕이라 한다. 풍백, 우
> 사, 운사를 거느리고 곡식, 생명, 질병, 선악 등 인간세상의 360가지 일을 주관
> 하여 세상을 다스려 교화하였다. 그 당시 곰 한 마리와 호랑이 한 마리가 같은
> 굴속에 살고 있었는데, 항상 환웅에게 사람이 되기를 기원하였다. 이때 환웅이
> 신령스런 쑥 한 다발과 마늘 스무 개를 주면서 말하였다. "너희가 이것을 먹되
> 100일 동안 햇빛을 보지 않으면 곧 사람의 형상을 얻으리라."
>
> (…중략…)
>
> 다시 도읍을 백악산 아사달로 옮기니, 그곳을 궁홀산 또는 금미달이라고 부
> 르기도 한다. 그는 1500년 동안 이곳에서 나라를 다스렸다. 주나라 무왕이 즉위
> 하던 기묘년에 기자를 조선에 봉하였다. 이에 단군은 장단경으로 옮겼다가, 그
> 후 아사달로 돌아와 숨어 살면서 산신이 되었는데, 이때 나이는 1908세였다.[42]

김태곤은 단군신화에 나타난 민속, 특히 무가와 관련된 논의를 전개해
가고 있다.[43] 이때 신화의 구조를 ① 천신 하강 ② 하강한 천신의 인간 교
화 ③ 하강한 천신과 웅녀 사이에서의 단군 출생과 고조선 건국 ④ 단군

니라는 설도 있다. 일연, 김원중 옮김, 『삼국유사』(을유문화사, 2002), 36~37쪽.

42) 일연, 김원중 옮김, 위의 책, 36~37쪽.

43) 김태곤, 「무속상으로 본 단군신화―단군신화의 형성을 중심으로」, 『사학연구사』 20(한국
사학회, 1968). 최운식, 「고전문학 연구의 성과와 의의」, 15쪽 재인용.

의 산신화, 이렇게 네 단계로 설명한다.

환웅은 우주창조와 함께 나라를 다스리는 신의 존재이며 생명의 질서와 자연의 체계를 보여준다. 족장과 제장은 신격으로 하늘의 뜻을 받들어 세상을 다스릴 수 있는 힘을 발휘한 것이다. 하강한 천신격인 환웅과 곰 사이에 단군의 탄생은 토테미즘의 요소가 첨가된다. 또한 웅녀가 새로운 생명의 재생을 위하여 보여준 일정기간의 통과의례적 행위는 민간신앙의 유래를 잘 입증하고 있다. 하늘과 땅, 자연의 신성한 힘을 빌어서 존재의 순환과 입체성을 실현시키는 것이다. 여기에는 구체적인 장소, 이야기의 구성, 인물, 배경, 재생의 과정에서 민족 시조의 원형이 상징화된다. 또한 그런 역할의 능력을 부여받은 후, 단군이 1,500년 동안 나라를 다스리고, 그 후 아사달로 돌아와 숨어 살면서 산신이 된다는 내용 역시 제의의 한 과정으로 볼 수 있다. '신―인간―족장―산신'의 통과의례는 존재의 순환성과 입체적인 우주관을 보여준다. 존재의 근원은 현세 너머의 카오스에 있으므로 신에게 기원을 올리면서 그 문제가 해결된다고 보는 것이다. 이러한 미분적 상황을 나타내는 것은 무속[44]에서 설명하듯 제의가 현세에 필요한 이유가 된다. 민간·민중이 보여주는 현실적 모습이 자연과 함께 제의의 한 과정 위에 있다는 것이다.

---

44) 무속현상은 형이하의 문제를 형이상의 차원에서 풀어나가는 접근법으로 문학의 허구적 논리와 크게 다르지 않다. 이는 결국 인생의 문제를 허구적 해결방안이라 해도 과언이 아니다. 그러나 이것은 무속에서는 원본이론의 주체인 존재 자체가 형이상과 형이하의 속성을 동시에 가지고 있고, 문학은 일정의 상상력을 통해서 문자로 세계를 그려보는 비현실적인 것이다. 이정재, 「김태곤, 원본이론의 존재 문제」, 『한국문화의 원본사고』, 19쪽.

이 제의의 형태는 삶과 죽음의 질서를 위하는 조상숭배의 형태, 인간에 대한 숭배, 식물 및 동물에 대한 숭배, 그리고 자연의 위대한 힘들에 대한 숭배로 나아가게 되었다.[45] 또한 세시풍속이나 민속놀이, 그리고 축제는 그 방식은 다르지만 들여다보면 인간의 길흉화복과 행·불행을 기원하는 제의의 형식으로 주술과 기원이 그 근본으로 되어 있다. 이렇게 각 민족마다 그 민족이 가진 토착적 삶에서, 특별한 구원의 근원이나 원형성이 있을 텐데, 우리 민족의 경우 이것이 한(恨)이라는 정서로 집약된다. 이 정서는 잦은 외부의 침입과 불평등한 신분제도라는 사회구조, 일상적 삶의 애환에서 비롯된 복잡다단한 감정의 맺힘이다. 한을 토로하고 현세의 불운성을 극복하려는 과정에서 민중들은 자연스럽게 일상생활과 아주 가까운 곳에서 초월적 존재를 찾아야만 했다. 이를테면 일상적 삶의 모순과 고통이 초월적인 대상과 쉽게 융합할 수 있는 공간(가정의 조왕신, 가택신, 삼신각, 신단수 등)을 구원의 상징으로 여기고 성소적 의미를 발현시키는 제의의 형태로 드러나게 되는 것이다. 그리고 이런 토템적인 사상과 감정은 언어에 자극을 주게[46] 되는데, 이러한 면이 문학의 측면에서 발현이 된다.

거슬러 본다면 원시공동체가 행했던 제의의 종교적 행위는 종합예술적인 측면을 띠고 있다. 캇시러(E. Cassirer)는 제의가 드러내는 것에 대한 몇 가지 근본 경향에 대해서 이렇게 설명하였다.

---

45) Ernst Cassirer, 『국가의 신화』, 31쪽.
46) 위의 책, 30쪽.

그것은 표상들이나 관념이 아니라, 욕망, 욕구, 원망이 구체적인 활동으로 옮겨지는 것이다. 율동적이고, 엄숙한 행동이나 난폭한 춤으로, 질서정연한 의식적 행동으로, 혹은 격렬한 광무로 표현하는 것이다. 여기에서 신화는 원시종교생활에 있어서 敍事詩的 요소요. 祭儀는 劇的인 요소다.[47)

그러므로 문학은 제의의 극적인 면과 서사적인 면을 다 지닌 예술의 양식으로 발전되어 왔음을 알 수 있다. 요컨대 소설은 서사시적 요소가, 시는 극적인 요소가 한층 부각되어 발생된 셈이다. 특히 시의 경우 '극적' 제의에서 그 유래를 찾을 수 있는데 여기서 시가 구원의 양식으로 토속신앙과 밀접한 관계를 지니고 있었음을 알게 된다.

'원본'에서 말하는 존재의 개념은 결국 영혼의 개념으로 설명될 수 있다고 하였다. 그렇다면 민중의 의식을 잘 담고 있는 구비문학에서 나타나는 주술적 가락과 무속에 나타나는 무가는 영혼의 움직임을 나타내는 노래이다. 그러므로 세시풍속, 민속놀이, 민간신앙, 문학 등 민속의 흔적을 담고 있는 유 · 무형의 문화재는 그 존재 자체에 주술성이 깃들어 있는 것으로 볼 수 있고 민속의 원형이 담겨 있는 것으로 볼 수 있다. 민속의 원형을 바탕으로 사상, 철학, 종교, 예술, 구전물, 풍속, 놀이, 축제 등의 정신문화와 의식주를 포함하여 각종 문화재 생산 양식과 생산도구가 연구[48)의

---

47) 위의 책, 41쪽.

48) 민속성을 이루는 민속요소는 다음과 같다. 여기서는 민속요소에 대한 구분 방법과 종류를 설명하고 개념과 내용에 대해서는 논문을 진행하면서 각 단원에서 내용과 연관 지어서 설명을 덧붙이고자 한다. 민속학에서는 민속요소, 즉 전통재를 중심으로 한 민속학 형성사로 시기 구분을 하기도 하고 그 종류에 대해서도 분류 방법이 조금씩 다르게 연구되고 있다. 대체로 1970년대에서 지금까지를 정리기로 잡고 있다. 민속한 연구 서적 중

대상이 된다. 고대에서부터 지금까지 문학과 민속의 전승이 서로 상호보완적인 관계에 있었음을 살피고, 문학 속에서 민속 원형의 가치를 구현하기 위한 좀 더 객관적이고 구체적인 이해를 위해서 민속요소에 대한 설명의 도움을 받을 수 있다. 위에서 밝힌 민간신앙의 유래와 관습, 세시풍속

가장 이른 시기에 발간된 후 몇 차례의 개정판을 거친 『한국 민속학 개설』에 실린 이두현의 다음과 같은 분류방법이 있다.

① 마을과 가족생활 ; 마을 가족과 친족, 관혼상제
② 관혼상제 ; 출산의례와 관례, 기자, 혼례, 상례, 제례
③ 의식주 ; 각 시대에 따른 의식주 생활
④ 민간신앙 ; 민간신앙의 성격, 무속, 가신왕, 동제
⑤ 세시풍속 ; 세시풍속의 의의를 비롯하여 각 계절의 세시풍속 등
⑥ 민속예술 ; 민속악과 민속무용, 민속극, 민속공예
⑦ 구비문학 ; 민요, 설화, 무가, 판소리, 속담과 수수께끼

박계홍의 경우, 새로운 분류 방법을 제시하였으나, 구비문학과 민속예술에 관한 것이 빠져 있다는 점을 이정재는 지적하고 있다. 박계홍은 도시민속학의 방법으로 민속의 도시화, 도시와 농촌의 민속, 도시민속학의 과제, 도시민속학의 실천존립을 주장하고 민속학 방법론이 과거학이 아닌 현재학으로 그리고 순수 인문학이 아닌, 응용 실용학으로 새롭게 설정한 분류 방법을 제시하였다. 이 점은 중요하다고 판단되어지나 민속요소 중 구비문학(민속문학)과 민속예술이 빠져 있다는 점은 분류 방법에 있어서 지적될 만한 사항이다. 위의 이두현의 분류 방법을 바탕으로 논문을 진행하는 데 있어서 편의상 민속요소를 네 갈래로 축소 정리한다면 다음과 같다.

1) 가족공동체풍속 - 관혼상제, 의식주, 세시풍속
2) 민간신앙 - 민간신앙에는 가신신앙, 집단신앙, 동신신앙, 무속신앙
3) 민속예술 - 민속악, 민속무용, 민속극, 민속공예
4) 민속문학 - 여기에는 설화(신화, 전설, 민담), 민요, 무가, 판소리, 속담, 수수께끼

최운식 외, 『한국 민속학 개론』 참조.

의 형태와 구비문학 속에서 구현되는 신화, 설화, 민담에 대한 개념은 본
문의 내용과 관계되는 항목에서 각주로 대신한다.

3. 주술성과 문학의 재현

주술[49]은 인간의 일상적인 문제를 초자연적인 특수능력에 호소하여 해
결하려는 일련의 행위다. 인간은 원시시대의 수렵채취생활에서부터 농
경생활을 거쳐오는 동안 주위 환경과 조화를 이루며 살았으며, 그러한 자
연환경에 대한 신념은 친화와 외경, 또는 두려움의 양면성을 지니고 있었
다. 삼라만상이 초월적인 힘에 의하여 지배되고 운행되는 것으로 믿어왔
던 인간이 초월적인 힘을 인간의 편으로 유도·재편성하고 닥쳐올 불행
을 예방하여 현세의 안락을 유지할 수 있도록 끌어들이는 매개의 방법으
로 삼았던 것이 주술인 것이다.

캇시러는 인간의 언어가 발전해 오면서 어의적 사용과 마술적 사용이라
는 서로 다른 두 가지 기능을 수행하게 되었음을 주장한다. 이른바 원시적
언어는 낱말의 어의적 기능이 없지는 않았으나 마술어가 지배적이었고 압
도적인 영향력[50]을 가지고 있었고 원시인들은 언어를 가장 강력한 마술과
주술을 무기로 여겨 아무도 그 힘에 항거할 수 없었다는 것이다.

그런데 말리우노스키(K. Malinowski)는 원시인이 현대인과 그리 다르지

---

49) Bronislaw K. Malinowski, 「주술에 관한 신화」, 서영대 역, 『원시신화론』(민속원, 1996), 80쪽.
50) Ernst Cassirer, 「20세기의 신화」, 『국가의 신화』, 399쪽.

않은 의식을 가지고 있었으며 그들이 가지고 있던 어떠한 특정한 특징들은 과학과 유사하다고까지 주장한다. 이를테면 현대인의 의식구조와 원시인의 의식구조가 그리 다르지 않은 '원형'을 지니고 있었다는 것이다.

> (주술은) 원시인들이 일상적인 방법으로 어떤 일이 실패했을 경우, 그들의 중요한 과업을 다시 수행할 수 있도록 해주며, 마음의 평정과 정신적인 안정을 유지할 수 있도록 해 준다는 것이다. 또한 주술은 행위가 효과적으로 수행되기 위해서는 어떤 방법을 제시해 주는 이론 및 원리체계에 의해 지배당하고 있다. 이와 같은 주술과 과학은 많은 공통점을 보이고 있으며 그런 까닭에 우리도 주술을 적절하게 의사과학(pseudo)이라고도 부를 수 있다.[51]

말리우노스키는 위의 주장을 통해서 주술 속에는 목적하는 바를 이룰 수 있도록 돕는 원리와 체계가 분명히 있다는 점을 강조하고 있다. 결코 미신으로만 치부할 수 있는 것이 아니라는 것이다. 인간이 욕구하는 바를 해결하고자 할 때, 그렇게 되도록 믿는 심리적인 힘과 정신적인 안정을 유지하게 만드는 것이 주술의 역할이며, 그 체계적인 과정을 두고 과학과 유사하다는 것이다. 특히 주목해야 할 것은 주술의 효력이 동시대에서 동시대로, 또는 다음 세대로 '전수'된다고 말한다는 사실이다. 그러므로 주술은 계도(系圖)를 필요로 한다. 계도란 시간과 공간을 횡단하는 데 필요한 여권과도 같은 것이며, 그 계도를 제공해주는 것이 '주술의 신화'라고 말리우노스키는 설명한다.[52]

---

51) Bronislaw K. Malinowski, 『원시신화론』, 79쪽.

52) 위의 책, 152쪽.

그렇다면 '주술의 신화성'이란 무엇인가? 주술의 삼 요소는 주문, 제의, 그리고 제의의 공식적인 주재자이다. 앞에서 언어적인 의미를 지닌 것이 주문이 될 것이며 제의에는 반드시 주문이 따르는 것이다. 제의의 공식적인 주재자가 주문과 제의를 포함한 행위를 주도함으로써 주술은 목적하는 바에 도달할 수 있다. 그러므로 계도에서 가장 중요한 역할을 하는 것은 언어적 측면이다. 이를테면 '주술의 신화성'이란 언어 자체가 가지고 있는 마술적 의미를 지칭하는 것이 되기도 한다. 일상 속에서도 이러한 주술은 내밀하게 사용되어 왔는데, 이른바 모방주술과 감염주술 같은 것들이 그것이다. 프레이저(J. G. Frazer)에 의하면 주술의 원리[53]는 첫째, 유사의 법칙이다. 모방주술이란 어떤 동작을 흉내 내면 그에 상응하는 효과를 얻을 수 있다는 신념이다. 닮은 것은 닮은 것을 낳고, 흉내를 내면 일이 반드시 이루어진다는 믿음이다. 둘째, 접촉의 법칙은 감염주술로 어떤 부분에 대한 작용이 전체에 대해 같은 효과를 초래한다는 신념이다. 이를테면 머리카락이나 의류를 비롯한 인체의 일부분 또는 인체에 접촉한 것을 입수함으로써 그 사람의 영혼을 얻었다고 생각하고 그것으로 상대방에게 어떤 작용을 가할 수 있다는 사고방식이다. 미운 상대의 사진을 바늘로 찌름으로 해서 그에게 고통을 준다고 생각한다든가, 병자의 옷에 기도하게 한 다음 그 옷을 입히면 병이 낫는다고 믿는 일 따위가 그런 예이다. 또한 주술은 백주술, 흑주술로 나누는데, 백주술은 개인 또는 사회를 위해 선용되는 것으로 약초 등을 사용할 수 있으며, 흑주술은 반사회적으

---

53) G. Frazer, *The Golden Bough*(Macmillan Publishing Co., 1951), p.12.

 김소월 백석 시의 민속성

로 악용되는 것으로 특히 흑주술을 행하는 자를 사술자라고 한다. 아프리카에서는 자기의 부족, 사회집단에 반하는 집단에게 사술을 거는 사회집단이 있다. 이밖에 흑·백 양쪽 주술을 사용하는 주술사도 있다. 이러한 주술에서도 주문이라는 언어적 기능이 필요하다.

　민간신앙과 관련된 주술적 행위에서 그 절대자의 행위는 아주 다양하다. 절대자는 자연(땅, 하늘, 해, 달, 바다, 십장생, 조상신, 삼신)이나 광범위한 대상에게 주술을 구할 수 있다. 그 재료 또한 일상생활에서 구할 수 있는 것들이 많다. 정식화된 종교에서 주술은 주로 기도를 하는 행위와 관련이 있다. 기도문에 주술적 의미가 포함되어 있는 것이다. 모든 민족에게 주술적인 요소는 종교적인 것과 얽혀 있다고 볼 수 있다. 그러나 엄밀히 말해 주술은 종교와는 달리 반드시 신과 같은 초자연적인 존재나 인격적인 존재의 힘에 의해 가호를 구하려 하지 않는다. 그것은 공덕과 신통력이 있다고 믿어지는 주문이나 의식을 사용하는 행위 그 자체이기 때문이다. 물론 이러한 거창한 의미에서의 주술이 아니더라도 우리의 일상에서도 말이나 행동에 주술적 의미와 초자연적인 힘이 서려 있다고 믿는 측면이 있다. 특히 히틀러 같은 정치인은 언어가 가지고 있는 주술적 힘을 믿고 이것을 전체주의의 도구로 활용한 것이라던가, "말이 씨가 된다"는 속담과 관련된 금기들이 일상생활에서 여전히 영향력을 발휘하고 있는 것을 생각해본다면 과학과 기계문명이 고도로 발달된 현대에 와서도 여전히 인간은 원시인들 못지않은 "미개하고 불합리한 일면"을 지니고 있음을 증명한다. 그러나 사실 이렇게 현대인이 가지는 미개와 불합리성은 단순한 미개와 불합리성이라기보다는 오히려 기계와 근대문명과 변증법적인 관계에 놓이는 것이다.

특히 아도르노는 신화와 계몽은 서로 변증법적인 관계에 있었다고 설명한다. 인간은 자연현상에 겁을 먹고 주관적인 것을 자연에 투사하려 한 데서 계몽을 실현하려 했다. 그 결과 가늠할 수 없는 하늘과 땅의 위계질서와 씨족 사람들과 주술사의 초혼제 대신에 정교하게 등급이 매겨진 제물과 명령에 따라 움직이는 노예들의 노동이 등장했다.[54] 이 결과 자연은 단순한 객체로 떨어지게 되었고 자연을 다스리는 인위적인 종교가 생겨났다. 결국 자연은 인간의 지배대상으로 격하된 것이다. 그러나 현대에도 신화나 주술에서 자연을 여전히 하나의 소재나 견본으로 여기지 않는다. 이때 인간은 스스로 귀신과 흡사한 모양으로 들어가게 된다. 이것은 샤먼으로 설명될 수도 있다. 한국의 무(巫)에서는 무당이 귀신과 혼령을 직접 받아들임으로서 다른 존재의 모습으로 바꾸어질 수도 있다. 결국 이처럼 주술의 힘은 인간과 자연, 그리고 우주의 '친숙한 관계'를 되살려 놓는 것이다.

주술은 자연을 향하여 미메시스의 방식을 추구하는데, 여기에서 예술성을 추출할 수 있다. 그러므로 예술은 무에서 유를 창조하는 것이 아니라, 자연을 통하여 예술성에 관여한다. 시 장르가 원시종합예술에서 기원의 양식으로 분화된 것이라고 가정할 때, 현대까지 전승되어 온 과정 자체가 언어가 가지고 있는 주술적 힘이라는 미메시스의 방식에서 연유된다. 언어가 그것을 명명하는 순간, 사물은 새로운 생명성을 불러일으키고

---

54) T. W. Adorno · Max Horkheimer, 『계몽의 변증법』, 33쪽.

그것의 의미를 사로잡는다. 여기서 상상력의 마술적 힘이 생겨난다. 그러므로 시인은 제의를 행하는 것처럼, 언어를 명명하는 마술사와도 같이 독자들을 그가 체험한 만큼 느낄 수 있도록 그 세계로 잠입하게 만든다. 문학의 전통이라는 것도 언어의 힘에 의해서 새로운 생성의 장을 지속 가능하게 만듦으로써 그 명맥이 가능하다.

따라서 한국문학의 전통성 가운데 민속성을 연구한다는 것은 언어의 역할이 가진 이러한 주술적 계도를 따라가는 일과 무관하지 않을 것이다. 시가 개개인의 영감을 받아 창조하는 언어행위이고, 신화[55]나 설화는 전통 속에서 원천적인 것을 회고하는 포이에시스[56]라고 말한다면 당연히 시의 언어행위는 원천적인 것을 기원하는 것으로써 제의의 주술과 주문의 성격을 띠는 것이 될 것이다. 이럴때 문학은 '자연의 친숙성'과 '주술의 신화성'을 통해서 예술적 기능을 수행할 수 있다. 이를테면 우리 앞에 놓인

---

55) 신화의 종류는 다음과 같다. 건국신화―『단군신화』, 『주몽신화』, 『박혁거세신화』, 『수로왕신화』 등 건국신화, 시조 신화나 성씨에 관한 신화/당신화―개성의 사당에 모셔진 『최영 장군 이야기』, 서해안 당집에 모셔진 『임경업 장군 이야기』, 소백산 산신령으로 모셔진 『다자구 할머니 이야기』, 강원도 삼척의 『해신당의 유래담』, 경북 문경의 『당신 이야기』, 삼척, 해신당의 『당신신화』/무속신화―무속신앙을 가진 사람들 사이에서 신성성이 인정되는 신화로 무속신의 본풀이인 서사 무가가 이에 속한다.
　　또한 전승 방식에 따라서 구전신화와 문헌신화로 구분할 수 일다. 구전신화는 입으로 구전되어 오는 신화. 문헌신화로는 『삼국사기』, 『삼국유사』, 『제왕운기』, 『고려사』, 『세종실록』, 『지리지』, 『동국여지승람』, 『동명왕편』 등에 실린 신화늘이 있나. 『단군신화』, 『금와왕』, 『김수로왕과 허황옥』, 『혁거세와 알영』, 『탈해왕』, 『탐라국의 세 신인』, 『연오랑과 세오녀』, 『처용』, 『고려 개국신화』 등이 그것들이다. 최운식, 「민속문학」, 『한국 민속학 개론』, 262~268쪽 참조.
56) 김열규, 「신화와 리얼리티」, 『한국인의 신화』(일조각, 2005), 196쪽.

대상이나 사물 등의 모든 존재에는 본래의 존엄성과 고유성이 있지만, 때
로는 주술로 인하여 그 모습을 바꾸어 표현할 수 있기 때문이다. 이때 자
연 또는 사물들의 차이를 인정하고 주술은 단순한 기호가 아니라 유사성
과 이름에 의해 사물과 직접 결합한다. 따라서 그러한 대상을 향해 시인
은 '친숙한 관계'의 의미 속으로 몰입할 수 있는 것이다. 대상을 통해서 창
조된 시인의 미메시스가 뜻하는 바, 즉 그 세계의 진실을 구현할 수 있는
것이다. 시는 이렇게 주술적 계도의 힘을 따라 대상과의 결합을 언어로
표현한다. 따라서 이 장에서는 우리의 고전문학에서부터 시작된 주술적
인 표현과 그 '주술의 신화성'이 현대시에까지 어떻게 변용되고 계승되고
있는가 간략하게 살펴보고자 한다.

1) 고전문학과 주술성

　설화 「가락국기」에 나타난 주술성은 하늘에서 일방적으로 「구지가」[57]를
가르쳐 주고 이 노래를 부르며 군왕을 맞이하라는 명의 방식으로 나타난
다. 대왕을 맞이하기 위한 「구지가」는 여러 군중과 함께 노래 부르고 춤을

---

57) 후한의 세조, 광무제, 건무18년 임인년 계욕일에 그들이 살고 있는 북쪽 구지봉에서 사
　　람들을 부르는 것 같은 이상한 소리가 났다. 사람의 소리 같았지만 그 형체는 보이지 않
　　고 소리만 들렸다 "하늘이 나에게 내려와 새로운 나라를 세워 임금이 되라고 명하셨기
　　때문에 내가 일부러 온 것이다. 너희들이 모름지기 봉우리 꼭대기에 흙을 파내면서 '거
　　북아, 거북아, 네 목을 내밀어라, 만약 내밀지 않으면 구워 먹겠다'라고 노래 부르고 춤
　　을 추면서 대왕을 맞이하여 기뻐 춤추게 되리라"하였다고 한다. 일연, 「가락국기」, 김원
　　중 옮김, 『삼국유사』, 239쪽.

추는 집단적인 의지가 전달되어 나타난 주가(呪歌)라고 이해할 수 있다. 흙을 파내는 노동의 집단행위 가운데 주력적인 힘을 드러내고 있는 것이다. "거북아, 거북아/네 목을 내밀어라/만약 내밀지 않으면 구워 먹겠다" 사람들은 9일 동안 이 노래를 부르고 춤을 췄는데, 얼마 후 하늘을 우러러보니 자줏빛 새끼줄이 하늘에서부터 드리워져 땅에 닿았다. 줄 끝을 살펴보니 붉은색 보자기로 싼 금합[58]이 있었다. 이와 비슷한 구조를 가진 「해가(海歌)」는 순정공이 수로부인을 구출하기 위하여 만들어 부른 노래로써 주술력의 근원을 찾을 수 있다. 여러 사람의 말은 쇠도 녹인다는 것은 「해가」에서 나타나는데, 언어에 있어서 발현되는 주술의 힘을 상징적으로 드러내는 표현이다.

또한 월명사의 「도솔가」는 천문재앙을 회복하는 노래로, 월명사가 이 노래를 지어 부르니 해의 변괴가 제거되었다 한다. 이렇게 본다면 「도솔가」는 불교적인 성격보다 주술성이 강한 노래이다. 「처용가」에 나타난 주술성은 처용이라는 인물에 의해서 획득된다. 재앙 발생 후 처용에 의해서 재앙이 해결됨으로써 처용의 화상이 곧 주술성을 드러내는 부적으로 사람들에게 전이되는 이야기이다. 주목해야 하는 것은 설화 가운데에는 항상 일정한 리듬과 율격과 함께 주술과 주문이 따른다는 말이다. 위에서 살펴본 설화에는 공통적으로 주술적인 힘이 크게 작용하여 직면한 문제의 해결점을 제시한다는 것을 알 수 있으며, 신이성(神異性)과 비인격적인 대상이 집단에게 큰 힘으로 작용하고 있다는 것을 알 수 있다. 이처럼 초

---

58) 생산한 곡식을 다음 수확기까지 보관하는 상자.

자연적인 존재에 호소함으로써 질병의 치료나 강우, 풍작, 풍어 등 의도한 바를 실현하고자 하는 행위, 신앙, 관념체계의 총칭을 주법(呪法)이라고 한다. 동물과 인간, 하늘과 인간, 비인격적인 대상과 인간과의 관계를 통해 신이성을 나타내고 그 일련의 신비화 과정 속에서 문제를 해결하려는 만위혼위의 세계관을 대변해 주고 있는 것이다.[59]

여기에서 무속적인 요소가 주술성의 측면에서 가장 많이 표현되는 신가(神歌) 즉, 무가는 일종의 구비경전으로 해석된다. 왜냐하면 무가[60]는 굿이라는 제한된 상황 속에서 무당이란 한정된 계층에 의해 구전되는 문학이고, 신성성이 전제되어 있으며 일반 구비문학과 같이 민간인을 대상으로 해서 흥미 본위로 구연되는 것이 아니고, 종교의식에 신을 대상으로 구연되므로, 신성성을 전제로 하기 때문[61]이다. 다시 말하면 「처용가」를

---

59) 김종호, 「說話의 주술성과 현대시의 수용양상」, 『한민족어문학회』 제46집(한민족어문학, 2005.6), 6쪽.

60) 무가는 무당이 노래 부르고 춤을 추며 굿을 할 때 부르는 신가이다. 무가는 무당이 신관을 비롯한 우주관, 영혼관, 내세관 그리고 존재근원에 관한 일체의 사고를 종합, 체계화하여 직접 언어로 표현되는 것이어서 무속의 구비경전으로 볼 수 있다. 무가의 특징은 다음과 같다. 첫째, 무가는 굿이라는 제한된 상황 속에서, 무당이라는 한정된 계층에 의해 구전되는 문학이다. 둘째, 무가는 신성성이 전개된 문학이다. 무가는 일반 구비문학과 같이 민간인을 대상으로 해서 흥미 본위로 구연되는 것이 아니고, 종교의식에서 신을 대상으로 구연되므로, 신성성을 전제로 한다. 셋째, 무가는 서정, 서사 희곡, 전술의 문학 양식 속에 상상력인 신비의 세계를 담고 있다. 넷째, 무가는 4·4조의 율격을 기본으로 하면서 설명이 아닌 묘사에 치중한다. 다섯째, 무가는 우주의 근원으로부터 인간의 근원탐구와 이상세계의 건설을 설계하는 내용이어서 존재에 대한 궁극적인 질문을 제시한다. 이런 점은 인간의 존재 문제를 규명하려는 심각한 내용이다. 김태곤 외, 『한국 구비문학개론』(민속원, 1995), 239쪽.

61) 최운식, 「민속문학」, 『한국 민속학 개론』, 295쪽.

부른 처용이나 「헌화가」나 「해가」를 부른 노인과 그들의 노래를 받아들이는 민중의 심성에는 일종의 동일화된 무속적 심성이 자리하고 있다는 뜻이다. 이들은 혼란이나 결핍을 신성한 존재, 주술적인 존재의 도움을 받아 메우려고 하고 있다. 그렇게 함으로써 세계와 자아 간의 관계를 다지고 불화를 불식시키면서 일체감을 형성한다. 이때 중요시되는 것은 이들이 세계와 자기 사이를 이어주는 매개자를 필요로 한다는 것인데, 무당의 주술적 언어가 바로 그것들이다. 거꾸로 말하면 무당의 주술적 언어는 세계와 자아 간의 일체감을 회복시켜주는 문학적 역할을 하는 것이다.

2) 주술성과 현대시

시에 나타나는 주술의 세계관은 현재의 민중적 세계와 자연스럽게 연결된다. 동일한 의식을 형상화한다는 점에서 전통의 계승적 행위와 밀접하게 연관된다고 볼 수 있다. 이렇게 민족 원형적 주술의 표현은 고대에서부터 민중·민족문학을 거쳐 현대시까지 전승되고 있다.

특히, 1920~30년대 근대이행기에 있어서 소월과 백석이 그려낸 독특한 주술적 샤먼의 모습은 민속신앙으로서 전통의 한 측면을 계승하고 있다. 이때 유년기부터 듣고 자라난 민요나 잡가의 형식과 내용을 당대적 고통과 통합함으로써 전통의 현대적 수용을 확인할 수 있다. 두 시인은 시 속에 신화, 설화를 이끌어 들임으로써 문학적으로 민족의 정한을 구현하려고 했다.

당시의 천도교의 이론가들은 자아개벽이라는 슬로건을 내세웠는데 그것은 "고대의 발랄한 천무의 기상을 되살리는 것"에 있었다고 한다. 육당의 天·地·人의 개념 역시 하늘의 신성함을 받들고 그것을 우리 자신의 삶 속에 깃들게 한다는 내용이며 '세인'이나 '성인' 같은 말들은 모두 그러한 일을 영위하는 자를 표현한 것이다. '사만', '샤만'이란 것은 '선인'과 같은 기원을 가지고 있다.[62] 샤머니즘을 원시적 형태로 추적하는 것이 아니라, 형이상학적 사회정치적 형태로 포착하고자 하였던 것이다. 그 당시 이러한 문단의 자각은 김억을 스승으로 삼았던 김소월에게도 영향을 미쳤으리라 본다. 그의 시적 주제와 분위기는 분명 민속적 분위기와 풍속에 뿌리를 두고 있고, 샤머니즘이 계승되고 있다. 그의 시에서 보면 늘 과거의 어두운 그림자가 드리워져 있고 식민치하의 기류를 내비치는데 그 심사는 불안과 허무의식으로 표현되고 위태롭게 사라져 버릴 것 같은 존재의 위기상황에서 그가 부르는 노래는 마치 옛 마을에서 삶의 문제가 발생할 때 무당이 굿을 하는 것 같은 무속의 주술적 징후를 강하게 나타내 보이고 있다.

> 그러나수러앉어고요히/빌라, 힘있게敬虔하게/그대의맘가운데/그대를직키
> 고잇은아름답은神을/놉히우럴어敬拜하라./멍에는괴롭고집은무겁어도/두다

---

62) 한국에서는 무당이 샤머니즘과 관련이 있다. 육당은 한국 샤머니즘의 기원을 고대사와 연관시켜 깊이 있는 연구를 진행하였는데 많은 문헌들을 섭렵하면서 '샤만'의 음성적 의미론적 기원이 'ᄉ', 'ᄉᆞᆫ', 'ᄉᆞᆷ' 등과 연관되어 있으며, 그것을 조선에서 종교적 신성을 의미하는 말로 추론했다.(육당, 「샤만 교차기」) 또한 평안도와 황해도에서는 무당을 "세인"이라고 부른다는 사실을 발견했다. 신범순, 「샤머니즘의 근대적 계승과 시학적 양상」, 42~44쪽 재인용.

리든문은멀지안아열릴지니

— 「신앙(信仰)」[63]

    소월은 민족공동체적 마을들이 붕괴되어 가는 근대적 현실 속에서 떠도는 존재들의 비극을 인식하고, 그 방랑하는 존재의 슬픔을 형상화하였다. 마치 옛마을에 문제가 발생하면 무당이 나서서 굿을 하듯이, 그는 예술적인 무당이 되는데 떠도는 넋들을 여러 시편에서 불러내어서 위로하는 주술의 과정을 보여준다.[64] 자신을 포함한 공동체의 삶과 현실의 비극성을 '주술의 계도' 속에서 형상화하고 있음을 확인할 수 있다. 백석의 시도 북방 정서와 토속시의 한 원형성을 보여주고 있는데 무(巫)의 주술적 색채가 강하게 드러난다.

> 어스름저녁 국수당돌각담의 수무나무가지에/녀귀의 탱을 걸고 나물매 갖추
> 어놓고 비난 수를 하는 젊은 새악시들/—잘먹고가라 서리서리 물러가라 네 소
> 원 풀었으니 다시 침노 말아라
>
> — 「오금덩어리라는 곧」[65] 부분

    무[66]의 3대 기능인 사제자, 의무, 예언자 중에서 이 시에서 보여주는 내

---

63) 『開闢』 55호(1925. 1), 34~35쪽. 김용직 편, 『김소월 전집』(서울대 출판부, 1996), 227쪽. 이하 같은 책 인용 시 책 제목과 쪽수만 간략히 기술.

64) 신범순, 「샤머니즘의 근대적 계승과 시학적 양상」, 46쪽.

65) 백석, 이숭원 주해, 『원본 백석 시집』(깊은샘, 2006), 98쪽. 이하 같은 책 인용 시 책 제목과 쪽수만 간략히 기술.

66) 무속은 무당을 주축으로 민간층에서 전승되는 자연적인 종교상이다. 무당의 유형에는 강신무와 세습무가 있다. 강신무는 신병체험을 통해 신내림을 받은 무당이며, 세

용은 의무(醫巫)로서 성격[67]이며, 기층민의 민간신앙적인 행위를 리얼하게 객관화하고 있다. 위의 후렴 구절을 보면 독백처럼 들리지만, 실상 또 다른 화자의 목소리를 빌려서 액운을 떨쳐버리고자 하는 심상을 대변하는 것을 알 수 있다. 여기서 인위적인 종교와는 다른 무속 또는 원시 종교의식이 짙게 반영된다. 백석 시는 그 당시의 민중의 고통스런 삶을 다양하게 풀어내면서 시적으로 형상화시키고 있는데, 민속적인 측면에서 보면 민간신앙은 인간중심사상의 한 반영이면서 개인보다는 공동체의식 속에서 존재의 두려움을 해소하는 것이다. 국권상실의 시기와 험난한 정치·사회적인 변화 과정에 있어서 많은 지식인들은 민중·민족의 정체성을 찾으려고 했고, 과거의 전통적인 양식에서 그 근원을 구하고자 했

습무는 혈통에 따라 가계계승으로 된 무당이다. 이들 모두는 전문적인 종교사제자로서, 존재의 영구지속을 희구하는 민중의 욕구를 실천화하려는 제의, 곧 굿을 주관한다. 『朱子語類』에 의하면 무는 신명을 다하여 춤추는 사람으로 춤을 통해 신을 접하기 때문에 하늘과 땅을 이어주는 공(工) 자의 양측에 두 사람이 춤을 추는 형상을 취한 무 자를 쓰게 되었다고 한다. 하늘은 신을 뜻하고 땅은 인간을 뜻한다. 또한 공(工)이라는 글자는 신(神)을 부르는 재주, 굿을 하는 재주를 지닌 사람이라고 해석할 수 있다. 이처럼 무당은 보통 인간이 미칠 수 없는 탁월한 능력을 지닌 영매자로 무당의 개념을 정리하면 다음과 같다. 첫째, 무당은 성무과정의 시초에 신의 초월적인 신병을 거친 사람이어야 한다. 신은 하강하므로 이를 강신체험이라고 한다. 신병은 신의 부름을 받는 체험이다. 둘째, 무당은 신병을 통해 얻은 영통력으로 신과 만나는 종교적 제의인 굿을 주관할 수 있어야 한다. 셋째, 두 가지 조건을 기반으로 하여 민간층의 종교적 지도자로 인정받아야 한다. 넷째, 무당은 신앙의 대상이 되는 신이 분명해야 한다. 무당이 체험하는 신은 일반적으로 산신, 칠성신, 지신, 용신, 장군신이다. (세습무에서는 신병체험은 없으나 다른 요건은 갖추어야 한다.) 김명자·장장식, 「민간신앙」, 『한국 민속학 개론』, 222~234쪽.

67) 김재홍, 「민족적 삶의 원형성과 운명애─백석」, 『한국현대시인 연구(2)』, 338쪽.

는데 그 가운데 주술성이 그 주제의 가능성을 확장시키는 기능을 하고 있다.

김지하는 '민족·민중·문화운동'의 일환으로 '민중극'을 추구했는데, 이는 희곡이라는 양식을 통해서 전통 민속극의 현대적인 계승을 추구하고자 했던 것이다. 1970년대는 근대 자본주의 아래에서 민중, 즉 노동자, 농민, 소상공업자, 도시빈민 등의 수난과 고통이 가장 극명하게 대두되던 시기였다. 민중극은 이러한 시대사적 상황을 배경으로 출현하였으며, 민중들의 인간다운 삶의 세계를 향한 해방의 정서와 의지를 역동적인 표현을 통해서 나타낸다. 또한 그의 시는 전통 민속극을 창조적으로 수용한 마당극의 형식원리로 나아가는 면모를 보인다. 김지하의 『진오귀』는 마당극 형식으로 쓰인 최초의 본격작품인데 농촌사회에서 구조적 모순을 해결하고자 하는 염원을 담고 있다. 여기에는 농사꾼들을 못살게 하는 외곡혼(魂), 소농혼, 수해혼들이 등장하고, "여러분 나오십쇼. 나와서 모두 함께 춤춥시다. 저 도깨비 때려잡는 진오귀굿 하는데 우리도 도깨비 놈들 발길로 한 번씩 걷어차고 그놈들 쓰고 다니는 무시무시한 탈도 아주 벗겨버립시다."라는 해설자의 해설을 통해서 마당극의 연행원리의 가장 큰 특징은 연희자와 관객이 일체화되어 어우러지는 장면을 표현하며[68] 민중의 생명력이 역동적으로 상승하는 집단적 신명성의 광경을 펼쳐 보인다는 것이다.

---

68) 홍용희, 「민족·민중문화운동의 양식화와 "민중극"」, 『김지하 문학연구』(시와시학사, 1999), 80~99쪽.

이것은 마을굿에서 행하는 제의 형식으로 볼 수 있으며, 신명은 제의를 행하는 제사자와 관객이 한마음이 되어 그것을 풀어내는 공동체 예술의 원형을 연상케 한다. 주문과 제의, 주술의 집전자의 관계에서 보면 화자는 제의를 집도하는 집전자로서 역할을 수행한다. 그러한 역할을 통해 김지하의 마당극은 민중의 애환과 고통에서 벗어나기를 기원하는 주문, 일련의 제의의 형식으로 거듭난다. 여기서 보여주는 주술성은 분명한 계도를 가지고 우리의 전통을 계승하고 있으며, 그것은 언어의 언의적 의미를 뛰어넘어 언어의 마술성을 보여준다. 그의 문학·예술세계의 중심사상은 생명사상이라고 일컬어지고 있으며, 나아가 그 생명사상으로써 예술혼은 신명(神明)으로 귀결되고 있다. 이것은 우리나라의 보편적인 전통정서로 인식되어 왔으며, 그 신바람은 우리 내부에 잠자는 혼을 불러내어 우주와 일체를 이루는 소통 과정으로 본다. 하늘과 땅과 인간이 동일체라는 신명성의 감정을 느낀다는, 즉 인간이 곧 하늘이라는 동학의 인내천(人乃天)사상에서 연유한다고 할 수 있다.

'신명'은 신(神)과 사람이 분리되는 것이 아니라는 것을 의미하기도 한다. 이것은 동학의 "神人合一"과 그 맥이 닿아있는 것이다. 더불어 "하늘이 곧 사람이다"라는 인내천사상의 원리에는 사람이 지니고 있는 성품 가운데 신(神)이 있다는 의미가 포함된다. 즉 신은 사람의 내면에 존재하는 신명에 다름 아니[69]라는 것이다. 신명은 자신의 몸 속에 있는 흥을 깨우는 행위 내지 소망을 구현하는 행위로 규정해 볼 수 있다. 우리의 무속 가운

---

69) 홍용희, 『김지하 문학연구』, 264쪽.

데 주술성은 우리 속에 있는 신명을 일깨우고, 주문을 행하는 자는 하늘, 말하자면 초자연적인 것과 일체와 순환을 이룬다. 그 과정에서 주술의 신화성은 가능해지는 것이다.

　이런 제의를 행하는 집전자인 무당이나 소리꾼들은 이미 타고난 운명적 신명의 기질 때문에 병을 앓기도 하고 평생 소리와 함께 몸 부비며 살아가야 한다. 시인 또한 몸 속의 시마(詩魔) 때문에 숙명적인 삶을 살아가는 존재라고 할 수 있다. 강은교(1945~) 또한 몸 속에 들끓는 언어의 주술력에 빠져서 고투하는 모습이 역력하다. 첫 시집이 나온 시기는 1970년 대인데, 그의 시는 이 땅의 민중과 민초를 위한 노래로써 무속적 주술력을 느끼게 한다. 또한 주술적 가락의 범주를 벗어나지 않고 있으며 이승과 저승, 영과 육이 확연히 둘로 구분되는 것이 아니라 하나로 이어지는 것으로 표현하면서 우리의 전통적인 무속 발상에 뿌리 내리고 있음을 보여준다.[70] 언제나 힘없이 부대끼는 민중에 대한 사랑이나 유대감으로 직결되는 그의 민중적 이미지와 견해는 지금까지 지속되어 왔다. 시집 『초록 거미의 사랑』에서 확연히 드러나는 것은, 김지하가 민중극에서 보여주었던 신명의 몸짓이며 김소월의 교혼과도 통하는 느낌이다. 이러한 시편들을 두고 김양헌은 "절망의 심연에서 솟아오르는 굿소리"라고 해설에 덧붙이기도 한다. 강은교의 시는 주문과 제의와 주술을 전하는 집전자가 일체가 되어 보여주는 사랑의 시극이라고 할 수 있다.

---

70) 이선영, 「꿈과 현실의 변증법」, 강은교, 『벽속의 편지』(창작과비평사, 1996), 120쪽.

열어주소 열어주소

이 말문 열어주소

남해용왕님 북해용왕님

워어이워어이 워어이워어이

쓰다듬으소서 내 말문

출렁이소 내 말문

동쪽 소나무 가지 칭칭

햇빛으로 동여매어 따뜻이

내 말문도 햇빛으로 동여매어 따뜻이

열리게 하소

내 핏문도 출렁출렁

열리게 하소

—「사랑의 뿌리에 바치는 굿시」[71] 전문

강은교는 『소리集』(1982) 시편에서 보여준 바, 남들이 듣지 못하는 우주
율 소리에 대해 남다른 촉수를 지니고 있다. 시가 어떤 깨달음을 하나의 이
미지로 형상화하는 과정에서 언어는 이미지를 따라가게 마련인데 강은교
의 시는 소리 즉 언어가 이미지를 앞서 간다. 강은교가 자신의 시에서 언어
의 평면적인 탈과 그림과 같은 이미지를 버리고 소리 그 자체가 생생히 살
아 움직이게 할 수 있는 것은 주술성이 그의 시에서 그 형식을 압도하고 있
다는 것을 보여주는 근거이다.

여기서 시적 화자/페르소나는 고백체로 청자/대상에게 청유형 또는 말

---

71) 강은교, 『초록거미의 사랑』(창작과비평사, 2006), 114쪽.

걸기를 시도한다. 이 말 걸기는 "신에게 말 걸기"라는 특성을 지니고 있다. 이 말 걸기를 통해서 절망적인 상황과 고통스러운 상황으로부터 자신을 구출하려는 방법을 취하는데, 이것은 백석 시에서도 보이던 의무(醫巫)와 같은 것으로 의사 주술의 전형적인 방법이자 시가 가지고 있는 언어의 주술성이다. 의사 주술은 현실의 부정성을 전제로 한다. 즉 절망에서 희망으로 마음을 돌려놓는 것이 의사주술의 구조이다. 부정성－긍정성 혹은 죽음－재생이라는 소박한 형식으로 인해 의사 주술은 힘을 가진다. 위의 시는 '굿시'라는 제목에서 알 수 있듯이 무가의 형식을 빌려서 시의 소리를 실험하고, 한바탕의 굿을 기록한 것이다.

강은교의 초기 시집에서 보여주던 민중·민족을 위한 노래는 근래에 와서는 개인적인 절망을 통과해서 우주공동체의 전 생명에 대한 노래로 변모되는 양상을 보여주고 있다. 여러 민중시인들이 70년대 이후부터 민주화시기까지 민중·민족의 정체성과 민초들의 아픔을 달래기 위해 굿을 벌였다면, 근래에 와서는 개인적인 의사 주술로 향하고 있다. 이것은 우리의 삶이 마을공동체나 민족공동체와 같은 이념의 테두리에서 비켜나 개인의 존재 가치에 더 무게를 두게 되었다는 것을 방증하는 것이다. 거대 자본이 지배하는 현대적 삶의 공간 속에서 개인적 삶의 이유와 가치에 대해 갈등을 겪고 그것에 대한 해답을 구하고자 하는 것이 21세기의 예술의 새로운 패러디다임이다.

강은교 역시 초기에서 보여주던 민족혼의 소리 찾기에서 존재의 소리 찾기로 변모해 간다. 그런데 이때 시인이 찾고자 하는 존재의 소리는 일상에서 들을 수 있는 소리가 아니라, 초자연적인 것에 호소하는 것, 허구

내지는 가상의 세계의 소리를 말하는 것이다. 없는 세계를 있는 세계처럼 노래하고 허구를 있는 사실로 믿도록 하기 위하여 시인은 주술적 방법론을 선택한다. 이 주술적 시적 방법은 결국 존재의 소리를 다스리기 위한 의무의 한 방법이며 내면의 소리를 이끌어내기 위한 행위다. 이 내면의 소리는 하늘과 땅, 초자연적인 것과 소통하고 순환성과 반복성의 리듬과 관계있는 신명의 소리에 다름 아니다.

전통적인 주술성이 근래의 젊은 시들에서는 어떻게 이어지고 있는가에 대해서도 살펴볼 필요가 있다. 근래의 미래파 또는 현대적 환상문학에서 보이는 허구적, 가상적, 신비적 세계에 대한 상상력 역시 신화에서 온 형식이다. 현대적 환상문학에서는 재앙이든 은총이든 결코 발생하지 않을 계시를 영원히 받아들이고자 하고, 그 대상세계를 제한적으로 알려진 세계와는 다른 어떤 것으로 상정하여 그것에 대한 열망을 표현[72]하려고 한다. 이러한 과정에서 기존 무속의 신비적인 세계 또는 신화적인 세계와 연관성을 보여주며, 그들의 언어 역시 주술성을 거느리고 있다. 그러나 이들 작품은 자아와 타자, 가상적 세계와 현실적 세계의 소통에 그 목적이 있는 것이 아니라, 전복과 해체를 가하는 언어의 측면이 강하다. 그러므로 기존의 주술성에서 보여주는 동일성의 시학과는 차이가 있다. 우리 앞에 놓인 대상으로서 사물이나 모든 존재에는 본래의 존엄성과 고유성이 존재하고 있다. 그 대상의 본래, 고유의 존재성을 시인의 언어를 통하여 그 의미를 전달하고자 할 때, 이미 그 언어에는 시인만의 주술성이 발현된다고 본

---

72) R. Jackson, 「시대의 환상물」, 서강대 여성문학연구회 역, 『환상성』(문학동네, 2001), 210쪽.

 김소월 백석 시의 민속성

다. 지금까지 살펴본 바와 같이 현대문학에 나타난 주술성 역시 변증법적인 측면에서 해석해야 할 부분이 있다면, 그것은 예술의 전통성 속에 자리 잡은 한 민족의 원초적인 원형이 존재하기 때문이다.

제3장

소월 시의 민속 수용과 변용 양상

1. 민요시와 전통지향성

1) 자연과 리듬의 변주

소월 시에 나타난 문명위기의 태도는 혼종의 시대를 살아가야만 했던 시인의 자의식과 내적 관련을 맺은 결과였음을 알 수 있다.[1] 시인의 시는 결국 스스로의 생장을 위해 감각적 대상인 외부세계의 접촉과 자극을 받으면서 발생하였던 바, 외로운 감정의 양식이므로 불가피하게 독백의 측면을 강하게 지닌다. 감정의 자발적인 넘쳐남[2]에서 시작된 이 정서와 감

---

[1] 원래부터 폐쇄적, 내향적으로 태어났던 그는 1915년 오산중학교에 입학하고 집을 떠나면서 그러한 성향이 더 심화되었다. 오산중학교는 1919년 3 · 1 운동의 여파로 총독부에 의해 폐교되고, 1년 뒤 편입한 배제고보를 졸업한다. 그 당시 그는 이미 결혼을 한 상태였고, 그의 고모부가 독립운동을 하여 큰 고초를 겪은 것을 신학문 때문이라고 생각한 조부와 학업 문제로 갈등을 빚게 된다. 김준오, 「자아와 시간의식에 관한 시고」, 107쪽.

[2] 김열규는 한국인의 감정, 이를테면 서러움, 시름, 서글픔, 애달픔, 고달픔, 한스러움, 하염

정은 민속성 요소인 민간신앙[3]의 행위를 통해서 외부세계, 즉 핍박받는 시대의 아픔을 한으로 승화시킨다. 시적 자아는 물, 산, 나무, 꽃 등에 내재해 있는 자연신을 대상으로 기원의 형식을 보여준다. 기원의 형식은 주술성을 거느린 제의의 형식으로 우리 민족이 대대로 살아온 시공간에서 유래된 풍습과 의식행위인 것이다.

민요[4]는 지배계층의 이념이나 전문적인 창작의도가 개입된 시가와는

없음, 속절없음 등 일련의 외국어로 번역이 불가능한 감정이 소월의 시에서 메아리친다고 하면서 이것을 토정(吐情) 또는 토한(吐限)이라고 표현했다. 김열규, 「김소월론」, 『한국시학연구』 제8호(한국시학회, 2003), 10쪽.

3) 민간신앙은 집단신앙, 즉 마을신앙과 가신신앙, 그리고 무속신앙으로 분류된다. 민간신앙의 특징은 다음과 같다. 첫째, 민간신앙은 대부분의 민속이 그러하듯이 신앙행위가 세대와 세대를 거쳐 구전된다. 둘째, 민간신앙의 대상이 되는 신이 유일신이 아니라 매우 다양한 다신신앙이라는 점을 들 수 있다. 셋째, 현세의 구복성을 들 수 있다. 넷째, 현세 구복적이며 현세 이익적인 신앙이어서 그것을 성취하기 위해 의례도 주술적인 것이 대부분이다. 다섯째, 다양한 신앙 형식이 복합되어 중층적인 신앙 현상을 이루고 있다. 여섯째, 민간신앙은 의례 중심의 종교이다. 교리나 교단이 중요한 것이 아니라, 주술종교이기 때문에 현실의 생존적 이해 행위인 의례를 중시한다. 김명자·장장식, 「민간신앙」, 『한국민속학 개론』, 182~190쪽.

4) 민요는 인류의 역사와 함께 시작되었다고 할 수 있다. 원시인들은 생활의 필요에서 민요를 불렀으리라 생각되기 때문이다. 그러나 우리의 민요가 문헌에 나타나는 것은 훨씬 뒤의 일이다. 무가와 판소리는 기본적으로 전문적인 창자가 남에게 들려주기 위해 부른 반면, 민요는 듣는 이 없이 혼자 부르기도 하였다. 계층적으로, 지역적으로, 민족적으로 고유성이 강하게 유지되는 노래이다. 이러한 민요는 신라의 향가 외에도 『삼국사기』에 전하는 「계림요」, 『삼국유사』에 전하는 「완산요」 등도 당시의 불려진 민요였다. 고려의 속요 중 민속적 기능을 동반하는 「처용가」와 달거리의 풍속을 곁들인 「동동」, 축도의 성격을 띤 「정석가」 등은 민요의 성격이 짙은 노래이다. 조선시대에 와서는 훨씬 다양하고 풍성한 민요가 민중과 함께 성장하여 전파·전승되었다. 민요를 전하는 문헌에 『삼국사기』, 『삼국유사』, 『고려사』, 『악지』가 있으며, 이제현의 『소악부』가 있다. 민요는 노동요, 의식요, 유희요 등으로 나눌 수 있다. 최운식, 「민속문학」, 위의 책, 285쪽.

달리 자연적으로 발생된 집단의 노래이다. 구비문학의 한 갈래이면서, 기
층민과 민중들이 생활 속에서 스스로 즐기고 만족하기 위해 부른 노래라
는 점에서 민속의 원형적 가락이 내재해 있다. 소월의 민요시는 민요가
가진 이러한 속성을 바탕으로 하고 있고, 그 가락의 가장 깊은 심연에는
시대적인 요인에서 오는 민중적 아픔과 함께 자연의 리듬이 서로 조화를
이루고 있다.

> 야반에 울려오는 시의 통곡성과로 가티, 닑는 사람으로 하여금 소름 끼티
> 게 하는 그 마력, 여기에 소월의 승리가 있다. 뿐만 아니라 소월은 조선 사람
> 의 감정을 아럿다. 요한이나 안서의 시에 나타난 감정으로써 조흔 교양을 바
> 든 사람이 아니면 이해할 수가 없는 것이지만, 소월의 시에 나타난 감정은 시
> 골 과부라도 넉넉히 이해할 것이었다. 아니 나는 말을 잘못 섯다. 소월의 시
> 는 시골 과부들의 노래를 새로운 표현방식으로 다시 나타내인 따름이엇다.
> 그리고 그것은 다시 말하자면 조선 재래의 민요 그것이엇섯다.[5]

김동인은 소월이 전하는 가락에는 누구에게나 심금을 울리는 마력 같
은 것이 있는데 마치 시골 과부의 한 같은 것을 새로운 방식으로 표현해
내는 데 있다고 말한다. 그 당시 소월의 스승 안서[6]는 서구시의 한 방법

---

5) 김동인, 『조선일보』(1929. 11. 12).

6) 안서(岸曙). 본닝 희권(熙權). 평북 정주(定州) 출생. 20세인 1912년부터 시를 발표하기 시
작했고, 특히 투르게네프·베를렌·구르몽 등의 시를 번역·소개하여 한국시난에 많은
영향을 끼쳤다. 최초의 번역시집 『오뇌의 무도』는 베를렌·보들레르 등의 시를 번역한 것
으로써 한국시단에 상징적·퇴폐적 경향을 낳게 하는 촉매 역할을 하였다. 또한 타고르
의 『기탄잘리』, 『원정(園丁)』, 『신월(新月)』 등을 번역하였고, 그 밖에 A.시몬즈 시집 『잃어
버린 진주』와 한시의 번역시집인 『꽃다발』, 『망우초』, 『중국 여류시선』 등이 있다. 1923년

론을 수용하면서도 우리 전통의 7·7조 또는 4·4조의 운율의 바탕 위에 창작한 최초의 근대시집 『해파리의 노래』를 간행하였다. 김동인은 어느 정도 서구적 취향과 세련된 지식에 젖은 안서의 서정과는 다른 소월의 운율은 가장 힘없고 낮은 계층의 노래를 새로운 방식으로 표현했다는 점을 밝히고 있다.

　동시대 사람들이 가지고 있는 아픔의 소리를 체득하고, 그 소리를 후대에 전하는 것은 민족시인의 임무일 것이다. 그러므로 시인의 시 창작 과정은 민족적 한의 정서를 보편화하여 민요시의 한 전범을 이루는 것으로, 과거를 현재화하는 것이 된다. 소월에게 가락의 형성은 개인이 가진 한(恨)뿐만 아니라, 시대적 애환과 체념 및 허무의식을 초극하려는 도구로 '절제의 미학' 또는 '표현의 조절'로 인해서 내적인 운율이 형성된 것으로 보인다. '절제의 미학'과 '표현의 조절'은 전통서정으로 한을 빚어내는 데 필요한 핵심적인 거리이다.[7] 표현의 조절 단계를 거치기 위해서 소월은 자신만의 시적 운율을 필연적으로 택하게 되고, 이 거리에서 연유하는 내재적 의미와 형식이 전통과 현대를 이어주는 핵심이다. 다시 말해서 이 거리를 통해 민요적 리듬과 토속성의 소재에 바탕을 둔 그의 시가 전통을 지향함과 동시에 근대시가 지향하는 존재론적인 의미를 가지게 된다는

에 간행된 그의 시집 『해파리의 노래』는 근대 최초의 개인시집으로서 인생과 자연을 7·4조, 4·4조 등의 민요조(民謠調) 형식으로 담담하게 노래한 것이 특징이다. 한편, 에스페란토의 선구적 연구가로서 1920년 에스페란토 보급을 위한 상설 강습소를 만들었는데, 한성도서에서 간행한 『에스페란토 단기 강좌』(1932)는 한국어로 된 최초의 에스페란토 입문서이다. 그는 특히 오산학교에서 김소월을 가르쳐 그를 시단에 소개한 공적을 남겼다.

7) 심재휘, 「한국 현대시의 전통서정 연구」, 233쪽.

것이다.[8] 그 리듬 속에서 개인적 심상과 시대적 비극의 환경 사이에서 생겨나는 울림이 민족 보편적 정서로 극대화된다. 이렇게 소월 민요시의 근원은 민족과 개인의 공동체적인 삶의 원형에서 기인된다.

따라서 '미의 운율적 창조'로 귀결되는 시적 형식의 원형을 이루는 가장 중요한 원천은 자연계의 변화와 시인을 둘러싼 토속적인 우주의 원질 사상이다. 아침에 해가 뜨고 저녁에는 해가 지듯이 모든 자연계의 순환의 질서와 존재의 지속성, 바로 이것이 소월 시의 운율과 리듬의 원형이 된 것이다. '근대성의 자연'과 원래 '본래적 자연성' 사이의 갈등양상은 그에게는 또 하나의 풀어야 했던 시적 과제였다. 그 결과 그의 시는 현실적으로 위험에 빠질 것 같은 가까이 있는 땅과 하늘 그리고 울음 우는 새와 짐승들의 고통을 대변하는 것이 되었다. 따라서 자연의 본질적 의미를 잃어버리는 세계의 재생을 위해 그는 자연의 신성성을 향해 예언자적 기질과 탐험자적인 시혼을 열어 부단한 생성의 상태로 다가갔던 것이다. 이때 언어는 발전하는 전통으로부터, 부분적 신성으로부터 유래한다.[9] 언어는

---

8) 김재홍은 소월의 시가 자연발생적인 서정시로써 '사랑과 이별'의 문제를 노래하고 있다는 것과 '느끼는 시', '가슴으로 쓴 시'의 차원에서 주로 받아 들여져왔으나, 그런 단순성의 의미 이면에는 '생각하는 시'라는 존재론적인 측면이 담겨 있다고 하였다. 서구 편향성의 초기 시단 형성 과정에 있어서 한국적인 정감과 가락의 원형질을 개발하였다는 점에서 민족시·민중시의 소중한 전범이 될 수 있다. 시문학 전통에 깊이 뿌리박고 있으면서도, 자신에 맞은 시형을 발굴, 심화함으로써 자유시의 참모습을 보여준다는 점에서 소월 시의 가치를 존재론적으로 규정하였다. 김재홍, 「소월 김정식」, 『한국현대시인 연구(1)』, 52쪽.

9) 이문재, 「T. S. 엘리엇 시학의 베르그송 다시 읽기」, 『영어영문학』 제50권 1호(한국영어영문학회, 2004.3), 99쪽.

또 개인적이고 유일한 것에게로 되돌아감으로써 새로운 생명력을 얻게 된다. 이렇듯 소월에게 가장 절대적인 사랑의 대상으로서 자연과 우주적 세계는 '미완의 순환성'과 '부단한 생성의 장'으로 우주와의 일체화를 꿈꾸게 되었다. 이 결과 소월만의 한의 운율로 지속 가능한 상태의 전통적 리듬을 형성하게 되었다고 판단된다.

모든 존재의 근원이 카오스에서 연유된다는 것과 자연은 끝없이 변화하고 순환함으로써 영구히 지속될 수 있다고 믿는 원본사고는 한국의 민간신앙, 민요, 설화, 민화 등[10]에서 그 특성이 잘 드러난다. 소월 시의 민요적 율격과 가락은 현세의 절망과 고통을 해결하려는 절대자를 향한 기원의 노래로써 전통적 자연의 순환과 질서 속에서 이루어진 것이다.

2) 민요시의 전통지향성

앞에서 살펴본 바와 같이 소월이 한국 민요의 성격을 살려서 민요시를 쓴 것은 민족의 정서를 살리고 전통을 이어나가고자 하는 의지의 발현으로 볼 수 있다. 진정한 전통이란 과거에 존재했었던 것을 변함없이 그대로 답습하는 것이 아니라, 새로운 방식으로 고안하는 데 의미가 있다.

민족의 성정에 가장 알맞은 가락과 호흡인 3·4조와 7·5조를 살린 '민요시'는 '민요'가 지닌 제 특성을 기본으로 하여 종국적으로 민요화되기를 기대하는 시의 유형이다. 오세영은 소월 시를 크게 두 가지 측면에서

---

10) 최운식, 「고전문학 연구의 성과와 의의」, 159쪽.

민요시로 파악한다. "첫째는 음률상 전래 민요의 리듬을 차용하거나 계승·발전시켰다는 점이고 둘째는 민요가 가지는 그 외의 일반적인 속성, 예컨대 향토적 소재, 설화적 내용, 민중적 정감, 방언의 차용, 전통 복귀의식, 기타 시의 구조나 수사법에서 발견되는 병치 반복수법을 반영하고 있다"[11]는 점에서 그렇다. 민요시의 음률은 일반적으로 4마디 시행과 3마디 시행이 주를 이루는데 4마디 시행은 2마디의 시행의 중복구조로 가능한 것이다. 그것은 짧고 단순한 율격으로 쉽게 기억되고 전승되는 이점이 있다.

> 아버지는 댓잎이요
> 어머니는 연잎이요
> 댓잎연잎 죽었지만
> 이내형제 어이살고
> 우리형제 죽거들랑
> 앞산에다 묻지말고
> 뒷산에다 묻지말고
> 고개고개 넘어넘어
> 가지밭에 묻으소서
> 가지두개 열거들랑
> 우리형제 난줄아오[12]

위의 민요는 단순 2마디 4·4조의 음률을 가지고 있으며, 그 내용은 양

---

11) 오세영, 「한, 민요조 여성성 민족주의」, 『김소월, 그 삶과 문학』, 92쪽.
12) 임동권, 「민요와 향토」, 『한국 민요 연구』(이우출판사, 1978), 263쪽 재인용.

친을 여읜 고아 형제의 눈물겨운 장면을 그리고 있다. 삶과 죽음의 법칙은 자연의 질서 위에 있는 것으로, 인간의 능력으로는 거스를 수 없는 것이다. 탄생과 혈육에 대한 의미는 '연잎/댓잎/가지/앞산/뒷산/고개'로 상징화되어 있고, 특히 나란히 열린 가지는 두 어린 소녀 소년을 연상시키기에 충분하다. 삶과 생명의 상징인 열매가 떨어지듯 죽어간 남매의 생명에 대한 안타까움을 짧은 음률로 형상화함으로써 소박한 사람들의 정서와 슬픔이 바탕이 되었다는 것을 알 수 있다.

물고흔/紫朱구름,
하늘은/개여오네.
밤중에/몰내 온눈
솔숩페/꼿피엿네.

아츰볏/빗나는데
알알이/쮜노는눈

밤새에/지난일은……
다닛고/바라보네.
움직거리는/자주구름

— 「紫朱구름」[13] 전문

위의 소월 시도 2마디 시행의 4·4조의 음률을 가지고 있다. 시는 지난 밤에 내린 눈을 뒤로 하고 하늘에 떠오르는 구름에 대한 정감을 표현한

---

13) 『김소월 전집』, 34쪽.

다. 이 시는 하늘에 덮인 자주구름에 대한 느낌을 시간적 순환성을 통해 표현한다. 또한 민요의 율격을 차용하여 절제되고 세련된 표현으로 구름의 움직임을 형상화하고 있다.

> 접동
> 접동
> 아우래비 접동
>
> 津頭江가람까에 살든 누나는
> 津頭江압마을에 와서 웁니다.

— 「접동새」[14] 부분

위의 시는 3마디 민요율격을 과감하게 변용한 경우다. 민요에서 흔히 보이는 3마디 시행이지만 3마디인 1연은 3행으로 나누어 진술하고 있고, 둘째 연에서는 3마디 두 개의 시행을 각각 1행으로 진술하고 있다. 총 5연으로 구성되어 있지만, 각 연마다 3마디를 늘려가는 형식을 취한다. 그 행과 연을 경우에 따라 분절함으로써 음절수나 율격의 규칙성에 얽매이지 않는다. 음절의 생략과 첨가, 호흡절의 분절 및 시행의 병렬을 동원하여 보다 자유롭고 생기 있는 율격을 창안하는 데 성공하고 있다.

이렇듯 소월의 민요시는 민요의 율격을 적절하게 변용하는 형식을 택하고 있다. 또한 시는 내용의 측면에서도 민요와 같은 전통서정에서 영향을 많이 받았다. 민요에는 '기능요'와 '비기능요'가 있는데 특정한 일과

---

14) 김소월, 『培材』 2호(1923. 3), 115쪽. 『김소월 전집』, 175쪽.

관련이 없이 흥이나 감정이 일어나면 어디서나 부를 수 있는 비기능요를 '서정민요'라고 하였다.[15] 현대시의 전통서정은 이러한 '서정민요'의 서정성과 맞물려 있다.

새벽서리 찬바람에
울고가는 저 기럭아
너가는 길편에
漢陽城中 들어가서
그리던 벗님께 전하여 주려무나
구전비는 온다마는 임은 어이 못오시는고
구름은 가건마는 나는 어이 못가는가
우리도 언제나 비구름되어
오락가락 할거나[16]

어제도하로밤
나그네집에
가마귀 가왁가왁 울며세엿소.
(…중략…)
산으로 올나갈까
들로 갈까
오라는곳이업서 나는 못가오
말마소 내집도
定州郭山

---

15) 김흥규, 『한국 문학의 이해』(민음사, 1986), 50~52쪽.
16) 임동권, 『한국 민요 연구』, 278쪽 재인용.

車가고 배가는곳이라오

여보소 空中에
저기레기
空中엔 길잇서서 잘가는가

여보소 空中에
저 기레기
열十字복판에 내가 섰소.
갈내갈내 갈닌길
길이라도
내게 바이갈길은 하나없소

— 「길」[17] 부분

위에 제시된 민요의 정서와 소월의 「길」에 나타난 정서가 유사함을 느낄 수 있다. 인용된 민요는 '님'을 기다리는 마음과 님이 계신 곳에 가지 못하는 안타까운 심정의 노래이다. 소월의 시 「길」의 화자는 구체적으로 누구를 기다리거나 닿고자 하는 목적지가 정해져 있지 않은 안타까운 나그네의 심정을 나타내고 있다. 특히 '길, 공중, 머뭇거림, 이곳과 저곳, 기러기, 어디로도 가지 못함'을 보여주는 시적 자아의 행위가 민요적이고 향토적 소재들과 서로 엉키고 녹아서 시로 형상화된다는 점이다. 시 「길」 위의 정서는 당대 현실에 저한 민중의 한을 토로하는 것과 관련이 있다. 한의 토로는 자연스럽게 현실에서 방황과 갈등을 이겨내

---

17) 김소월, 『文明』 1호(1925. 12), 48쪽. 『김소월 전집』, 175쪽.

려는 의지와 초월적 존재에의 천착으로 이어지게 된다. 그러면서 구원의 상징이나 성소적 의미를 발현시키는 제의의 형태로 이어진다. 소월 시에 나타나는 민요적 요소를 요약하면 다음과 같다. 첫째, 율격이 자연성에 그 바탕을 두고 있다는 점, 둘째, 구조상 도치·반복·열거의 형식으로 절제된 미학을 드러내고 있으므로 그 내용을 쉽게 기억하게 된다는 점, 셋째, 그 정서는 한에 바탕을 둔 민요의 서정성을 따르고 있다는 점이다. 이러한 민요의 요소들은 인간만물의 원초적인 상징인 물, 바다, 강, 하늘, 달, 즉 생명이 있게 한 생명의 근원성에 바탕을 두고 있다는 점을 상기할 수 있다.

3) 시대를 초월한 혼의 노래

문학작품의 가치를 규정하는 데 가장 중요한 기준 중 하나는 영원성이다. 흔히 그것을 불후성이라고 명명하기도 한다. 어떤 작품이든 불후성이나 영원성은 보편성을 기반으로 해야 한다는 점이 중요하다. 그런데 그 보편성이라는 것은 당대와 함께 호흡할 수 있는 당대성과 그 시대의 특수성과 함께 획득할 수 있는 것이기도 하다. 보편성은 민족과 시대에 있어서 영속적인 생명력을 지닌다는 의미이며 특수성이란 그 시대를 대변한다는 의미이기 때문이다.[18] 좋은 작품이란, 보편성과 특수성이 작가에 의해서 개성적으로 융합된 작품을 말하는 것이다.

---

18) 오세영, 『문학연구방법론』(시와시학사, 1993), 352쪽.

구체적 보편성은 일상적 사물에서 영원성의 황홀한 투신을 발견한 것과 같
다. 여기서 이차적인 의미가 보편적이며 원초적인 상황에 놓일 때 거기에 팽
팽하게 긴장된 일차적인 의미들은 서로 상호 밀착하여 즉각적이고 상관적인
다의어를 형성하게 된다.[19]

휠라이트(Wheelwright)는 하나의 사물 또는 개체가 변증법적 발전을 통
해서 그 자신의 완성을 도모해 가고 그 궁극에 구체성을 지닌 보편성에
다다른다고 한다. 구체적 보편성을 얻는다는 것은 일상적 사물이 갖는 근
본적이며 원초적인 의미를 제대로 파악하는 것부터 시작해야 한다. 원초
성은 태초 생명의 원형성을 말하는 것으로 사물의 원래의 본(本)을 말하는
것이 된다. 즉 개성적인 의미가 사물의 원본으로써 일차적인 의미와 융합
을 이룰 때 비로소 팽팽한 긴장과 함께 다의적인 의미를 건져 올릴 수 있
다는 것이다. 이때 훌륭한 작품이란 보편성을 지닌 개성적 작품인 동시
에, 시대를 초월할 힘을 가지는 작품이라고 할 수 있을 것이다.

결국, 소월이 택한 시적 형식은 민족의 원초성과 보편적 리듬과 개성적
인 의미가 조화를 이루는 것으로 파악된다. 그의 시가 가지고 있는 영원
성의 근거는 내·외적인 의미의 융합에서 오는 순환적인 관계에 있다. 설
화를 재수용한 시 「접동새」[20]는 개인과 민중·민족의 보편적인 정서를 통

---

19) Wheelwright, *The Burning Fountain*, p.83. 위의 책, 354쪽 재인용.

20) 소월이 설화를 수용한 시는 「접동새」, 「춘향과 이도령」, 「물마름」, 「어버이」, 「부모」, 「후
    살이」, 「하다못해 달래가 옳나」 등이고, 무속신화가 바탕이 된 시는 「초혼」, 「진달래꽃」,
    「무덤」, 「묵념」, 「산 우헤서」, 「비난수 하는 맘」, 「바리운 맘」, 「열락」 등이 있고, 부분적으
    로 무속신화가 바탕이 된 시도 상당수 있다. 형식에 있어서도 민요의 가락을 계승하고
    있다는 점에서 소월의 문학은 민속문학으로써 확실한 전통적인 계보를 이루었다.

해 영원성의 황홀한 투신을 발견한 것과 같다. 사실 설화는 오랜 세월을 통해서 민족 집단의 공동체 발생과 향수와 전승에 관련된 공동심의의 표현이므로, 민족의 일차적인 의미, 즉 사상 그리고 보편적 생활상이 가장 잘 드러나는 원초적인 문학[21] 장르이다.

설화를 재수용하는 시적 과정에서 시인의 나타내고자 하는 이차적 의미는 일상에서는 해석하기 힘든 내용들이다. "아홉 오라비", "불에 태워 죽였다", "죽은 누나의 넋이 접동새로 환생 하였다", "사형을 시켰다"든가 하는 내용들은 현실에서는 불가능한 사실의 표지이거나 일상에서는 쉽게 이루어지지 않는 비극적인 사실이다. 시인은 비참한 허구의 이야기들을 일상 속에서 이루어지는 것처럼 시로 재구현함으로써 긴장을 극대화하고 보편적 '한'으로 승화시키는 데 독자들을 동참시킨다. 소월의 문학이 오랜 시간을 두고 전승되는 요인은 이렇듯 다의어를 통해 보편적인 내용을 개성적으로 형상화하고 있기 때문이다.

설화를 포함한 구비문학[22]은 대다수 서민의 생활을 통해서 창조되어 왔

---

21) 임문혁, 「한국 현대시의 전통연구」, 8쪽.

22) 구비문학 또는 구전문학, 영어로는 folk literature 또는 oral literature은 민속문학의 한 갈래이다. 문학에는 문자로 기록된 문학을 기록문학이라고 하고 말로 전해 오는 문학을 구비문학이라고 한다. 세계의 모든 민족은 문자를 사용하기 이전에도 문학 활동을 하였고 문자를 쓰기 시작한 이후에도 문자에 의존하지 않고 자신들의 사상과 감정을 말로 형상화하여 표현해 왔다. 이것이 민속문학이다. 민속문학에는 설화(신화, 전설, 민담), 민요, 무가, 판소리, 속담, 민속극(가면극, 인형극)이 있다. 이러한 구비문학은 현대시와 소설에서 재수용되고 있는데, 민족의 정신사적인 원형과 전통성을 이어가는 귀중한 유형무형의 자산이다. 최운식, 「민속문학」, 『한국 민속학 개론』, 261쪽.

고 민중·민족집단의 공동 심성에 의하여 자연발생적으로 형성된 문학[23]으로 자연발생적인 가락과 운율이 전승을 더 용이하게 한 요인이 되기도 한다. 따라서 구비문학을 수용한 시 「접동새」는 한 개인의 정서를 민족공동체의 보편적 정서로 확장시킴으로써 시적 개성을 발휘하고 있다.

① 옛날 평북 박천의 전두강가에 한 소녀가 부모와 아래로 아홉이나 되는 오랍동생을 데리고 함께 살았다. 그런데 어느 날 그만 어머니가 죽게 되자 아버지는 의붓 엄마를 얻었다. 계모는 성질이 흉포하여 전실 십남매를 매일같이 구박하였다. 그녀의 아버지는 이를 못 본 체 하였다. 계모의 학대는 날로 심하여 생모가 거처했던 방의 유물들을 모두 없이 하였을 뿐만 아니라, 전실 자식들에게 끼니조차 제대로 주지를 않았고, 그들이 밖에 나가지 못하도록 집에 가두어 두기까지 하였다. 세월이 지나 과년해지자 소녀는 박천 어느 부잣집 도령과 혼약을 하게 되었다. 소녀는 약혼자의 집으로부터 많은 예물을 받았다. 이를 시기한 계모는 어느 날 그 예물을 빼앗고 그녀를 그 친어머니의 장롱 속에 가두었다가 마침내 불에 태워 죽였다. 의지할 곳 없는 아홉 어린 동생들은 누나가 불에 타 죽은 재를 헤치며 슬피 울었다. 그 때 재 속에 한 마리의 접동새가 살아 날아갔다. 죽은 누나의 넋이 접동새로 환생하였던 것이다. 한편 뒤늦게 이 사실을 안 관가에서는 계모를 잡아, 그 딸이 죽은 것과 똑같은 방법으로 사형을 시켰다. 계모의 재 속에서는 까마귀가 나왔다. 접동새가 된 소녀는 죽어서도 계모가 무서워 대낮엔 나오지를 못하고 남들이 다 자는 야삼경이 되어서만 조심스럽게 날아와 오랍 동생들이 자는 창가에서 목 놓아 울었다

② 접동

---

23) 위의 글, 262쪽.

접동

아우래비 접동

津頭江가람까에 살든누나는

진두강압마을에

와서웁니다

옛날, 우리나라

먼뒤쪽의

津頭江가람까에 살든누나는

의붓어미싀샘에 죽엇습니다

누나라고 불너보랴

오오 불설워

싀새음에 몸이죽은 우리누나는

죽어서 접동새가 되엿습니다

아웁이나 남아되든 오랩동생을

죽어서도 못니저 참아못니저

夜三更 남다자는 밤이깁프면

이山 저山 올마가며 슬퍼웁니다.

— 「접동새」[24] 전문

    이렇게 보면 「접동새」의 시 창작 과정은 일종의 재구술로 볼 수도 있

---

24) 김소월, 『培材』 2호(1923. 3), 115쪽. 『김소월 전집』, 175쪽.

는데, 인물을 중심으로 하는 재구술은 설화 속의 인물과 시 속의 인물의 유기적 결합[25]이라는 관계를 이룬다. 비실재적인 이야기를 시라는 문학적 장치로 현실화함으로써 시인은 현실적 상황에서 오는 고통과 한을 이입시키는 것인데, 이는 한의 카타르시스, 한의 승화 과정이 된다. 가족을 모티브로 한 재생설화의 유형은 오래 전부터 자연스럽게 전승되어 온 것이다. 재생설화는 신화, 전설, 민담 속에서 토테미즘적 성격을 띠고 있어서 이 재생의 유형은 보통 동물에서 인간으로 화하거나 혹은 거꾸로 인간이 꽃이나 동물로 환생하는 경우로 나뉜다. 특히 위 시는 억울하게 죽은 누나가 말 못하는 동물로 태어나는 모티브를 택하고 있는데 이때 누나는 구원받지 못한 영혼의 상태를 유지함으로써, 극한적인 슬픔과 한의 정서를 유발하게 한다. 다시 태어난 한 마리의 '접동새'가 현세의 공간으로 건너와서 운다는 것은 비극적 상황이 계속 유효하다는 의미이기 때문이다.

특히 ①번 설화에서 누나를 죽인 계모가 벌을 받아 죽게 되고, 재 속에 까마귀가 된다는 상황은 누나가 죽어서 접동새가 되어서 서럽게 우는 것으로 끝나는 소월의 시 ②와 차이점을 보이는 것이다. 이것은 소월의 시대인식에 의한 시적 변용일 것이다. 소월은 설화 속에 있는 까마귀를 시에 등장시키지 않고 대신 접동새와 아홉 동생의 관계를 보다 중요한 의미로 부각시키고 있다.[26] 이것은 어미상실과 관련을 맺고 있다. 「접동새」에

---

25) 오정국, 「한국 현대시의 설화 수용 양상 연구」, 54쪽.
26) 임문혁, 「한국 현대시의 전통연구」, 26쪽.

표현된 어미상실[27]의식은 시인이 처해 있는 식민지 지식인의 삶과 동일시되는 동시에 나아가서는 민족공동체가 겪는 절망적이고 보편적인 의식의 요체이다. 소월이 「진달래꽃」에서도 보여주었던 것처럼 그는 자신에게 아픔을 주는 대상과 마주 서서 그를 원망하고 미워하는 것이 아니라, 스스로 그것을 내적으로 받아들이고 한으로 승화시킨다. "죽어서도 차마 못 잊어"에서 보듯이 이미, 이 세상을 떠났으나 끝내 끊을 수 없는 육친에 대한 끝없는 사랑과 집착을 나타내고, 이승과 저승의 한계를 넘어서는 동시에 시공간의 순환과 지속의 관계를 보여준다. 새는 영원한 비상을 꿈꾸는 것의 상징으로써 모든 시공간을 초월해서 소통을 이루면서 두 세계를 넘나드는 혼(混)의 순환적 요체로 요약할 수 있다. '접동새'는 현실적 공간과 시간에서 겪어야 하는 죽음이나 가난, 병고, 갈등, 고난 등의 제약성을 벗어나 무한한 자유를 욕구하는 존재의 상징이다.[28] 이와 같은 심상의 근저에는 민간신앙적 내용이 자리하고 있으며, 현실을 신화함으로써 시대의 비극성을 극복하고자 하는 의지가 존재한다.

시 「접동새」의 의미를 정리해 본다면 첫째, 시의 원전인 아름다운 설화를 통해 우리 민족·민중의 한의 원형을 들여다 볼 수 있고, 둘째, 삶과 죽음을 초월한 영혼의 순환성과 미분화된 세계의 양상이 구체적으로 나타난다는 점을 들 수 있다. 그리고 셋째, 설화를 수용해서 문학의 전통성을 전승하고 계승하는 데 있다. 또한 개성적인 율격과 리듬의 민요시라는

---

27) 오세영, 『문학연구방법론』, 70쪽.
28) 김태곤, 『한국민간신앙연구』(집문당, 1983), 327쪽.

형식에 민족의 원초적인 정서를 싣고 있다는 점을 중요한 의미로 볼 수 있다. 이렇게 볼 때 「접동새」는 민담적이고 향토적인 세계와 시인이 살았던 시대적 상황을 이상적으로 조응시키고 융합시킴으로서 영원성을 구가하는 시이다.

2. 전원상징과 생생력의 근원

1) 생성력과 물의 순환성

혼돈의 세계에서 새로운 생명의 근원을 발견하게끔 해 주는 소월 시의 시적 자아는 현실에서 바라보이는 '저만치'[29] 또는 현실 너머 있는 원초적인 자연과의 소통의 행위로 표현된다. '저만치'의 시적 공간은 인간이 숨 쉬는 곳과의 동등한 가치를 지닌 곳으로 '친숙한 관계'에 놓여 있는 공간이다. 민간신앙의 측면에서 본다면 존재의 근원, 그곳은 신(神)이 경유하는 곳으로서의 카오스적인 공간으로 상정할 수 있다.

---

[29] 「산유화」의 '저만치'에 대한 시어는 소월의 자연에 대한 인식으로 해명되어 왔다. 그 거리를 김동리가 제일 먼저 '청산과의 거리'라고 밝힌 바 있으며, 김재홍은 단독자로서 홀로의 존재로 지상 위에 놓여져서, 덧없이 살아갈 수밖에 없는, 존재와 존재 사이에 가로놓여진 공간적·시간적 거리이며, 동시에 영혼과 영혼 사이의 '운명적 거리'라는 것이다. 오세영은 소월 시의 대표적 한(恨)이 갖는 역설적 거리이며, 한의 소유자인 주체와, 그 한을 지양함으로써 도달되는 초월적 주체 사이에 놓인 거리로 시간과 공간 사이, 그 존재의 양면성을 띠고 있으므로, '존재의 거리' 또는 '역설적 거리'로 표현하였다. 김열규는 '신에 대한 향수의 거리'라 해석함으로써 종교적인 인식을 부여한다.

여기서 시적 행위는 자신이 몸 담고 있는 곳과 그 원본인 원초적 자연 사이의 근원적인 거리성을 해체하는 종교적 영역 위에 존재하게 된다. 또 민간신앙의 무(巫)적인 제의행위와 혼교상태로 설명될 수 있다. 원본사상에 의하면 현세의 시작과 끝에는 혼돈의 세계가 있는데, 그곳은 현세와 영혼의 교신이 가능하므로, 미분화된 세계로 간주된다. 소월의 시적 세계는 생생상징[30]을 통해 자연과 인간의 순환과 소통의 관계를 가능케 하는 민간신앙의 행위가 바탕이 된다.

김열규에 의하면 생생상징은 그것이 뜻하고 있는 자체가 숭상의 대상으로서, 원시종교에서부터 시작된 민간신앙에서 차지하게 된 의의가 크다. 아기가 태어나면 삼신(三神)을 모시는 것도 이 삼성(三聖)에서 유래한다. 천지창성에 있어서 자연물도 음(陰)과 양(陽)으로 짝을 이루며, "돌/나무/물"은 민간신앙에서 숭배하는 세 가지 성스러운 것이다. 생생상징에 의하면 음(陰)의 대상물인 "月, 水, 女, 死", 양(陽)의 대상물인 "日, 火, 男, 生"은 대립적인 의미로 서로 짝을 지으면서 새 생명을 탄생시키고, 이 세계를 지속시키고 유지시킨다.

소월 시를 삼성[31]의 바탕이 된 생생상징으로 분석하고자 하는 이유는

---

30) Fertility Fruchtbark의 역어(譯語)다. 인간 및 동물의 생식(生殖), 제례, 산육(産育) 등 포괄함과 함께 농사의 풍요, 계절 및 자연의 이른바 우순풍(雨順風) 혹은 생산성 등을 광범위하게 일컫는 요소, 즉 자연물들이다. 김열규, 「한국 민간신앙의 생생상징 연구」, 『아세아연구』 통권22호(고려대 아세아문제연구소, 1966.6), 69쪽.

31) 천지창성(cosmogony)이 비로소 문제되던 태초의 하늘과 땅의 짝을 논외로 한다고 히면서 성석(聖石)－성수(聖水)－성복(聖木)은 원시종교나 민간신앙의 중요한 삼성(三聖)이다. 이 셋의 혹은 개별로 짝을 이루어 신격화되기도 하고 또 성역을 형성하는 중심체가

앞서 밝혔 듯이 그의 시에서 "산/물/짐승/나무" 등이 중심적 이미지를 이루고 있기 때문이다. 신화의 세계에서는 자연을 지배대상으로 삼는 것이 아니라, '친숙한 관계' 속에서 인간은 꿈을 실현하려 한다. 이러한 사실처럼 시에서도 자연의 매개인 삼성의 이미지를 통하여 기원의 형식을 행하게 된다. 삼성의 구체적인 예를 들자면 물은 "바다/강/우물/비/눈"으로 나타나고, 돌은 "바위/산/언덕"으로, 나무는 "꽃/풀" 등의 범위로 형상화된다. 또한 그 외에 짐승의 상징은 "까마귀/기러기/접동새/물새/박쥐/닭개/즘생/개아미" 등으로 표현되고 있다. 시에서 이러한 삼성의 이미지는 서로 교응함으로써 새로운 생명과 존재의 근원성을 드러낸다.

소월 시에 드러나는 자연의 이미지, 즉 삼성 가운데 특히 물의 상징은 시의 많은 부분, 매수(媒水)로써 그 역할을 담당하고 있다. 아래에서 열거

되기도 하였다. 이들은 물론 '돌/물/나무' 그 자체가 숭앙의 대상이던 Robert R. Marett 적인 의미의 선령관적(仙靈觀的) 실재에서 시작하여 차츰 유생관적(有生觀的) 실재에로 발전한 것이지만, 그 가운데 돌/물은 별개로 의인적 신격(擬人的神格, menschenahnlich Gottheit)까지를 가지게 되었고, 특히 돌은 우상화되기도 하였다. (…중략…) 우리의 원시 민간신앙에서 바위와 물이 직접 생생상징으로 기록된 것은 금와왕전승에 이미 보인다. 이 경우 대석(大石)은 혼연(混淵)과 짝이 된다. 이 石/水의 짝이 금와 탄생의 태가 되고 또한 표징이 된 것이기에 이 石/水의 짝이 직접적으로 생산에 관련된 것은 명백하다. 말하자면 그 돌과 물은 각각 매석(禖石)과 매수(禖水)다. 그러한 물과 돌이 개별적으로 지닌 생생상징이 어울려 상(相)이 된 것에 이 전승의 특색이 있다. 이 삼성이 '돌/나무/물'이라고 칭하고 있지만, 생생상징은 비다 세 가지에 국한되는 것이 아니다. 모든 생명은 짝을 이룸으로써 다른 생명을 잉태할 수 있으므로, 삼성과 짝을 이루는 다른 자연물을 확대 해석할 수 있다. 예를 들어 물은 달과 어울려서 생생력을 일으킬 수 있으며, 땅은 물과 어울려 짝을 이룰 수 있다, 또한 나무는 해와, 짐승은 달과 어울려 짝을 이룰 수 있다는 것이다. 水-月-女-地는 인간우주적인 생생상징이며 짐승, 새들은 각각이되, 하나만으로는 생명을 잉태할 수 없다는 것에, 생생력의 의미를 둔다. 위의 글, 71쪽.

한 이 외에도 물의 심상은 매우 다양하게 나타나고 있다.

쒸노는흰물쎨이 닐고 쏘잣는
붉은풀이 자라는바다는 어듸

고기잡이슌들이 배우에안자
사랑노래 불으는바다는 어듸

파랏케 죠히물든藍빗하늘에
저녁놀 스러지는바다는 어듸

곳업시쩌다니는 늙은물새가
쎄를지어 좃니는바다는 어듸

건너서서 저便은 싼나라이라
가고십픈 그립은바다는 어듸

— 「바다」[32] 전문

① 가을이면 골쟈구니 물드는 丹楓/흐르는 샘물 위에 쩌나린다//바라보면
하늘과 바닷물과 차차차 마주붓터 가는곳에 고기잡이 배 돗 그림자

— 「고향」

② 빨내소래 물소래 仙女의 노래/물싯치든 들우헨 물때쁜이라

— 「마른江두덕에서」

---

32) 『김소월 전집』, 8쪽.

③ 날마다 풀을짜서 물에 던져요/흘러가는 시내의 물에흘너서

─「풀짜기」

④ 유령실은널뛰는 뱃깐엣냄새 생고기의 바다의 냄새

─「여자의 냄새」

⑤ 압江물,뒷江물 흐르는물은 어서/짜라오라고 어서/짜라가쟈고/흘너도 년
다라 흐릅되다려

─「가는 길」

⑥ 파릇한풀포기가/도다나오고/잔물은 봄바람에 해적일쌔에

─「개여울」

⑦ 비가 온다/오누나/오는비는/올지라도 한닷새 왓스면죠치

─「往十里」

⑧ 날저물고 돗는달에/흰물은 쏼쏼./금모래 반짝

─「강촌」

⑨ 엄마야 누나야 江邊살자/뜰에는 반짝이는 金모래빗 뒷門박게는 갈닙의 노
래/엄마야누나야 江邊살자

─「엄마야 누나야」

⑩ 젼젼히빔은외로히/근심스럽게덧터나리나니/물소래쳐량한냇물가에/잠간,
그대의발길을멈추라

─「길손」

⑪ 江우헤 다리는 노혓든것을/건너가지안코서 저볏는동안/째의거츤물결은

볼새도 업시 다리를 문허치고 흘넛습니다

—「機會」

⑫ 이비에 장차 이흠모를 들꽂이나 필는지/壯快한 바닷물결,/또는 丘陵의 微
妙한 起伏도없이

—「상쾌한 아침」

⑬ 江물은 맑고 평탄한데/江으로 오는 님의 노래 東에 해 나고 西에는 비/비
오다 말고해가 나네

—「대수풀 노래」

⑭ 이즘의 바닷가의 모래밭이면/오늘도 지는 해니 어서 저다오/아쉬움의 바
닷가 모래밭이니/뚝싯는 물소리나 들려나다오

—「고독」

⑮ 한방울 물이라도 모여 흐르면 흘러가서 바다의 물결됩니다 하늘로 올라가
서 구름됩니다 다시금 쌍에 내려 비가 됩니다

—「고락」[33]

앞의 시 「바다」에서 시인이 "쮜노는흰물껼이 닐고", "고기잡이쑨들이
배우에안자/사랑노래 불으는바다는 어듸" 있느냐고 하는 반문은 사랑이
충족되지 못한 부정적 현실인식에서 연유된다. 시적 자아가 처해 있는 공
간은 절대 "쮜노는 흰물껼이 닐고", "파랏케 죠히물든藍빗하늘/저녁놀 스
러지는바다"가 아니기 때문이다. 소월의 마음속에 있는 이상향의 공간으

---

33) 『김소월 전집』에서 물의 이미지로 쓴 부분을 발췌했음.

로 "곳업시쩌다니고", "늙은 물새가/쎄를지어 좃니는" 곳은 "건너서서" 존재하는 "저便"에 있는 "짠나라"이다. 그곳은 결코 갈 수 없는 바다이므로 시적 화자는 시공간적 거리를 절감하게 된다. 그러나 시인의 의식 '어듸'에는 여전히 "가고싶은 그립은 바다"가 가까스로 출렁거리고 있다. 왜냐하면 시인은 바다가 어듸에도 없다고 단언하지 않고 '짠나라'에 있는 것으로 표현함으로써 이상적 공간을 설정하고 있기 때문이다. 이때 구체적인 상징을 불러내어 부르는 노래는 제의의 형식에 해당한다. 곧 '붉은풀이 자라'고, '생고기의 냄새를 풍기는' 곳으로 생명의 모태, 모성의 원형을 드러내는 바다로 가능하다. 풀을 자라게 하고 생고기 냄새를 풍기는 의미는 생명을 움직이게 하는 힘의 원천에 해당한다. 생명의 원천으로 바다는 현세와 저만치 떨어져 있지만, 참 희구의 공간이 되고, 초월적 대상으로 격상된다. 부언하자면 삼성(三聖)으로서 생명의 원천인 '매수(禖水)'를 통하여 현세적 삶에 내재되어 있는 운명적 제약을 벗어나고자 하는 것이다. 자연물을 구심점으로 한 무속적 질서 아래 사람과 자연과 신이 혼연하는 신화적 공간을 마련한다.

> 우리나라의 경우 淵, 井, 泉 등이 禖水임을 직접적으로 보여주는 기록으로는 東海水中의 無男純女國에서 아기를 낳되 우물을 들여다 봄으로써 하였다는 대문이 있다. 閼英夫人의 閼英井, 赫居世의 蘿井, 武王과 甄萱의 誕生池, 奉氏 조상의 奉哥池 등도 그러한 禖水의 일종이다. 비교적, 근래의 것으로는 경북 영일군 대공면의 파랑 파산지가 있다. 池 淵 泉 井 등은 그것들이 生生象徵인 나머지 당연히 龍 기록에서처럼 龍과 결부되어 農事의 풍요를 상징한다.[34]

---

34) 김열규, 「한국 민간신앙의 생생상징 연구」, 6쪽.

앞의 동해수중(東海水中)의 탄생설화, 또는 알영설화(閼英說話), 나정설화(蘿井說話)도 물을 매수[35]로 한 설화로서, 용과 관련지을 수 있으며, 농사의 풍요를 상징하는 것이기도 하다. 또한 안동 하회마을에서는 동제에서 산주가 신의(神依)와 물그릇을 얹은 상을 모셔 받드는 것이 그 예이기도 했다. 무속적인 생활 속에 젖어 살았던 옛 조상들은 치성을 드리거나 제사를 지낼 때 반드시 맑은 냉수를 떠놓고 치성을 드리는 경우가 많았다.[36]

태극설에 의하면 사원소(四元素) 중에서도 물은 가장 부드러운 듯하나, 사실은 가장 강하므로, 물의 분자는 부서질 수 없으며, 깨지지 않는다. 물리적인 것을 제외한다면 이 세상에서 불을 끌 수 있는 것은 오로지 물(水)

---

35) 천자(天子)가 아들을 얻으려고 물에게 제사(祭祀)를 올리기도 했다. 따라서 매수(祿水)는 생명의 원천을 뜻한다.

36) 가신신앙은 가택의 요소마다 신이 존재하며 집안을 보살펴준다고 믿고 그 신에게 정기적, 또는 필요에 따라 의례를 행하며 신앙하는 것이다. 가택신앙이라고도 하며 가신으로는 집안이 으뜸 신으로 일컬어지는 성주를 비롯하여, 조상, 삼신, 조왕, 터주, 업신, 용단지, 철륭, 칠, 측간신, 문신, 우마신 등으로 다양하다. 동신신앙은 마을의 수호신을 마을제당, 또는 마을신당에 모셔놓고 초복을 위해 해마다 주기적으로 동민들이 합동으로 제의를 지내며 신앙하는 것이다. 요즈음은 마을신앙이라는 용어에 맞추어 마을굿이라고도 하며 마을신을 대상으로 지내는 동제는 유교식 기준으로 지내거나 무당이 당굿형식으로 지낸다. 충남 서산지역의 경우 무당이 참여하는 풍어제는 정월 초하루 자정에 지낸다. 남부지역에는 정월대보름 중부 이북지역에는 주로 10월에 지낸다. 강원도 치악산마을에서는 3월 삼짇날, 경북 영덕군 남정면 남정리에서는 일년에 두 차례 지내는 등 마을과 지역에 따라 차이가 있다. 동제에는 또 산고사 , 동고사, 별신굿, 용궁맞이, 장승제 등 지역과 그 지역의 생업에 따라 다양한 이름으로 치러진다. 동제를 전후하여 줄다리기, 풍물패 등의 행사가 베풀어지기도 하고 마을의 수호신으로 모셔진 동신은 산신, 서낭신, 국수신, 장군신, 용신, 부군신, 수구매기, 장승과 솟대가 있다. 김명자 · 장장식, 「민간신앙」, 『한국 민속학 개론』, 193쪽.

밖에 없기 때문에 그 이치[37]는 모든 생명을 소멸시키는 동시에 모든 생명의 젖줄을 상징하는 것이며, 우주만물의 모태(母胎)로 이해된다.

소월 시에서의 '물'은 원래 평화로운 '생명성'과 '모성성'에서 출발하는데, 그것은 민족/민중적 삶의 근본인 전원의 풍경과 조화를 이루며 흐르는 것으로 인식했기 때문이다. 이렇듯 시적 화자는 영원히 "江물은 맑고 평탄"하게 가까이 흐르는 것으로 마치 "江으로 오는 님의 노래"가 끝없이 시원의 생명을 향해 나아가기를 희망한다. 이어서 "東에 해 나고 西에는 비", "비 오다 말고 해가 나네"(「대수풀 노래」)에서 볼 수 있듯이 물은 식물을 활기차게 하여 자라게 하거나 "날저물고 돗는달에/흰물은 쏼쏼"에서 나타나듯이 전원적인 삶에 젖줄을 대고 생존에 연관된 역할을 한다. 또 "빨내소리 물소래 仙女의 노래"로 즉, 시원(始原)의 소리로 환청되기도 하고, "유령실은널뛰는 뱃싼의 냄새" 또는 "바다의 냄새"(「女子의 냄새」)로, 원초적인 생명의 냄새로 인식하기도 한다. 그러나 다른 한편으로는 시적 자아는 자연과의 일체화나 연속성을 가지지는 못하는 것으로써 물을 표현하여 시대적 좌절과 아픔을 드러냈다. "이즘의 바닷가의 모래밭이면/오늘도 지는 해니 어서 저다오"에서 시적 자아는 비극적 현실 앞에 무력함을 인식하고, "아쉬움의 바닷가 모래밭"이나 "뚝싯는 물소리나 들려나 다오"(「고독」)라고 하면서 체념의 심정에 이르기도 한다. 결국 '물'은 현세와 초월적인 경계에서 두 영역의 이질감을 해소하는 매개(媒介)인 것이다. 그래서 자연물 상징인 물은 무한자유의 미분적 상

---

37) 이영춘, 「김소월 시에 반영된 무속적 연구」, 48쪽.

황을 추구하는 희원(希願)의 상태를 나타낸다. 소월 시에서 보여주는 시적 대상인 님, 또는 자연물 상징에 대한 의식은 항상 변증법적인 과정에 있다.

〈미분적 상황의 시적 자아〉

(현실태)   (그리움)   (매개)   (카오스)
시적 자아 = (거리인식) = 님, 자연물 상징= 초월적 세계
                    (희원)

그의 시는 대상에 대한 그리움으로 노래를 시작하지만, 대상과 시적 자아와의 관계는 '님' 또는 자연물 상징이라는 매개를 통하여 초월적 세계와 미분적 상황에 놓는다. 시인은 현실과 초현실, 이승과 저승에 놓인 한계와 운명성을 특정한 매개물로 하여 스스로 그 해답을 얻어야 한다. 무속에서 영혼과 육체는 분리되는 것으로 인정하지만, 우주는 하나의 덩어리, 즉 서로 연관되어 있는 통합된 세계로 본다. 이럴 때 제사자는 영혼이 직접 자연 그 자체로 들어가 유사의 행위를 함으로써 위기에서 벗어날 수 있다고 믿는다. 매개로 삼는다는 의미는 직접 그 속으로 영혼을 이입시키고 일체가 된다는 것이다. 새를 통하여, 때로는 흐르는 물을 통하여 현세에 처한 한을 지우고자 할 때 시인은 직접 물이 되고 새가 될 수 있다. 미분적 상상 속에서 그 성취가 가능하다는 것은 무속신앙의 본연과 관계가 있다. 미분적 상황에서는 존재의 근원을 카오스로 보고, 세계는 영구히 지속한다고 믿는다. 소월의 시는 존재 근원에 대한 한국인

 김소월 백석 시의 민속성

의 이러한 원질적 사고인 원본사고에 기반을 두고 있다.[38] 따라서 시인은 물이라는 매개를 통해서 두 세계의 영역을 합일적 양상으로 펼쳐 볼 수 있는 것이다. "한방울 물이라도 모여 흐르면 바다의 물결 됩니다/하늘로 올라가서 구름됩니다/다시금 땅에 내려 비가 됩니다"(「고락」)와 같은 구절은 하늘과 땅을 이어주는 물이 매개와 합입을 지향함으로써 신생의 근원임을 확인시킨다. "하늘의 구름"은 초월적 세계와 땅을 '비'라는 상징으로 이어지게 하는 것이다. 소월 시에서 자연의 상징은 이러한 매개의식에 근거하고 있는데, 매개는 우주 안에 있는 어떤 인간이나 사물도 홀로 독립해 있는 실체가 아니라, 서로 연결된 상대적인 존재며 생성·변화·소멸 속에서 있다는 의식에서 가능해지는 것이다.[39] 우주와 인간세계 사이는 단절이나 분열이 개입되지 않고 매개를 통할 때야만 비로소 완전한 교감과 합일이 가능한 것으로 우주적 질서에 속하는 것이다. '매개의 의식'이란 고정된 것이 아니라, 필연적으로 자신과 대립되는 명제 속에서 존재하는 것이다. 자연은 고정불변의 것이 아니라, 가깝거나 멀거나, 혹은 수평이거나, 수직이거나 하는, 저 너머의 세계이기 때문이다. 앎과 모름, 비동일적인 것, 영원한 아포리아를 의미하면서 시적 자아는

---

38) 최운식, 「고전문학 연구의 성과와 의의」, 13쪽.

39) '매개의 의식'을 변증법적으로 설명한다면, 세계 속에는 양(陽)이 있으면 음(陰)이 있듯이 모순과 양면성에 관한 의식이다. '매개의 의식'이란 명제는 자신과 대립되는 명제 속에서 존재한다는 것이다. 이것을 아도르노는 '부정변증법'으로 설명하고 있는데 세계의 억지 종합이나 화해를 부정하고 매개를 계속 수행시켜나가면 사유가 더 이상 진전해 갈 수 없는 불가공약적인 것, 비동일적인 것, 아포리아 또한 앎과 모름의 매개를 통해 구하려는 데 특징이 있다. T. W. Adorno · Max Horkheimer, 『계몽의 변증법』, 36쪽.

'매개의 의식'을 통하여 순환과 지속의 관계를 강화시킨다.

2) 산(고개, 바위, 돌)의 생생력과 제의적 공간

우리 민속에서 암석(巖石)-수목(樹木)은 대우(對偶)가 성성(聖城)의 상징이므로 금와왕(金蛙王)의 탄생전승에서처럼 '水-石'을 대우로 이루어지는 성성으로 간주된다. 특히 바다나 물을 가까이 둔 산이나 수중암[40]을 말한다. 생생상징에 의하면 돌이나 바위의 집합체인 산[41]은 하늘에 땅을 맺어주는 성소이다. 산은 땅의 기운을 하늘로 이어주고 하늘의 기운이 땅으로 내리는 목으로, 하늘과 가장 가깝고 지상의 가장 높은 곳이다. 높은 만큼 가장 신성한 기운으로 많은 동식물의 생명성을 추동하고 있으며, 하늘과

---

40) 수중암은 바다 속의 섬과 마찬가지로 그 상징적 의미가 출산으로 다루어야 할 성질의 것이다. 울산의 처용암, 창녕의 허비석주, 강화의 각시바위 등도 그것들이 각각 제 나름의 특이한 전승을 가지고 있다. 왕(往)래(來)천(天)상(上)지(脂)천(天)정(政)으로 하면 그 바위는 하늘에 땅에 맺어주고 건네주는 관소(關所)다. 땅에서 하늘로 오르고 하늘에서 땅으로 오르는 목이다. 김열규, 「한국 민간신앙의 생생상징 연구」, 13쪽.

41) 산은 사람들이 살아가는 마을에서 가장 중요한 신앙적 공간으로 여겨져 왔다. 지금도 산제(山祭)나 거리제의 주문에서 자기 마을을 소개할 때 '某山下 某村'이라 하고, 維岳有神 嚴鎭 一區'라 하여 산신이 하나의 구역인 마을을 진호한다는 표현을 쓴다. 그만큼 산과 그에 깃든 산신은 마을에서 중심된 위치에 있다. 종교상징의 측면에서 보면 주산은 하나의 소우주인 마을에 자리하는 우주산이다. 산은 엄격한 의미에서 인간의 영역이 아닌 신의 영역이라 할 수 있다. 그러나 산은 인간계에서 자리한 신의 영역이기에 신과 인간이 만나는 장소가 되며, 그 때문에 마을도 신성화된 공간으로 유지하게끔 한다. 민속에서는 이러한 산뿐 아니라, 산을 중심으로 해서 강과 우물, 나무에는 마을을 지켜주는 신령한 기운이 있다고 믿었으며, 그 자연물을 중심으로 해서 여러 가지 제를 올려왔다. 이필영, 「마을신앙의 사회사」(웅진출판사, 1994), 21쪽.

땅과 물의 삼계(三界)가 이어지는 중심축이다. "단군신화의 경우에도 환웅
이 태백산에 하강하여 신단수를 중심으로 신시를 열 때 신의 하강처로 또
는 정신의 내적인 고양을 상징한다".[42] 소월의 시에서도 산은 혼을 맑게
하는 특별한 신성처로 작용하고 있다.

> ① 山우헤올나섯서 바라다보면
> 　가루막킨바다를 마주건너서
> 　님게시는마을이 내눈압프로
> 　쑴하늘 하늘가치 써오릅니다
> 　(…중략…)
> 　나는 혼자山에서 밤을새우고
> 　아침해붉은볏헤 몸을 씻츠며
> 　귀기울이고 솔곳이 엿듯노라면
> 　님계신 窓아래로 가는물노래
>
> 　흔들어쌔우치는 물노래에는
> 　내님이놀나 니러차즈신대도
> 　내몸은 山우헤서 그山우헤서
> 　고히깁피 잠드러 다 모릅니다
>
> 　　　　　　　　　　　　　　　　　—「山우헤」 부분[43]

> ② 붉은해는 西山마루에 걸니웟다.
> 　사슴이의무리도 슬피운다
> 　써러저나가안즌 산우헤서

---

42) 이승훈, 『문학으로 읽는 문화상징사전』(푸른사상사, 2009), 296쪽.
43) 김소월, 『동아일보』(1921.4.9). 『김소월 전집』, 10쪽.

나는 그대이름을 부르노라.
서름에겹도록 부르노라.
서름에겹도록 부르노라.
부르는소리는 빗겨가지만
하늘과쌍사이가 넘우넓구나.

선채로 이자리에 돌이되여도
부르다가 내가 죽을이름이어!
사랑하는 그사람이어!
사랑하는 그사람이어!

―「招魂」 부분[44]

①과 ②의 시적 주제는 '님/그대'를 향한 노래인데 이때 시적 공간은 산이다. ①의 경우, 시적 화자인 "나는 혼자 山에서 밤을 새우고/아침해 붉은볏헤 몸을 씻츠며"(「山우헤」) '님'을 구현하는 행위를 보여줌으로써 '산'은 구체적인 '제의처'로 설정되어 있다.

②의 산은 ①의 산보다는 관념적인 공간이라고 볼 수 있다. "붉은해는 서산마루에 걸니웟다"로 시작되는 '초혼'의 시적 공간은 시인이 실제 산에 위치하지 않더라도 표현할 수 있는 내용들로 이루어져 있다. '초혼'은 원래 죽은 자의 영혼을 불러내어 위로하는 상가(喪家)에서 부르는 주술적인 행위이다. 그러므로 이 시에서 말하는 '산'이란 생과 사의 중간 위치 또는 영육의 중간쯤에서 그 둘을 동시에 조망할 수 있는 정신적인 위치

---

44) 『김소월 전집』, 145쪽.

를 일컫는 것으로 보인다.[45] 그래서 두 시에서 지향하는 '님'의 영역은 다른 것이 된다. 말하자면 시 ①의 '님'은 초월적인 '님'이지만 시적 자아에게 깨달음을 주는 '님', 무아의 '님'의 의미를 띠고 있다. ②의 시에서 '그대' 또는 '사랑하는 사람'은 실존하던 '님', 더 넓은 의미의 사랑을 상징하지만, 이미 상실되어 버린 '님'이다. ①의 '님'보다는 실체가 큰 의미로 시인을 포함한 민족의 상실감을 대변하는 의미이다.

먼저 ①에서 '님'이 계시는 곳은 눈앞의 '마을'처럼 가까운 위치에서부터 '쉽하늘' 같은 손닿을 수 없는 곳에까지 존재하는 '님'이다. 그 '님'은 화자와의 일치를 허용하지 않는 '거리'에 있으면서, 시적 자아의 이상을 주재할 수 있는 초월자 또는 비현실적인 존재자이다. 이때 산은 '님'을 향하는 길을 가로막는 모순으로써의 고개로 존재한다. "막힘이고 단절이고 폐칩이며, 스스로 돌로 변화하고 마는 절대적인 장벽으로 그 공간은 허공이다".[46] 그러므로 산은 시인에게는 극복해야 할 '자연의 대상'이고 다다르고자 하는 내면 속의 '초월적 공간'이다. 그래서 시인은 그 자연의 대상과 '친숙한 관계'로 나아가기 위한 통과제의의 과정을 거치게 된다. 시인에게 있어서 시적인 언어는 신성으로부터 유래하고, 이러한 언어의 메시지를 전하기 위해 시인은 '탐험자'와 '예언자'의 역할을 감수하는 것이다.[47]

하늘과의 교통, 신과의 교통을 상징하고 신비를 상징하는 곳에서, 고행

---

45) 이몽희, 「한국근대시의 무속적 구조 연구」, 59쪽.
46) 김열규, 「김소월론」, 57쪽.
47) 이문재, 「T. S. 엘리엇 시학의 베르그송 다시 읽기」, 99쪽.

을 자처하는 것은 '님'이라는 '신'을 내면 속으로 받아들이는 무적인 행위에 속한다. "님 계시는 창 아래로 흘러가는 물소리를", "솔곳이 엿듯"는 시인은 이미 '자연신'의 지대로 들어와 있다. 이때 물노래 소리는 생명을 움직이게 하는 동혈의 울림이다. '물노래'로 인해 '내님이놀나' 시적 자아를 '차즈신다'에서 시적 자아는 물노래를 신성한 주술로 받아들인 것이다. '물노래'는 아무나 들을 수 있는 소리가 아니라 "혼자 산에서 밤을 세우고 아츰해 붉은볏헤 몸을 씻"는 성스러운 행위의 통과제의를 치러낸 자, 그러니까 영매(靈媒)로서의 "부단한 생성의 상태"를 원하고, 신성하게 깨어있는 자만이 들을 수 있는 주문이다. 이어서, "내몸은 山우헤서 그山우헤서/고히깁피 잠"이 들어도 좋을 만큼 사랑이 충만한 상태에 이르렀음을 뜻한다. 유한하고 현세적인 인간이 영원하고 무한한 절대적인 합일에 이르는 것은 신과 정령의 합일에 의한 차별의 존재로 환이하는 것이다.[48]

민간신앙의 측면에서 보면 주술과 기원을 바치는 제의의 신은 인위적인 종교의 절대적인 신이 아니라, 자연 만물에 깃든 신이다. 이때 시인은 무속에서 사제자처럼 자연과의 일체화를 이루면서 내면에 깃든 참다운 '시혼'과 마주한다. "죽음의 산"에서 "생명의 봄두던"으로 표현될 만큼 존재의 근원을 깨달을 수 있는 있는 '성소'는 부단한 생명의 지속적 상태에 있는 것이다. 산은 현실과 속사(俗事)의 때를 씻어주고 혼을 신선하게 씻어주면서 가장 높이 느낄 수 있고 가장 높이 깨달을 수 있는 곳이다. 따라서 소월의 혼은 높고 끝없이 상승하고자 하는 생명성에 잇대고 있다. 이

---

48) 임문혁, 「한국 현대시의 전통연구」, 48쪽.

러한 관념은 하늘을 향한 영원불멸한 불변의 시혼, 또는 영혼이 육체를 떠나 초월적 세계에 이르는 망아체험에 해당된다. 시인이 시를 창조하는 것은 그의 정신적 지향이나 내면적 가치를 언어의 형태로 나타내는 것이다.[49] 소월의 영원불멸한 영혼의 활동은 민족이 처한 비애의 상태와 자신이 처한 내면적 절망에서 오는 갈등을 제식의 형식을 통해서 원초적인 세계의 구원을 향한다.

②의 시에 나타나는 '초혼'은 민속의 장례의식의 행위로 죽은 혼을 위로하는 의미에서 그 혼을 세 번 부르는 행위이다. 무속에서의 영혼관은 육체로부터 영혼이 분리될 수 있으며, 또한 분리된 영혼이 되돌아 올 수 있다고 믿는다. 또한 죽음과 함께 영혼이 사라지는 것이 아니라, 영원불멸한 것으로 간주하고 죽은 혼을 달래는 것은 살아 있는 자들의 의무로 여겨왔다.

프레이저는 인간의 영혼을 육체로부터 빼내기를 좋아하는 나쁜 영혼이 있다고 믿는 중국의 풍습을 전한다. "아이가 경련을 일으키면 어머니가 '내 아이 아무개야 돌아오너라 집으로 돌아오너라'라고 몇 번씩 부른다. 그리고 영혼의 주위를 끌기 위해 종을 치는데 그 영혼은 그것을 알아듣고 그 속에 들어간다"[50]고 믿는다. 또한 희랍비극은 죽은 영혼을 불러들이는 영혼재생의 초혼 양식에서 시작한 것이다.[51] 시 「초혼」도 이러한 제의의 '초혼'과 같은 구체적인 장면으로 묘사되면서, "산산히 부서진 이름"에서 죽은 사람을 떠올리는 행위로 "아무동네 아무개 복"이라고 외치

---

49) 이몽희, 「한국근대시의 무속적 구조 연구」, 24쪽.

50) James G. Frazer, *The Golden Bough*, 254쪽.

51) 김장호, 「초혼과 Chant d' amour의 提材 비교」, 『논문집』 17집(동국대, 1978), 67쪽.

는 것이다. “쩌러저나가안즌 산우헤서/나는 그대이름을 부르노라”에서 볼 수 있듯이 시적 화자는 사자에 대한 안타까움과 미련으로 가득 차 있다. 샤먼에서 혼을 불러들이는 것처럼 시인이 외치는 초혼가는 “선채로 이자리에 돌이되어도” 끝없이 불러야 할 노래인 것이다. “심중에 남아잇는 말한마듸는/끗끗내 마자하지 못하”였므로 슬픔의 상태 또한 극도의 상태에 이르렀다. “사적인 차원을 넘어 ‘나라’ 또는 ‘겨레’의 그림자를 느끼게 한다”[52]고 김용직이 해설을 붙이고 있는 바 소월에게 있어 그 원망과 슬픔의 울림은 개인의 정서에서부터 민족적인 공감대를 형성한 주술적 울림이다.

이때 시적 배경이 지붕이나 마당이 아닌 ‘산’에 위치시킨 까닭은 산이 무한공간과 연결되어 있기 때문이다. 이 공간은 하늘과 가장 가까운 곳으로 시적 자아를 일종의 영매의 위치까지 끌어올려주고, 하늘과 땅과 지하 삼계를 이어주는 혼종의 매개체로 포착됨으로 가능하다. “하늘과 땅 사이가 넓”어서 “부르는 소리가 빗겨”갈 정도로 ‘그대’를 향한 사랑의 상실이 큰 만큼, 죽음과도 같은 위험을 감수하지 않으면 새로운 ‘님’의 세계에 들 수 없다.

삶과 죽음의 경계에서 광활한 영혼을 불러들이는 시 「초혼」에 대해서는 이미 많은 연구의 성과가 있었으나, 본고에서는 ‘산’에 위치해서 떠나간 이(사랑하는 이)를 불러내는 이 시의 형식을 재생(再生)을 향한 희망하는 노래로 파악한다. 소월은 ‘원본’에서 설명하고 있는 존재의 입체성과 순

---

52) 김용직, 「招魂」 해설, 『김소월 전집』, 146쪽.

환성을 실현시키고, 생자(生者)와 사자(死者)를 만나는 초혼의식을 행하며, 생명의 시작과 끝을 영접한다. 이렇게 볼 때 시 「초혼」은 떠나간 넋을 위로하는 노래가 아니라, 재생의 형식이며, 산은 "생명의 부단한 생성의 장"으로 작용한다. '산'은 곧 현세에 뿌리를 잇대고 있지만 생명의 새로운 탄생이 시작되고 절대적인 천상적 세계와 접해 있기 때문이다.

3) 나무(꽃, 풀)와 짐승, 자연의 통과의례

소월 시에서 나무(꽃/풀)의 상징은, 원시사회 이래로 나타난 수목숭배 신앙과 연결된다. 계절에 따라 피어남과 죽음을 반복하는 '나무와 꽃, 풀'은 사랑과 재생과 소망의 의미를 지니기 때문이다.[53] 꽃과 나무는 우주와 땅을 이어주는 매개 역할을 하고 달과 해의 순환과도 관련을 맺으면서 생생상징에서도 신성한 삼성(三聖)으로 꼽고 있다. 햇빛을 받음으로써 꽃을 피우고, 나무는 밤하늘의 운행 비밀을 알고 있다. 이러한 현상은 인간의 영역으로 생멸을 일일이 파악할 수 없는 신비성을 지닌 자연물의 세계에 그 맥이 닿는다. 하늘의 새들과 땅 속에 사는 짐승 등의 생명체와 그 존재의 영원성에는 시공간의 경계로 설명되어질 수 없는 우주의 비밀과 순환성이 존재하는 것으로 파악된다. 따라서 민간신앙에서 '자연물 신앙행위'는 생명의 신비함이나 신성성에서 우주의 근원이 시작되었다고 보는 것이다. 우리 민족·민중은 나무를 우주 속의 나무로 보고 영험한 기운을

---

53) 이영춘, 「김소월 시에 반영된 무속성 연구」, 40쪽.

띤 신단수로서 숭배의 대상으로 여겼다.

'물'이나 '산'과 비교했을 때, '나무'와 '꽃'은 인간세계에 훨씬 더 가까이 존재하고 훼손이 가능하다는 점에서 초월적 대상임과 동시에 민중을 둘러싼 세계의 역경을 고스란히 나누어가지는 존재로 인식되기도 한다.[54] 사계절의 운행원리 속에서 죽음의 고통을 겪어낸다는 점에서 더욱 그러하다. 그래서 소월의 시에는 '나무와 꽃'의 생생력은 소멸과 재생, 또는 사랑과 이별의 방식으로 드러나는데, 다음과 같은 시에는 고통스러운 공간 속을 버티어내야 하는 '나무와 꽃'으로 인식되고 있다. "우무주러진 나무 그림자/바람과 비가 우는 낙엽위에"(「희망」) 나무의 심상은 구겨진 나무그림자로 희망이 없는 식민지 현실을 살아가는 민중과 그 고통을 나누고 있음을 보여준다. "잎 누런 시닥나무 철 이른 푸른 버들/해 벌써 석양인데/불숫는 바람"(「낭인의 봄」)이 불어오고, "가시나무 가시덤불"과 "철 이른 푸른 버들"이 "덤불덤불 산마루로 뻗어" 오르는 곳은 정상적인 상황이나 평화로운 상황과는 대비되는, 비극적인 현실태를 의미하는 것이다. "불구의 나무"로 "성깃한 가지의 그림자"로만 존재하는 공간은 생명성을 잃어버린 절망적인 공간이다.

'나무와 꽃'은 앞서 언급했던 「초혼」에서 보여주는 것처럼 '님'에 대한 상실의식에서 연유되는 것으로 시인의 내면을 전달하는 매개물로 존재한다. 사자인 죽은 '혼'을 위로하듯이 '불구의 나무'를 지키고 '사랑하는 님'을 불러내듯이, '나무와 꽃'을 통해서 사랑을 노래한다. 소월의 내면에는

---

54) 김열규, 「김소월론」, 13쪽.

마을을 지켜주는 온전하고 든든하고 성성한 원초적인 나무에 대한 그리움이 드리워져 있다. 여기서 새로운 생명이 재생하리라는 믿음이 내재되어 있는 것이다.

이를테면, "실버들나무의 거무스레한 머릿결인 낡은 가지에/제비의 넓은 깃 나래의 감색 치마에/술집의 창 옆에, 보아라, 봄이 앉았지 않는가"(「봄밤」)라든가 "줄줄의 버드나무에서는 비가 쌓일 째"(「공원의 밤」) 전등과 도시의 술집과 대비되는 버드나무의 비 맞은 모습에서 곧 새순이 틔어 오를 듯한 고향의 봄을 상기시킨다. 또한 "성깃한 섶나무의 드문 수풀을 바람은/오다가다 울며 만날 째"(「가을 아침에」)는 수풀이 바람을 맞아들이는 듯한 살아 숨쉬는 정경을 떠올리게 된다. "키 높은 나무아래로 물마을은/성깃한 가지가지 새로 쩌 오른다"(「가을 저녁에」)에도 불구의 나무가 아니라 '키높은 나무' 아래로 '물마을' 떠오르는 조화로운 모습은 평화롭고 한적한 풍경을 돕는다. "산에도 오리나무/산에서 운다"(「산」)라고 살아 있는 산의 모습을 표현함으로써 소월의 나무 상징은 '우무러진의 나무'라는 고통의 나무에서 "키 높은 나무" 또는 "휘젓이 늘어진 수양"이라는 생명의 나무로 인식하기에 이른다. "담밖에는 수양의 늘어진 가지/늘어진 가지는/오오 누나/휘젓이 늘어져서 그늘이 깊소"(「널」)에서 평화스러운 봄의 정경을 그려낸다. 이때, "수양버들 아래서 널 뛰는 누나"와 '나무'는 동격화를 이루면서 시적 화자가 가장 그리워하는 이상적인 공동체적 공간에 다다르는 매개체로 등장하기도 한다. 이렇게 소월의 시에서 '나무'나 '꽃'은 '죽음/이별/재생'의 변증법적인 형식으로 상징화되고 있다.

나보기가 역겨워

가실째에는

말업시 고히 보내드리우리다

寧邊에藥山

진달래꼿

아름짜다 가실길에 쌕리우리다

가시는거름거름

노힌그꼿을

삽분히즈려밟고 가시옵소서

나보기가 역겨워

가실째에는

죽어도아니 눈물흘니우리다

—「진달래꼿」 전문[55]

　이 시는 '꽃'을 소재로 하고 있는데, 이별이라고 하는 가정적 상황 또는 미래적 시공간에 꽃을 뿌리는 사랑의 행위로 설정되어 있다. 가실 길(시공간성)−꽃(매개)−뿌리는 일(사랑의 행위)의 과정이다. 시 「산유화」에서 보여주었던 기승전결의 구성처럼 시상이 "발단/전개/절정/결말"의 구성을 이루고 있다.

　① 起−가실 때/시간성/(가정적 상황) 보낸다

---

55)　김소월, 『開闢』(1922.7).『김소월 전집』, 165쪽.

② 承-가실 길/공간성/(가정적 상황) 뿌린다

③ 轉-가시는 걸음걸음/밟고 가라 (미래법)

④ 結-가실 때 (미래적 결의)

봄에 피어나는 진달래꽃은, 얼어 죽은 땅에서 다시 살아났지만, 계절의 순환에 따라 머지않아 떨어져버리고 말 아이러니한 운명을 지닌다. 피어남과 떨어짐으로서의 꽃의 숙명은 우주의 순환원리[56]에 해당하는 것이며, 피할 수 없는 자연의 통과의례에 있는 것이다. 위 시는 떠나는 '님'에 대한 원망과 '님'을 붙잡지 못한 자책 또는 헤어져서는 안 된다는 복합적인 감정이 시의 심층구조를 이루고 있다.[57]

인간사를 '꽃'의 생멸원리와 같다고 보는 것은 존재 또는 모든 자연사도 순환의 과정에 있음에 연유되는 것이다. 꽃의 '피어남/성장/소멸'의 모습은 인간의 '생로병사'의 모습과도 같은 것이며, 소멸은 곧 새로운 생명의 근원을 제시한다는 의미이다. 이때 진달래꽃은 사랑과 이별의 상황을 자연의 순환성이라는 의미로 겸허하게 받아들이는 동시에 미래적 운명성을 예견하는 상징으로 표현되고 있다.

한편, '꽃'은 산화공덕의 의미를 지닌다. 혹자는 꽃을 우리 고대사상의 하나인 신선사상을 나타내는 고도의 은유라고 지적하면서 영원하고도 새로운 세계의 갈망이라고 했다.[58] 사랑하는 사람에게 꽃을 바친다든가 또

---

56) 김재홍, 「소월 김정식」, 『한국현대시인 연구(1)』, 37쪽.

57) 심재휘, 「한국 현대시의 전통서정 연구」, 241쪽.

58) 문덕수, 『현대문학의 모색』(수학사, 1969), 198쪽.

는 병자에게 꽃을 바치는 일은 단순한 아름다움에 대한 찬양이 아니라, 소망, 재생, 저승세계, 사랑을 표징하는 영적 세계까지 상도하는 의미를 지닌다. 이와 같은 연장선상에서 상여에 꽃을 다는 행위는 무(巫)의 제단에서 볼 때 영적 세계로 가기 위한 과정으로써 구원과 갈망의 표상이기도 하다.

시에서 꽃은 슬픔을 회피하고자 하는 극단적 표현의 매개물로 표현되고 있거나, 이별의 이미지를 보이고 있는데, 이는 전통서정으로써 역설의 자연성이 구현되고 있는 것이 비어서 갇히고 마는 물이거나, 막히거나 허공에 있는 산과 바위처럼, 끝과 맞닿아 있을 때 오히려 새로운 존재의 근원으로 재탄생하듯이 진달래꽃도 절망의 정점에 뿌리는 꽃인 것이다. 소월의 시적 공간도 삶과 죽음의 공간, 즉 꽃이 피었다가 지고 새와 짐승이 살다가 죽어가는 생명과 자연의 통과의례를 거치는 과정 속에 있다.

한편 민간신앙의 형태는 문명과 근대의 이행 속에서도 의식했든, 그렇지 않든 간에 우리 겨레의 풍속과 생활과 정서를 오랜 기간 간섭하고 지배해 왔다.[59] 무속이나 민간신앙에서는 인간이 자연을 지배의 대상으로 삼지 않는다. 아도르노에 의하면 무당의 의식은 바람 · 비 · 뱀 · 병자 속

---

[59] 오태환은 현대시에 나타난 무속성을 대략 두 가지 방향에서 파악하고 있다. 1) 시인이 지닌 무속적 세계관과 인생관의 조명 아래 쓰여지는 경우 2) 시인이 무속적 세계관과 인생관을 지니지는 않지만 무속을 도구로 사용하는 경우로 나뉜다. 서정주는 1)의 경우로 보고 서정주의 시편에는 무속성이 다채롭고 광범위하게 나타나고 있지만 김소월의 시에는 무속성은 대체로 정한(情恨)이라는 단색적 정서를 혼교라는 무속적 전경 아래 조명하는 형식을 지닌다는 것으로 파악하고 있다. 오태환, 「혼과의 소통, 또는 무속적 요소의 문학적 층위」, 207쪽.

의 혹은 마귀에게로 직접 향한다는 것이다.[60]

소월의 시의식은 자연의 상징인 매개를 통하여 직접 시의 주제적 국면에 육박하거나, 소재적 기능에 직접적으로 반영한다. 이때 자연의 상징을 소재나 견본으로 삼지 않고 직접 그와 같은 흡사한 모습으로 한 경배의 탈을 쓰는 것이다. 시인은 그 무당과도 같은 힘을 발휘할 수 있는 시적인 이 탈은 페르소나에 해당한다. 말하자면 시인의 창조적 행위는 신의 영역에 든 존재자의 역할에 해당된다. 이렇게 본다면 시인의 시는 신의 창조적 행위에 버금가는 신성한 의미를 발현하는 것이 된다.

3. 주술성과 기원의 형식

1) 사령의 주체와 역설의 언어

시인은 언제나 역설적이고 모순적인 거리에 서서 산과 별 또는 물결에 어리는 자연과 하나가 되기도 하고, 또는 스스로 극명한 거리성을 부각시키기도 한다. 소월의 주술성은 자아와 세계의 융합을 추구하는 기원의 방식으로써 일종의 무가의 형식에 해당된다.

그러한 우리의 시혼은 물론 경우에 따라 대소심천을 자재변환하는 것도 아닌 동시에 시간과 공간을 초월한 존재입니다. 어디까지 불완전한 대로 사람의

---

60) T. W. Adorno · Max Horkheimer, 『계몽의 변증법』, 30쪽.

있는 말의 정을 다하여 할진대는 영혼은 산과 유사하다면 할 수도 있습니다. 가
람과 유사하다면 할 수도 잇습니다. 달과도 같다고 할 수 있으나, 시혼 역시 본
체는 영혼 그것이기 때문에 그들보다도 오히려 영원의 존재이며 불변의 성형일
것은 물론입니다 (…중략…) 한사람의 시혼 자신이 변하는 것은 아닙니다. 그것
은 바로 산과 별이 편각에 그 형체가 변하지 않음과 마치 한가지입니다.

— 「詩魂」 부분[61]

윗글은 1925년 5월 『개벽』에 「詩魂」이라는 제목으로 발표한 소월의 글
로, "시혼이 내부적 깊이를 지니지 못했다"고 언급한 안서의 글에 대한 반
론이다.[62] 시를 쓸 때의 정신활동으로써의 영혼은 곧 시혼이며, 산과 별
이 불변의 성형(成形)이듯이 시혼 또한 시간과 공간을 초월한 존재라는 관
점을 밝히고 있다. 자연은 언젠가 변할 수도 있고 없어질 수도 있으나, 제
의로 불러들인 영혼과 시혼은 불변의 진리라는 것이다. 즉 인간 앞에 놓
인 시간적 자연이 인간이 사라짐과 함께 자기의 공간적 영역마저 없어질
수 밖에 없으나, 시혼은 홀로 영원히 현현하다는 뜻이다. 다시 말하면, 시
혼이 현현된 음영의 차이에 의해 개별 시작품 속의 자연물이 달리 나타나
듯이. "달과 별과 자연이 변하지 않은 만큼, 시혼 역시 시간과 공간을 초
월한 것"이라 한다면, 오히려 시혼이 자연의 우위에 놓여 있음을 의미하
는 것이 된다.

소월은 이렇게 시혼을 통해서 자연의 원본에 가까워지려고 하고, 또는
현세의 자연물을 통해서 자신의 꿈과 사랑을 그려보았으며, 자연과의 대

---

61) 김소월, 『開闢』(1925. 5). 『김소월 전집』, 495쪽.
62) 이숭원, 「시혼의 절대성과 평가의 상대성」, 『현대시학』(2011. 3), 146쪽.

립상을 통하여 현실적 고통을 토로하였다.[63] 말하자면, 소월 시에 나타난 자연과 인간의 관계에 대한 검토는 죽음과 혼[64]의 문제라는 것으로 귀결된다. 혼의 움직임을 따라 자연 또는 시공간의 경계는 서로가 보완적이며 대립적인 관계에 놓이게 된다.

　① 퍼르스럿한 달은 성황당의
　　데군데군허러진 담모도리에
　　우두키걸니윗고, 바위우의
　　가마귀한쌍 바람에 나래를 펴라.

—「찬 저녁」 부분[65]

　② 내몸은 생각에잠잠할째 희미한수풀로서
　　村家의 厄맥이際 지나는 불빗츤 새여오며,
　　이윽고, 비난수도 머구소리와함께 자자저라
　　가득키차오는 내 心靈은……하늘과쌍사이에.

---

63) 위의 글, 311쪽.

64) 혼(魂)은 동양의 유가나 도가사상에서 우주 만물은 음양의 조화로 이루어져서 있다고 보았다. 사람의 정신(情神)도 음과 양으로 이루어져 있으며, 양은 혼이고 백(魄)이란 땅에서 나서 땅으로 돌아가는 형체인 것으로 혼이 육체에서 분리되는 순간은 죽음이다. 우주적 원리에 따라 백은 기를 가지고 있고 좋은 역할을 한다. 혼과 백이 나누어지면 인간은 생명을 다한다는 것이다. 사람이나 동물의 생명을 유지시키고 정신을 갖게 한다고 여겨지는 것으로 과학의 범주 밖에 있기 때문에 과학의 범위에서는 판단할 수 없는 존재이다. 그러므로 현재 과학의 판단능력의 존재여부가 식별되지 않았다. 비과학적인 범위에서의 인간의 경험과 지식으로써 영혼이 존재한다고 증언되고 있으며, 인류역사에 있어서 다양한 형태의 종교와 사후세계 및 영적인 현상에 대해서 이야기하는 근간이 되고 있다.

65) 『김소월 전집』, 144쪽.

나는 무심히 니러거러 그대의 잠든몸우헤 기대여라

— 「黙念」 부분[66]

③ 어둡게깁게 목메인하늘
　쑴의품속으로서 구러나오는
　애달피잠안오는 幽靈의 눈결.
　그림자검은 개버드나무에
　쏘다쳐나리는 비의 줄기는
　흘늣겨빗기는 呪文의소리

— 「悅樂」 부분[67]

　　모든 자연물과 무생물을 신성시하고 섬기려는 시혼의 소유자인 소월은 민간신앙의 영매자를 자처한다. "어둡게깁게 목메인하늘"이라는 식민치하의 기류를 내비치는 그 심사는 "애달리잠안오는 幽靈의 눈결"과도 같은 것이며 "그림자검은 개버드나무에/쏘다쳐나리는 비의 줄기"를 통해 불안과 허무의식 그리고 위태롭게 사라져 버릴 것 같은 존재의 위기상황을 표현한다. 그러므로 '비소리'는 두려운 상황에서 벗어나게 해달라고 비는 '주문'의 소리에 비유된다.

　　①의 "퍼르스럿한 달은 성황당의/데군데군허러진 담모도리에 걸니워져 있고", "바위우의 가마귀한쌍 바람에 나래를 펴라"에서 알 수 있듯, 그의 '시혼'은 '가마귀'과 동격을 이루면서, 만물을 깨우는 주술적 영매로, 생명

을 유지시키는 정신의 힘으로 작용한다. ②의 시 "내몸은 생각에잠잠할새 희미한수풀로서/村家의 厄맥이際 지나는 불빗츤 새여오며/이윽고, 비난수도 머구소리와함께 자자저라"라는 구절을 통해서도 무속적 행위를 대변하고 있다.

여기서 '厄맞이'와 '비난수'는 불안한 '심령'이나 '유령'을 잠재우는 역할을 한다. 우리 민속에서의 유령은 귀신과도 같은 의미로 인간을 해롭게 해치는 것으로 인식되어 왔다. '厄맥이'와 '비난수' 그리고 '주문'은 그 귀신을 달래고 회유하는 행위로 민간신앙에서 흔히 행해져 왔던 풍습이다.

①의 "퍼르스럿한 달은 성황당", ②의 "村家의 厄맥이際", "비난수도 머구소리와함께", ③의 "비의 줄기는 흘늣겨빗기는 呪文의소리"는 구체적인 무속의 행위를 보여주는데, 시인이 직접 무속행위를 하는 것이 아니라, 또 다른 화자를 내세워서 유령을 회유하고자 한다. 김준오는 '페르소나'의 개념을 통해 이 점에 대해 설명한다. 소월 시의 시적 페르소나는 또 다른 담화의 탈을 쓰고 무당의 기질을 몸속으로 체득하며, 발화하는 전달기호는 하나의 주문처럼 그 기능을 계승하고 있다는 것이다.

생트 뷔브(P. Sainte Beuve)는 사람은 언어에 의해서 내적 혼란에서 벗어날 수 있다고 말하며 민간생활 중 특히 정신생활에서 주술과 종교가 중심이 되고 있음을 주장한다.[68] 소월이 강조하는 시혼은 영원무구한 영혼으로서 정신을 말하고 있으며, 그 정신의 언어는 민중·민가이 처해 있는

---

68) 언어가 사유의 전달을 가능케 함으로 사유의 매개자로서 뉘앙스를 확정하게 하거나, 모든 진보, 지적인 진보의 근저를 이루고 있다. 기층적인 기술(技術)은 언어와 더불어 또는 이에 의해서 발달된 것에 불과하다는 것이다. P. Sainte Beuve, 『민속학개론』, 92쪽.

현세의 혼란스러움을 벗어나려는 행위로서 신비로운 영역에 속한다.

한편, 김윤식은 "서정주는 소월을 '고대인'으로 명명하기도 하였는데, 이 고대적 어법은 문학사적이자 그 이상이 아닐 수 없으며, 이 고대인의 사유방식 곧 정신사적 사상사적 과제에 다름 아니다. 육신을 가진 채 삼매경에 들 수 있다는 소월의 세계정신사적 사고방식은 이른바 근대가 이 땅에 침투하기 이전의 이 땅 사람들의 사랑에 관한 어법이 소월 시에 숨쉬고 있다"[69]고 말하면서 육신은 현세에 있지만 카오스의 경계를 넘나드는 소월의 시혼을 말한다. 소월의 시가 주술의 영매로 가능할 수 있었던 것은 그가 고난의 현실에 그대로 존재하면서 우주 자연의 움직임에 그의 시혼을 잇대고 있었기 때문이다. 이때, 토착적인 언어는 개인에서부터 공동체적 내적 혼란에서 벗어나기를 주문하는 주술적 기능을 수행한다. 그럼으로써 일상의 삶 속에서 초월적인 세계와 내통하는 영매의 주술은 가능해지는 것이다. 여기서 나타나는 언어의 주술성은 원시적 신앙이나 언어를 신비화하려는 습성에서부터 시작되었겠지만, 결국은 언어가 가지고 있는 자체의 힘에서 이미 미묘한 기능이나 그 효과가 작용하고 있다. 소월의 시적 행위는 자연신과 소통하면서 언어의 리듬과 언어의 주술성을 지니고, 세계의 비극적 인식과 민족의 보편적 한을 존재론적 인식으로 승화시킨다.

---

69) 김윤식, 「모더니스트 서정주의 소월과의 거리 없애기」, 『거리재기의 시학』(시학, 2003), 75쪽.

2) 무덤과 재생의 형식

소월의 정신적 행위인 삼매경은 혼이 가장 자유로운 상태로의 이입을 뜻하는 것이다. 엘리아데를 빌린다면 샤머니즘에서의 '망아체험'이라고 할 수 있다. 망아체험은 굳이 샤머니즘에 특유한 것은 아니고 인간의 원초적인 체험에서부터 시작된다.[70] 다시 말하자면, 소월의 어법은 망아체험에서 오는 교혼현상을 통해, 현세의 한을 풀어내고자 하는 주술적 행위와 연관되는 것이다. 이런 류[71]의 시는 영혼의 환생과 구원으로서의 무속성[72]을 바탕으로 하고 있음이 당연하다. 무속[73]에서는 인간을 영혼과 육신의

---

70) 망아체험(忘我體驗)의 이념은 자기 밖으로 나가는 것이다. 영혼은 육체를 떠나 하늘을 날아가거나 지하세계로 여행한다. 그러나 한국 무속에서의 망아체험은 다르다. 영혼이 나가서 하늘로 오른다든가 지하계로 간다는 이념이 좀처럼 보이지 않는다. 신이 초청되며 신이 몸에 들어선 자아가 신과 일체가 되었다가 다시 나간다. 그러나 본고에서는 망아체험도 인간적이고 원초적인 체험이라는 점에서 접신과 같은 경우로 인용한다. 이부영, 「한국무속을 중심으로」, 『한국사상의 원천』(박영사, 1976), 327쪽 참조.

71) 소월의 많은 시가 자연성에 바탕으로 두고 있다. 그 이유는, 인간의 영역과는 다른 우주 순환에 의해 형성된 영역으로서 원초성과 비의에 근원을 두고 있기 때문이다. 그리고 현세의 갈등과 원한을 풀고자 하는 행위와 무의식의 발현으로써 자연의 힘을 믿는다. 그것은 고대로부터 내려온 민간신앙이 무의식 속에 자리하고 있으며, 그의 시가 구술상 거의 주술적인 양상을 띠고 있기 때문이다. 특히, 주제에 대해서 집중적이고 민간적인 무속성과 주술적인 색채가 강한 시가 있는데, 「합장」, 「묵념」, 「열락」, 「무덤」, 「비난수 하는 맘」, 「찬저녁」, 「초혼」 등이 여기에 속한다.

72) 김재홍, 『한국현대시인 연구(1)』, 33쪽.

73) 영혼의 세계가 한국인의 마음의 반영이라고 할 때에도 영혼관의 여러 가지 지역적, 특수성, 개인적 특수성, 시대적 특성을 고려에 넣지 않으면 안 된다. 무당 개인에 신의 의미가 다를 수 있고, 어느 지역에서만 특히 숭앙의 대상이 되는 무신들이 있고 또한 시대의 변천에 따라 그 종류와 중요성이 달라진다. 또한 한국인이 모두 무속의 신만을 숭배한 것이 아니다. 이부영, 「한국무속을 중심으로」, 『한국사상의 원천』, 305쪽. 이부영의 이러

이원적 결합체로 보고 영혼은 육신의 생존적 원력이라 믿는다. 그러므로 화자는 저승과 이승을 연결하여 하나가 되게 할 수 있으며, 삼위일체의 관계 속에서 존재 간의 깊은 생명의 교감을 형성한다.[74] '무덤'은 그것을 구체적으로 발현하는 곳으로, 죽은 자의 집이며, 생명의 완결을 뜻하는 곳, 즉 죽음과 삶의 접점으로써의 생명의 참 원형이다.

① 그누가 나를헤내는 부르는소리
② 붉으스럼한언덕, 여긔저긔
③ 돌무덕이도 음즉이며, 달빗헤,
④ 소리만남은노래 서러워엉겨라,
⑤ 옛祖上들의記錄을 무더둔그곳!
⑥ 나는 두루찻노라. 그곳에서,
⑦ 형적없는노래 흘너퍼져,
⑧ 그림자가득한언덕으로 여긔저긔
⑨ 그누구가 나를헤내는 부르는소리
⑩ 부르는소리, 부르는소리,
⑪ 내넉슬 잡아끄러헤내는 부르는소리

— 「무덤」 전문[75]

이 시의 배경 시간은 달빛이 비치는 밤으로 확인되는데, 이때 시인의 무덤 주변 배회는 일반적으로 쉽게 할 수 없는 체험으로 그 정경을 사실

한 논의를 참고로 하면 소월이 나타내는 무속성은 우리가 인식하고 있는 속신으로서 무속신에 한정하는 것은 무리가 있다.
74) 이몽희, 「한국근대시의 무속적 구조 연구」, 57쪽.
75) 「김소월 전집」, 142쪽.

적으로 형상화하고 있다. 소월은 ① "그 누가 나를 헤내어 부르는 소리"를 들으며 망아상태 혹은 교혼상태에서 삶과 죽음 문제에 대한 의문을 제시한다. ② "붉으스럼한 언덕 여긔저긔"에서 죽은 자의 목소리가 들리는 듯하며 그 목소리는 ③ "돌무덕이도 음즉이며, 달빗헤" ④ "소리만 남은노래 서러워엉겨라"라고 표현한다. 그리하여 한과 서러움이 주검의 실체를 이루는 것으로 한과 서러움의 의미가 죽음으로 심화·확장된다.

그것은 ⑤ "옛조상들의 기록"이 산 자를 통해서, 곧 시적 자아가 그것을 증명해 주기를 바라는 주문으로 울려 퍼지는 과정에 있다. 시인은 ⑥ "두루 찻노라 그곳에서"라고 말하며 ⑦ "형적없는 노래 흘러퍼"짐으로써 선험적인 교혼상태에서 내면의식을 풀어놓는다. ⑧ "그림자 가득한 언덕으로 여긔저긔", "돌무덕이도 음즉이며, 달빗헤" 무덤은 무서움과 두려움을 제시하는 곳이지만, 시적 자아의 존재적 위치를 되돌아보게 하는 존재의 원본으로 해석된다. ⑨, ⑩, ⑪은 계속해서 나의 혼을 넋을 부르는 소리에 방기시키는 것으로 볼 수 있다.

도표를 그려보면 ②의 '무덤'은 '저곳'의 소리를 '이곳'으로 전해주는 매개체이다. 사자(死者)의 '혼'이나 '넋'은 이미 무덤을 거쳐간 관념으로서 '저쪽'에 있다. 그러나 '무덤'은 '저곳'과 '저곳'을 이어주는 실제의 매개체이고 이승과 저승의 통로이다. ①의 시적 자아인 '나'는 '넋'과 '혼'을 지닌 현세의 '존재'이다. ③의 소리를 보내는 자는 ④의 '死者의 소리'이며 조상들의 '혼'이 전하는 '한'의 소리이다. '무덤'은 생과 사의 공존으로써의 자연이듯이 생의 완결을 보여주는 것이지만, 또 새로운 재생의 의미를 발현하기도 한다. 혼의 부름과 함께 삶과 죽음의 내면화가 이루어지는데, 이것은 신성한 공간에 영속적으로 존재하려는 소망의 원형을 포착하고 있기 때문이다. 사자(死者)와의 만남이라고 해도 좋을 비일상적인 일을 극화하고 있는 행위로써, 의도적으로 선택한 무덤이라는 원초적인 공간에서 스스로의 재생에 대한 희망을 품을 수 있게 된다. 융은 이와 같은 재생체험의 원천이 인류의 본질적 삶에 있는 것으로 보고 인류 선사시대로부터 시공을 초월하여 보편적으로 존재해 온 원초적 체험을 아키타이프(Rebirth archetype)[76]라고 명명한 바 있다. 소월의 시적 자아는 제의적 행위를 통해 혼돈상태에서 벗어나고자 한다. 그것은 시적 행위에 속하는 일종의 주술적 행위에 의해서 가능해지는 원초적인 영원의 현존[77]이다.

이 시를 창작했을 때 소월이 사회적 · 개인적으로 절망적인 상황에 처해 있었던 것을 생각해 볼 때, '무덤'은 조상의 기록이 묻혀 있는 곳이면

---

76) C. G. Jung, *Man and His Symbol*(Del phblishing, 1964), p.37. 임문혁, 「한국 현대시의 전통 연구」, 48쪽 재인용.
77) 안진태, 「엘리아데의 시간관」, 『엘리아데 · 신화 · 종교』(고려대 출판부, 2005), 398쪽.

서, 시인 또는 민족을 시원의 장소로 불러들이는 곳이기도 하다. 이런 제
의적 행위는 민간생활에서 일상의 일이 풀리지 않고 곤란에 처해 있을 때
조상의 무덤을 찾는 것과 같은 이치이기도 하다. '무덤'과 '나'는 '지금−
여기'의 현상에 속해 있지만, "나를 헤내는 소리"와 "조상의 기록"은 과거
의 행적에서 오는 깨침의 소리를 전해 준다. '저쪽' 과거 시간에서 현재의
시적 자아에게 전하는 메시지는 과거로의 회귀를 통하여 꿈을 실현하려
는 것이기도 하다. 소월은 '무덤'이라는 생(生)과 사(死)의 공존으로써의 자
연, 즉 가장 원초적이고 원본이 되는 공간을 노래했기에 인간의식의 심층
에 닻을 드리울 수 있었고, 죽음과 삶의 관계를 내면화하여 민족혼의 발
견[78]에 이를 수 있었다.

> 함께하려하노라, 비난수하는나의맘,
> 모든것을 한짐에묵거가지고가기까지,
> 아츰이면 이슬마즌 바위의붉은줄로,
> 긔여오르는해를 바라다보며, 입을버리고.
>
> 써도러라, 비난수하는맘이어, 갈메기가치,
> 다만 무덤쑌인 그늘을얼는이는 하늘우흘,
> 바다까의. 일허바린세상의 잇다든모든것들은
> 차라리 내몸이죽어가서입서진것만도 못하건만.
>
> 또는 비난수하는나의맘, 헐버슨이나우혜서.

<hr>

78) 이숭원, 「소월 시에서의 자연과 인간」, 『관악어문연구』 제9호(서울대 국어국문학과,
    1984), 307쪽.

써러진닙 타서오르는, 냇내의한줄기로.
바람에나붓기라 저녁은, 흐터진거믜줄의
밤에매든이슬은 곳다시써러진다고 할지라도
함께하려하노라, 오오 비난수하는나의맘이어,
잇다가업서지는세상에는
오직 날과날이 닭소래와함께 다라나바리며,
갓가웁는, 오오, 갓가웁는 그대뿐이 내게 잇거라!

— 「비난수 하는 맘」 전문[79]

　흔히 무당이 신에게 비는 것은 '비난수'라고 하며, 우리 풍속에서는 일반인도 서낭당, 국사당, 신단수 앞에서 '비난수'를 해 왔다. 시 「비난수 하는 맘」은 전체적 내용 그대로 무굿의 무당이 풀어내는 굿거리와 같은 느낌을 준다. 이러한 모습에서 토속적인 제의의 상징적인 분위기와 상념이 드러나고 있다. 시적 자아는 "함께하려하노라, 비난수하는나의맘", "아츰의 이슬맞은 바위의 붉은줄"과 함께 "써도러라, 비난수하는맘이어, 갈메기가치" 신성스러운 자연신과 접신을 시도한다.

　1연에서는 비난수의 행위가 전개되고 2연에서는 행위의 원인이라고 할 수 있는 현실의 상실과 방황과 고통, 비극적인 상황이 내포된 애타는 소리는 무속적인 감정의 주조로 표현한다. "무덤뿐인" "일허바린세상"에서 "차라리 내몸이죽어가서업서진것만도 못할 만큼" 그 한은 강한 어조로 변주되기도 한다. 2연에서 풀어내는 한의 언사가 3연에서는 자신의 기원을 자연신이 받아들여주리라는 신념으로 바뀌는 것을 알 수 있다. 시적 자아

---

79) 『김소월 전집』, 143쪽.

의 '비난수'가 산 위에서, "내의 한줄기"로, "흐터진거믜줄의 밤에매든이
슬은 곳다시써러진다해도" 기원의 말들이 영원하기를 믿는다. 시적 자아
는 "잇다가 업서지는", "세상까지 가까이 그대가" "내게 잇거라!"라는 시
구에서 표현해냈듯이 그러한 믿음이 자신의 혼을 일깨워주기를 좀 더 강
한 청유형으로 건넨다. 1인칭을 지향하는 서정시는 감정 표시적 기능과
밀접한 연관을 가지며, 2인칭에 초점을 맞추는 서정시에서는 능동적 기능
이 작동된다. 이 시의 경우 전체적으로는 자신 스스로에게 말을 거는 내
적인 독백의 형식을 가지고 있다. 그것은 한국적인 아니마를 드러내는 자
기 위안의 언술적 측면을 보이기도 한다. 그 연장선상에서 스스로 달램의
소리인 1인칭 독백은 마지막 행에서 수신자가 설정되면서 청유형의 어조
로 바뀐다. 이러한 과정에는 주술적 주언, 무당의 주가의 기능과 관계된
다. 극히 개인적인 서정에서 머물고 있는 듯한 내적인 독백이 개방적이고
다성적 또는 중성적 소리[80]로 바뀐다. 나아가서 만물에 깃들어 있는 혼을
일깨우는 살맞이 소리로 시의 효과가 확대된다.

「초혼」 역시 내적 독백이 강한 신념으로 혼을 불러들이다가 2인칭의 혼
을 부르는 주술적 소리로 변한다. 특히 "이름이어!"라는 외침은 단순한 정
서의 환기가 아니라, 「구지가」의 '龜何龜何'처럼 주술성의 명령법으로 나
타나는 것이다. 모든 주술에서는 주술에 걸린 대상을 불러내고 화자의 의
지가 그 대상에 가해지는 명령법이 발동된다.[81]

---

80) 김열규, 「김소월론」, 12쪽.
81) 김승희, 「언어의 주술이 깨트린 죽음의 벽」, 『문학사상』(1985.7).

소월의 주술성은 시련 또는 죽음을 의미하는 시구들과 재생을 상징하는 의미의 시구들이 서로 대립되고 융합되면서 한을 풀어내는 제의로 완성된다.

프로이트는 인간의 가장 간절한 소원의 실현은 신앙의 형태나 종교적 이념으로 나타난다고 말한다. 주술적 · 종교적[82]인 시간은 신화적 시간의 '영원한 현재'를 구성한다. 또 인간을 비시간적 시대, 즉 태초 역사의 저편에 있는 여명의 시간, 낙원의 시간으로 잠입시킨다. 그러니까, 민간신앙이란 현실적 상태에서 벗어나서 현세적 고통을 호소하는 행위로 민간층에서 전승되는 자연적 신앙이며 민간인이 신앙하는 자연적 종교이다. 무당을 중심으로 전승되는 종교적 현상을 무속이라 볼 때, 시 「비난수 하는 맘」에서는 생의 제일차적 과정과 탈피 및 생의 이차적 과정을 전개하고 있다. 그러나 소월 시의 시적 페르소나는 현실적 존재로서의 자아에서 벗어나 새로운 세계로 진입 또는 비상하는 일체화의 과정이 그다지 뚜렷하게 나타나지는 않는다.[83] 한편 소월의 시가 지향하는 세계는 신이 경유하는 초월적인 공간, 그 곳은 '님'이 존재하는 초월적 자연과의 완전한 일체를 이루는 공간은 아니다. '삶과 죽음'의 세계와 '현세와 카오스' 사이에서 시혼의 영역을 변증법적으로 보여주고 있기 때문이다.

---

82) 여기서 종교는 '민속종교'라고 쓰이기도 하지만 한국 민속학에서 정착된 용어는 아니다. 종교의 개념 규정은 논란의 여지를 안고 있기 때문에 그 개념논쟁에 스스로 휘말려드는 것을 배제하기 위해 '민속종교'라는 말을 쓴다. '민속종교'는 민간신앙이라는 의미에서 종교적 현상을 '민간의 자연적 종교적 현상'이라는 의미로 그 개념한계를 설정하고 있다.

83) 이몽희, 「한국근대시의 무속적 구조 연구」, 58쪽.

소월 시는 민족과 인간의 총체적인 범위의 정한에 뿌리를 두고 있으며, 그가 상정한 모든 대상과의 관계는 근대성에 대한 철저한 인식이 바탕이 된 서정적 전통성에 연류된다. 항상 저승과 이승, 성과 속의 대립과 융합, 역설과 아이러니의 상황 속에서 자연물의 상징을 통하여 존재의 근본을 향해 질문을 던진다. 현 존재들의 희구를 주문의 언어, 토정의 형식으로 택한 가운데 그의 시혼은 현상과 관념적인 경계선에서 영원무구하고 자유자재한 존재로 현현되고 있다.

3) 아니마적 요소와 공동체의식의 원형

서민이나 민간이야말로 그 시대와 사회공동체를 대표할 수 있으며, 동시에 과거의 전통을 전승하는 계층이다. 소월 시에서 공동체적인 심상[84]

---

84) 소월의 시에서는 가족공동체, 마을공동체, 민족·민중공동체의 상징물로 자연물과 민속요소가 그 전체적인 배경이 된다. 이때 '홀로주체'와 '서로주체'의 모습을 동시에 보여주면서 그 대상이 때에 따라서 '근대적 주체', '자연적 주체' 또는 '공동체 주체'로 나타난다. 이문재는 앞의 논문에서 시「돌도리」외 몇 편을 소개하면서 '홀로주체'에서 '서로주체'로 한 단계 성숙한 면을 보이고 있다면서 시를 분석하고 있다. 그러나 엄밀히 말하면 '홀로주체'가 나르시시즘 주체가 아니라면, 타자적 주체 속에 항상적인 '홀로주체'로 존재했음을 이해할 수 있다. 즉 어떤 대상, 세계는 타자적 존재로 항상적으로 존재하고 있었으므로 이항대립적 의미에서 '홀로주체'라는 의미가 성립된다. 따라서 소월에게는 '홀로주체'와 '서로주체'는 별반 다르지 않은 동일적인 의미를 가리킨다. 소월은 항상, 그 대상을 향해 혼과 정신을 열고 일체화와 미적인 거리성을 유지해 왔기 때문이다. 본 단원에서 살펴본 시는 소월의 시적 자아는 '공동체적 자아'로, 모성적인 원형에 기대고 있음으로 해서 생명의 원형과 민속의 보편성, 원형을 구체적으로 암시하고 있다. 이문재, 「김소월 백석 시의 시간과 공간의식 연구」, 118쪽 참조.

은 그 원형인 마을의 토속성과 풍습이 드러나는 시로부터 시작된다. 우리의 마을은 대개 옛 집성촌의 형태로 이루어져 왔으며 혈연공동체로서 같은 조상과 자연신을 모시며 사랑의 일체를 이루면서 살아왔다. 특히 소월 시에서 아니마[85]적 심상은 이웃공동체에 대한 사랑의 교감으로 확대되어 나아간다. 아니마심상은 남성의 무의식에 나타나는 여성성의 원형을 가리키는 것으로 소월의 경우 일제강점기로 말미암아 수난과 궁핍의 공간에서 공동체의 평화스러움을 지키고자 하는 무의식적 발현으로 보인다. 융은 "무의식의 내용에는 억압된 소재 이외에 일체의 심적인 것이 있다. 따라서 개인적 존재가 획득한 몫에서 개인적인 성질의 것이지만, 비개인적인 것, 형태의 집합적인 것, 내지는 원형을 내포하고 있다"라고 말한 바 있는데[86] 이렇게 본다면 시에 나타나는 아니마의 원형 역시, 외부와 연결되어 있는 개인의 집단 무의식에 해당된다고 볼 수 있다. 소월 시에서 아

---

85) 원래는 라틴어로 '혼'을 의미하는 말로 융이 분석심리학에서 용어로서 이용하였으며, 현재에는 그 의미로 사용되는 경우가 많다. 융이 언급한 대표적인 원형에는 또 페르소나(persona), 아니마와 아니무스(anima & animus), 그림자(shadow), 자기(self) 등이 있다. 아니마와 아니무스는 개인무의식이 아닌 집단 무의식적 원형에 속해 있다고 할 수 있다. 융은 꿈의 분석시에 남성 환자의 꿈에 특징적인 여성상이 많이 출현하는 것에 주목해서 그와 같은 여성상의 원형이 남성들의 보편적 무의식 내에 존재한다고 가정하고, 그것을 아니마(Anima, 아니무스의 여성형)라고 이름 붙였다. 여성의 경우에는 꿈에 남성상이 나타나며, 그 원형이 아니무스(Animus, 아니마의 남성형)이다. 남성도 여성도 외적으로는 사회에 승인되기 위한 남자다움이라든지 여자다움이라는 페르소나(가면을 의미하는 말)를 붙이고 있는데, 내적으로는 그 반대인 아니마(아니무스)의 작용에 의해서 보상되고 있다. 아니마(아니무스)는 모두 긍정적, 부정적인 작용을 지니고 있는데, 그것을 가능한 한 의식화해서 인격의 통합을 도모하는 것이 개인의 자기실현의 과정이라고 융은 주장하고 있다. C. G. Jung, 「원형에 대하여」, 『C. G. 융 무의식 분석』 참조.

86) 위의 책, 173~175쪽.

니마는 자기부정과 희생을 묵묵히 감수하고 아픔을 내면화하는 우리의
대표적인 여성상으로 드러난다. 「예전엔 미처 몰낫서요」, 「님의 노래」,
「밤」, 「애모」, 「부모」, 「부부」 등의 시는 여성적 사랑이 바탕이 된 가족주
의적인 심상을 나타내는데 그 목소리에는 성장기에 형성된 불행한 가족
사가 서려 있다. 또한 공동체의 평화스러움을 나타내는 소월의 시는 시인
이 가지고 있었던 전통과 민속에 대한 인식과 이웃공동체에 대한 사랑이
라는 아니마적 심상을 드러내는 근거가 된다.

① 城村의 아가씨들
　널쒸노나
　초파일 날이라고
　널을쒸지요

　바람부러요
　바람이 분다고!
　담안에는 垂楊의버드나무
　彩色줄 層層그네 매지를마라요

　담밧게는垂楊의느러진가지
　느러진가지는 오오 누나!
　휘젓이 느러저서 그늘이깁소.

　죠타 봄날은
　몸에겹지
　널쒸는 城村의아가씨네들

널은 사랑의 버릇이라오

— 「널」 전문[87]

② 正月대보름날 달마지,

　달마지 달마즁을, 가쟈고!

　새라새옷은 가라닙고도

　가슴엔 묵은설움 그대로,

　달마지 달마즁을, 가쟈고!

　달마중가쟈고 니웃집들!

　山우헤水面에 달소슬째!

　도라들가쟈고, 니웃집들!

　모작별삼성이 써러질째.

　달마지 달마중을 가쟈고!

　다니든옛동무 무덤싸에

　正月대보름날 달마지!

— 「달마지」 전문[88]

위 시 ①과 ②는 우리 민속의 세시풍속의 정황을 보여준다. 정초에 세배를 하고, 4월 8일에는 관등놀이를, 5월 단오에는 그네뛰기와 씨름대회를 한다. 1년 중 관습적인 행위를 행사하는 풍습은 가정이나 마을 집단이 공통으로 영위하는 것이다. 최상수는 세시풍속이 의식주생활을 영위하는 가운데 그 재료들을 조달하고 건강을 기원하는 것으로 농사에 기반을 두

---

87) 『김소월 전집』, 171쪽.

88) 김소월, 『開闢』(1922.1), 35~36쪽. 『김소월 전집』, 204쪽.

고 있다[89]는 점을 밝힌다. 기원의 대상은 주로 조상신(祖上神)과 자연신(自然神)을 향한 기원으로 동신제(洞神祭) 같은 제의로 이루어진다. 이러한 제의는 공동체의 결합을 더욱 돈독하게 해주는 일종의 축제로써 기능했다. 세시풍속은 사회생활과도 친밀한 관계를 지니고 있으며 단조로운 사회생활에 윤택과 위안을 주는 것이다. 세시풍속에 나타난 놀이의 모습은 자연과 조화를 이루고 일체가 되는 모습을 보이며 고대와 신화적인 형태로 가까워진다. ①의 시에 나타나는 '널'은 혼자 할 수 있는 놀이가 아니라, 둘이서 마주보며 서로 흥을 주고받아야만 즐길 수 있는 놀이다. 시적 대상은 성촌의 아가씨들인데, 이 '서로의 주체'는 이 시에서 하나의 객관적인 상황으로 포착된다. 그들 공동체의 모습은 자연과 일체화된 가운데 명절의 한때를 즐기는 생생한 '사랑의 방식'에 다름 아니다. 성촌의 아가씨들은 신비로운 고대의 원초적인 여신을 연상시킨다. "담밧게는 垂楊의느러진가지/느러진가지는 오오 누나!/휘젓이 느러저서 그늘이깁소."는 드리워진 수양버드나무의 늘어진 가지와 '누나'가 '그늘'로 일체를 이룸으로써 자연의 풋풋함과 신성스러움을 전해 준다. '봄날'의 "널쒸는 城村의아가씨네들/널은 사랑의 버릇이라오"에서 보듯이 '봄'이라는 계절과 어우러진 채 즐겁게 진행되는 놀이는 여성성으로 하여금 자연과 인간이 친숙한 관계를 완성시키는 모습을 상기시킨다.

　②에 나타나는 시의 정경은 정월대보름날의 '달맞이'이다. 달맞이는 원기 왕성한 단일에 사악한 것을 막아내보려는 의도에도 시작된 세시풍속

---

89) 최상수, 『한국 민속학 개설』, 71쪽.

의 일종이다. 새 옷을 갈아입고, 신성한 정신으로 정월대보름날 솟는 달을 바라보며 소원을 비는 것이다. 이때 남보다 먼저 달을 본 사람이 길한 운명을 갖는다는 생각으로 깨끗이 의관을 갖추고 주술적으로 소원을 비는 행위는 성스러운 제의 행위인 것이다.

『바리공주 본풀이』에는 무녀가 바리공주무가를 불러 망자를 극락으로 천도하는 장면이 있다. 이때 망자의 의복과 신발이 무당 앞에 차려지는데 이것은 험난한 저승길의 탈 없는 통과를 비는 뜻이다.[90] 위 시에서도 새 옷을 갈아입는 행위는 사자의 위무와 함께 살아있는 공동체의 질서를 중시하는 성스러운 풍습에 속한다. 시 「달마지」는 자연신에게 드리는 무속과 민간신앙의 근본으로, 마을공동체적인 원형을 보여준다.

소월 시의 시적 배경은 대부분 밤, 또는 어두운 시간대가 되는 경우가 많다. 여기서 '달', '별'의 상상력은 '음'과 밤의 상징으로 여성성과 우주의 신비로움을 의미한다. "가슴엔 묵은설움 그대로/달마지 달마중을, 가쟈고!/달마중가쟈고 니웃집들!/山우헤水面에 달소슬째!"에서 보듯이 가슴에 담긴 묵은 설음은 "모작별삼성이 쩌러질째" 함께 떨어낼 수 있을 것이다. 이때 달은 지상에 생명을 잇대고 있는 모든 것들을 부드럽게 쓰다듬어 줄 수 있는 모성적 사랑과 연관되며, 나아가 기다림, 그리움, 외로움, 그리움의 정조를 상징하는 여성성이 전제되어 있다.

---

90) 시베리아의 Beltiren, Sagajer, Karginer 족들도 사자(死者)에게 최상의 옷을 입히고, 장화를 신기며 저승의 고인 영혼이 기행(騎行)할 수 있도록 묘전(墓前)에 사자를 잡아 희생으로 잡아 바치는 관습이 있다. 김태곤, 「황천무가의 사상성고」, 『민족문화연구』 2집(고려대 민족문화연구소, 1966), 156쪽 재인용.

① 즘생은 모를는지 고향인지라

　사람은 못닛는것 고향입니다

　생시에는 생각도 아니하는것

　잠들면 어느덧 고향입니다

　조상님 쎠가서 뭇친곳이라

　송아지 동무들과 놀든곳이라

　그래서 그런지도 모르지마는

　아아 쑴에서는 항상 고향입니다

　봄이면 곳곳이 山새소래

　진달래 花草 滿發하고

　가을이면 골쟈구니 물드는丹楓

　흐르는 샘물우에 쎠나린다

—「故鄕」 부분[91]

② 엄마야 누나야 江邊살자

　쓸에는 반짝는 금모래빗

　뒷門박게는 갈닢의노래

　엄마야 누나야 江邊살자

—「엄마야 누나야」 부분[92]

　조국상실은 고향상실과, 가족상실로 연결되고 '님'의 부재와 동일한 의미
의 범주를 형성하고 있다. 시인의 시에서 '불귀'와 '회귀의식'은 화두처럼 존

---

91)　김소월, 『三千里』 56호(1934.11), 205~207쪽. 『김소월 전집』, 261~263쪽.

92)　김소월, 『開闢』(1922. 1). 『김소월 전집』, 206쪽.

재한다.[93] '불귀'를 극복하는 데 있어서 제의와 주술 그리고 의식행위는 그 내부의 충족을 향한 갈망과 동경의 대안이 된다. 이 점은 원시문명에 대한 골격을 형성하고 있다. 또 회귀의식은 근대라는 일상 속에서 태초의 위대하고 보다 더 적절한 진실의 지표를 지향하고 있다. 공동체와 문학의 형식 가운데 신화형성력이 미치는 영향을 프라이(N. Frye)는 이렇게 설명한다.

> 실생활은 하나의 공동체를 형성하지만, 문학도 또한 무엇보다 전달의 형식이니까 하나의 공동체를 형성하는 것이다. 실생활 속에는 우리는 매일 밤 개인적인 자기만이 의식하는 세계에 잠입하여 거기서 개인적인 자기만의 상상력에 의해서 세계를 재형성한다. 문학의 하층부에는 또 하나 다른 종류의 의식 하에 세계가 있는데, 그것은 사회적이지 개인적인 것이 아니다. 깃발처럼 어떤 종류의 상징을 중심으로 하고 혹은 질서와 안정, 생성과 변화, 죽음과 재생을 나타내는 바, 어떤 종류의 신들을 중심으로 해서 그 주변에 공동체를 형성하려고 하는 요구인 것이다. 그것은 인간정신이 지니고 있는 신화형성력(神話形成力)이며 문화를 다음에서 다음으로 형성하고 해체하는 힘인 것이다.[94]

어떤 종류의 신들을 중심으로 해서 그 주변에 공동체를 형성하려고 하는 것이 문학에서 요구하는 신화성이라 한다. 소월 시에서 보여주는 신화성 역시 공동체적 고향에서 그 징후가 확연히 증명된다. 현세의 고향은 자아의 근원이 향하는 곳뿐만 아니라, 과거의 조상신과 자연신이 가까이 기거하는 곳이기도 하다. 또한 가족과 즘생이, 송아지 동무들과 함께

---

93) 정우택, 『한국 근대 자유시의 이념과 형성』, 290쪽.
94) Northrop Frye, 김상일 역, 『신화문학론』(을유문화사, 1971), 106쪽.

생을 영위하는 공동체적인 공간으로 존재한다. 그곳은 자연의 순환성 가운데 "꽃피고 지는", "샘물 위에 떠나리는" 원시적인 공간이라 해도 좋을, 돌아가고 싶은 곳이다. 조상이 묻힌 고향을 그리워하는 것은 생명에 대한 근원적인 의식에 해당된다. 위 시는 고향공동체의 공간이 설화나 신화적으로 표현됨으로써 생명력을 유지하게끔 하는 것으로 발전되고 있다. 그것은 곧 개인적인 것에 국한되는 것이 아니라, 공동체 전체의 질서와 안정, 생성과 변화, 죽음과 재생을 영위해 가는 것으로 회귀의식과 불귀의식으로 이어진다.

②의 「엄마야 누나야」에서는 가족사적인 사랑의 문제가 나타난다. '엄마'는 모성적 이미지로써 인간이 신뢰할 수 있는 영혼의 고향이며, 시간이 정지된 신화의 장소이며 영원회귀의 요람이다.[95] 소월 시의 전체적인 주제는 '님'과 사랑이다. 사랑을 완결 짓게 하는 것은 언제나 '주술과 제의'의 형식으로 이루어지고 그 어법은 비교적 여성적인 어법과 무관하지 않다. 여성적 화자의 어법은 현실적 비극의 극복에 오랜 세월 인고하며, 변화시키고 노력하는 질긴 힘이 그 본성에 있음이다. 또한 우주와 자연에 있어서 생명의 시초가 되는 것은, 카오스적 공간이 되는데, 이때 존재의 근원으로서 원본을 생각한다면, 생명의 잉태와 연관되는 여성성은 곧 생명의 원본적 측면에서 이해할 수 있다.

"엄마야 누나야 江邊살자/쓸에는 반짝는 금모래빗엄마야 누나야 江邊살자"고 하는 데서 그 어법뿐만 아니리, 불러들이는 대상마저도 그러하

---

95) 김재홍, 「민중시의 원형, 민족시의 요람」, 『진달래꽃』(시와시학사, 1995), 185쪽.

다. '강변'과 '물'이 상징하는 것도 부드러움에 기인된 여성성을 암시하는 데 더욱 '누나'와 '엄마'가 어우러짐으로서 원초적인 자연성에 대한 그리움을 극대화시킨다. 소월의 시에 아니마적 경향은 우리 민족 전래적인 한의 정서가 사고의 중심에서 늘 소외되었던 대부분의 여성을 중심으로 형성되어온 것과 관련이 있다. 그것은 근대화로 이어지는 일제강점기의 혼란스러움과 대비되는 공간으로 인간에 의해 지배받지 않은 자연으로서 '친숙한 관계'로 남아 있기를 희구하는 장소이다.

강조하자면 소월 시에서 아니마적 요소는 절대적인 존재에 대한 경외와 함께 신비함을 불러일으킨다. 이 절대적 존재는 만물의 창조주이며, 생명 본원인 영원한 모성성에 연유되고, 이 심성이 한 개인의 정신세계 그것은 하나의 소우주로서 생명의 리듬감을 불어 넣어주는 것이다.[96] 또한 한 식민지 현실로 인해 자아 상실의 근원인 '조국'과 '부모'는 상실의 상징으로 나타나는데, 곧 보편적이면서 개인적인 상징인 '님'으로 형상화된다. 이렇게 소월 시세계는 주로 부재와 결핍을 전제로 '님'을 향한 사랑의 노래로 발현되어 왔다.

4) 민중적 사랑과 땅의 회귀의식

空中에 떠다니는
저기저새요
네몸에는 털이고 짓치잇지

---

96) 김대행, 「아니마적인 요소」, 『김소월』, 49쪽.

밧테는 밧곡석

논에 물베

눌하게 익어서 숙으러젓네!

楚山지나 狄踰嶺

넘어선다

짐실은 저나귀는 너왜넘늬?

— 「옷과 밥과 자유」 전문[97]

　유종호는 소월 시에 대해 민중·민족시인이나 저항시인으로 평가한다
는 것이 별 새로운 평가가 못 된다[98]는 의견을 피력하기도 했다. 한편 소
월 시가 현실인식과 주제적인 면에 있어서 확연하게 현실상황과 대립적
인 면이 드러나지 않는다는 것은 비판과 아쉬움의 대상이 되기도 했다.
그러나 소월은 식민지 현실 속에서 고통 받는 농민들의 생활을 생생하게
그려낸 다수의 시를 창작하였다.[99] 정한모는 우리의 시가 형식주의나 내
용 편중주의가 불식되지 못하고, 주제 강조에 지나친 해석에 치우친 경우
가 많다고 하였다.[100] 현대의 시는 그것이 비록 시인 자신 생활의 한 단편
을 노래한 것이라고 할지라도 항상 그 배후에는 현대인들이 처해 있는 역
사적, 혹은 비극적인 정황이 내장되어 있으므로, 그 서정은 개인적인 동

---

97)　김소월, 『동아일보』(1925. 1. 1). 『김소월 전집』, 369쪽. 이 시는 미수록 작품으로 1925년
　　『동아일보』에 발표한 것과 1928년에 표기와 차이가 있다. "네몸에는 털잇고 짓이 잇지"
　　는 원래 "네몸에는 털이고 것이잇지"로 표기되어 있다.

98)　유종호, 「임과 집과 길」, 113쪽.

99)　정우택, 『한국 근대 자유시의 이념과 형성』, 50쪽.

100)　정한모, 『현대시론』, 76쪽.

시에 개인을 넘어서서 절박한 인간적인, 사회적인 공감을 표현하고 있는
것이다.

　김태곤의 논의에 따른다면 역사의 주체인 자아는 민간·서민·기층민
으로 동일한 문화권의 생활양식을 가진 공동체로 동일한 민속의 범위가
된다. 이들이 공유한 민속문화의 원형은 없어지거나 변화하는 것이 아니
라 그때 그때 필요한 모양으로 변형되어 나타난다.

> 　민속의 본질은 현재의 기층과 문화권이 어떻게 연관되어 있느냐에 따라 보
> 다 높은 의미를 가질 수가 있다. 이러한 관점만이 아니라, 동시에 변화해 가
> 는 현대 사회에 있어서 민중의식의 변화나 혹은 계층적인 변화에까지 시각이
> 가야 하며 민중의식과 민중생활 환경의 변화에 대해서도 관심을 가져야 한
> 다.[101]

　소월은 한 시대의 비극적인 상황을 직접적이고 구호적인 언어로 표출
하기보다는 절박한 민족의 슬픔과 정한을 전통서정의 형식을 통해서 노
래한다. 무엇보다도 전통서정을 구현하기 위해서는 민중의 공유된 정서
인 슬픔의 보편성을 획득하는 것이 중요하기 때문이다.

　위의 시는 "空中에 써다니는" 새를 통해서 고향 상실의 절망과 조국의
비극적인 상황을 적절하게 형상화하고 있다. "네몸에는 털이고 것치잇지"
에서 보듯 새는 털이 있고, 옷이 있으므로, 오히려 자유와 옷을 가진 새의
존재에 대한 부러움을 드러낸다.

---

101) 김태곤, 「민속학의 대상」, 『한국민속학원론』, 173쪽.

그런데 논밭 역시 우리의 것이 아니기 때문에 시적 화자는 새처럼 떠나고 싶지만 떠날 수 없는 현실인 것이다.[102] 민족적 차원의 상실감의 정서는 서사적 진술에 의지하지 않고 서정적 호소와 독백으로 이어진다. 절제된 탄식과 연민이 깃들어 있으며, 직접 주제의식인 옷과 밥과 자유는 이야기하지 않으면서도 궁극적으로 민중의 보편적인 결핍과 상실의식을 선연히 드러낸다.

소월에게 개인의 상실과 시대의 상실은 동일선상에 있으며, 상실의 모습은 이러한 맥락 "가족 상실−고향 상실−조국 상실−민족 상실−님 상실"의 연관성을 지닌다. 여기서 '님' 상실은 가족 상실에서부터 조국과 민족 상실을 포함한 것이 된다. 결국 개인과 공동체의 관계망에서 시인으로서의 소월은 민족과 민중이 숨 쉬는 땅과 사랑을 위하여 헌신하듯, 그의 노래는 제의로써 귀결되는 것이다.

> 나는 쑴꾸엿노라, 동무들과내가 가즈란히
> 벌싸의하로일을 다맛추고
> 夕陽에 마을로 도라오는쑴을
> 즐거이, 쑴가운데,

---

102) 김재홍은 소월의 시가 가장 한국적인 감수성과 서정성으로 인하여 '사랑이 정한'의 시인으로 고착화되어 온 것을 밝히며 사실 소월이 민중적인 면과 현실인식에 대한 관점을 확고히 하고 있다는 점을 분명히 한다 「밧고랑 위에서」, 「임과 집과 길」, 「바라건대는 우리에게우리의 보섭대일쌍이 잇섯더면」의 시편뿐 아니라, 다른 시에서도 험난한 역사의 현실 속에서 삶의 어려움을 참고 견디려는 초극의 정신이 자리 잡고 있음을 중요시하면서 소월 시에 대한 민중성을 입증하고 있다. 김재홍, 「한국 현대시와 민중의식의 전개」, 『현대시와 역사의식』(인하대 출판부, 1988), 81쪽 참조.

그러나 집일흔 내몸이어

바라건대는 우리에게 우리의보섭대일쌍이 잇섯드면!

이처럼 써도르랴, 아츰에점을손에

새라새롭은 歎息을 어드면서.

東이랴 南北이랴

내몸은 써가나니, 볼지어다,

希望의반싹임은 별빗치아득임은

물결쑌 써올나라, 가슴에 팔다리에

그러나 엇지면 황송한이心情을 날로 나날이 내입페는

자츳가느른길이 니어가라, 나는 나아가리라

한거름, 쏘한거름, 보이는山비탈에

은새벽 동무들 저저혼자⋯山耕을김매이는

　　　　　　— 「바라건대는 우리에게우리의 보섭대일쌍이 잇섯더면」 전문[103]

시인[104]이란 생의 조건으로부터 도피하지 않고 생의 조건을 극복하고 승화하려는 존재이다. 일제의 수탈에 의해 농토마저 상실한 지경에 빠진 상황에서 민중들 사이의 주권과 사랑을 회복하려면 도피도, 방관도 할 수 없는 것이 시인의 몫이다. 그러한 측면에서 위 시는 시인이 처한 현실인

---

103) 『김소월 전집』, 132쪽.

104) 시인은 어떤 위험을 방관하거나 그것으로부터 도피할 수는 없다. 왜냐하면 생으로부터 도피하는 것은 그들이 원하는 바도 아니며 설사 도피하더라도 그것은 살아 있으면서 죽음의 상태에 빠지는 것이다. 이 불균형을 어떻게 해서든지 파괴로부터 구출하기 위해서라도 시인은 사랑의 출발점으로 하여 무엇보다도 먼저 인간과 인간 사이의 산 접촉을 회복하여야 하며, 아울러 현대사회의 바람직한 재창조에 힘써야 한다는 것이 루이스의 주장이다. 정한모, 「현대시의 특질」, 『현대시론』, 33쪽 참조.

식을 직접적으로 드러낸다. 집과 경작할 토지를 잃고 동서남북으로 탄식하며 유랑의 처지에 놓인 민중의 비애에서부터 출발한 것이다. "希望의 반짝임"을 향해 "자츳가느른길이 니어가라"에서 확인되듯이 척박한 현실에 머무르지 않고 앞으로 나아가고자 하는 의지를 표출하고 있다. 시적 자아는 '우리', '동무'의 공동체적인 자아로서, 노동의 현장을 통해서 "보섭대일 땅은 남의 땅"이라는 것에 그가 꿈꾸던 낭만적 동경과 환상이 무너지는 심정을 토해낼 수밖에 없다. 위 시뿐만 아니라, 「밧고랑우헤서」, 「봄」, 「옷과 밥과 자유」, 「남의 나라땅」 등 여러 시에서 '집 잃은자', '땅 빼앗긴자'로서의 당대 민족의 불행한 현실에 대한 시대인식과 함께, 강한 저항의지를 담고 있다. 이로 미루어 소월 시의 애상이 개인적인 상실에만 연유되는 것은 아닐 수 있다.[105]

> 1연 - 꿈꾸었노라 즐거운 노동에서 돌아오는 꿈
> 2연 - 집일흔, 보섭대일쌍이 잇섯드면
> 3연 - 동이랴 남북에서 써도는 몸
> 4연 - 그러나, 자츳 가느런길이 니어가라, 나는 나아가리라

「바라건대는 우리에게우리의 보섭대일쌍이 잇섯더면」에서 나타나는 노동의지는 땅에 대한 예속이 아니라, "벌까의하로일을 다맛추고/夕陽에 마을로 도라오는쑴을" 꾸는 행위로서 땅에 대한 신싱함에서 연유된다. 이렇게 4연으로 구성된 시에서 1연은 땅과 노동에 대한 이상향을 부각시킨다.

---

105) 김재홍, 「소월 김정식」, 『현대시와 역사의식』, 51쪽.

2연에서는 현실적으로 그것이 우리의 땅이 아니라, 남에게 빼앗긴 현실에 대한 탄식을 하게 된다. 3연에서는 땅을 빼앗긴 자로서 유랑민으로 떠도는 비참한 상실감이 고조된다. 그러나 마지막 4연에서 예감하건데, "한거름, 또 한거름 보이는 산비탈에/온새벽, 동무들 저저 혼자……山耕에 김매이는" 그 모습을 보면서 먼 미래의 다가올 희망의 단초를 "자츳가느른길이 니어가라 나는 나아가리라"에서처럼 확신하기에 이른다. 민족과 민중에게 땅은 먹이이고 주권과 혼을 상징하지만, 시인에게는 땅은 정신과 현존재를 상기시키는 곳이다. 이것을 다 상실한 사실은 개인이나 민족에게 있어서 존재의 모상(模像)을 잃어버린 위험한 상황이다.

상실되기 이전의 '땅'은 알려지지 않은 것, 즉 원초적이고 분화되지 않은 채로 남아[106] 있던 것이었다. 이러한 '친숙성의 관계'는 '보섭'이라는 매개를 통해 가까스로 일체화를 이루기를 원한다. 시적 자아는 '보섭'을 통해서 "山耕을김매이는" 신성한 노동과 사랑을 주고 받는 대지의 참 주인으로서 존재하기를 꿈꾼다. 이 상태는 민족과 국가공동체의 과거와 현재 및 미래 사이에 단절이 아니라, 끊임없는 사랑이 지속 가능한 것[107]의 의지이다. 지속의 과정을 보여주는 인식틀은 원본사고의 순환성, 현실과 카오스라는 분화되지 않은 통합적 인식이다. '자연/인간', '과거/현재', '사

---

106) 아도르노는 『계몽의 변증법』에서 인간과 자연을 '친숙성의 관계'로 설명하면서 그것은 대립되는 정신적인 실체가 아니라, 뒤엉킨 '자연전체'라고 한다. 이는 베르그송의 일원적/통합적인 것과 같은 접근법이고, 김태곤의 원본사고, 미분적 사고도 이와 같은 인식이다. T. W. Adorno · Max Horkheimer, 『계몽의 변증법』, 39쪽 참조.

107) 이문재, 「김소월 · 백석 시의 시간과 공간의식 연구」, 99쪽.

물/자아'는 분리되지 않고 '친숙성의 관계'로 맺어질 수 있다. 즉 소월의 시적 자아는 자연 상징이라는 매개를 통하여 현실의 비극을 극복하고 부단한 생성의 상태에 이르고자 했던 것으로 보인다. 그것은 곧 민간신앙에서 보여주는 무(巫)적인 행위로 가능한 것인데, 시인의 시적 행위는 우주 속에서 살아 발전하는 자아로서 신성한 언어의 창조적 행위를 통하여 진정한 전통의 계승적 차원에 놓이게 된다.

제4장

백석 시의 민속 수용과 변용 양상

1. 감각과 전통지향성

1) 감각의 다양성과 활용과정

백석 시의 기저가 되는 것은 우리 민족의 토속적인 삶의 지속성과 영원성이다.[1] 그는 대부분 유년의 기억을 회상함으로써, 고통스러운 삶 속에서 전통적 삶을 재발견하게끔 해주고 있다.[2] 지나간 과거의 시공간을 드러내어서 시적으로 형상화하는 것은 현실이 한결같이 혼란스럽고 불행한 상황에 놓여 있었기 때문이다. 이때 감각의 구체적인 재현을 통해서 독자

---

1) 백석의 시세계를 하나의 틀이나 한정된 논리에 맞추어서 해석한다는 것은 상당한 오류를 범할 수 있다는 것을 염두에 둬야 한다. 그러한 염두 아래에서 백석 연구를 살펴보면 시인이 활동한 시대를 시적인 배경으로 삼고, 그 배경과 시의 내용을 관계 지어서 분석하는 경우가 많았다. 이때, 백석의 시는 민족공동체에 대한 근원적인 물음을 제기하고 있게 된다. 본고에서는 그 근원적인 물음을 민속성의 관점에서 고찰하고자 한다.
2) 박윤우, 「백석 시에 있어서 고향의식과 근대성의 관계양상 연구」, 127쪽.

로 하여금 선대가 누리던 원초적이고 근원적인 삶의 원형을 생생하게 체
험하게 만든다.

> 인간이 경험을 통해 실증할 수 있는 현실계는 인간에 의해 없앨 수도, 또
> 새로 만들어 바꿀 수도 없는 부동의 것이다. 그런데도 이런 부동의 현실을 없
> 애고, 다시 만들려는 재생적 순환은 경험적이어서 실증될 수 있는 물리적 공
> 간과 시간을 초월한 인간의 상상에 의한 것이 된다.[3]

인간은 상상을 통해 실제의 현실을 바꾸어 놓고 싶어 하지만 현실계는
인간에 의해서 변할 수 없는 부동의 것이다. 그러나 민간신앙에서는 제
의와 토속신을 통해서 그러한 문제의 실마리를 찾을 수 있는 것으로 믿는
것이다. 시의 세계에서도 시인은 기억 속에 내재되어 있는 경험의 원형
적 공간을 다양한 이미지와 상징으로 재현할 때, 그 원형은 재생적 순간
에 들 수가 있다. 그것은 어린 시절 본능적으로 빠져들던 환상의 세계 또
는 미신적인 세계에 대한 호기심과 두려움을 다양한 감각을 통해서 표출
하기에 이른다. 이는 과거적 상상력을 일깨워주는 촉매로 공감각적 심상
들이 활용됨으로써 생명 감각을 더욱 생생하게 불러일으키게 된다.

감각은 12연기법에서는 육입처, 즉 눈, 귀, 코, 혀, 몸은 마음으로 서로
연관되어 있다. 눈으로 현상을 보고, 귀로 세상의 소리를 듣고, 코로 온갖
냄새를 맡게 되고, 혀로 맛을 보고, 몸으로 접촉을 느낀다. 외부로부터 오
는 감각들은 대개 의식적으로 지각하려고 노력하지 않아도 정신에게 수

---

3) 김태곤, 『한국 민간신앙 연구』, 316쪽.

용된다. 즉 외부의 환경인 객관을 주관적인 감각기관에 의해서 자연스럽게 받아들이고 서로 영향을 주는 것으로 연기법으로 설명되어진다.[4)]

12연기법의 측면에서 보자면 시각, 청각, 후각에서부터 맛을 향유하고 몸으로 접촉을 느끼는 것까지가 외부에 의한 과정이고, 그 다음에는 마음으로 생각을 분별하는 동시에 감각 자체를 주관적으로 지각해야 하는 과정에 있다. 그러나 백석의 경우 그 기억을 대체적으로 있는 그대로 나타내려고 하는 객관적인 묘사에 치중하고 있다. 베르그송(H. Bergson)은 기억의 개념을 의식화하지 않은 상태를 '순수지각'이라고 한다. 이러한 '순수지각'은 기억이 어떤 지각의 몸체를 빌림으로써만 다시 현재적이 된다.[5)] 이때 그 몸체로 표현되는 '어떤 지각의 몸체'는 이성적이 아닌 직관에 의한 표현을 의미하는 것이다. 백석은 원초적 세계에 대한 '순수기억'으로 과거를 생생하게 재현하고자 하고, 그 풍경의 '순수기억'은 현재의 직관적 사유, 즉 '순수지각'이 협동함으로써 현재 속에 새로운 정경으로 되살아나게 된다.

---

4) 감각기관을 12연기법에서는 육입처(六入處)와 촉(觸)의 의미로 설명되어진다. 여섯 가지 감각기관은 눈, 귀, 코, 혀, 몸, 마음이다. 사람들은 눈으로 물질을 보고 귀로 소리를 들으며 코로 냄새를 맡고 혀로 맛을 향유하며 몸으로 접촉을 느낀다. 마음으로는 생각을 분별하고 눈, 귀, 코, 혀, 몸 자체를 지각한다. 불교에서는 이러한 것들이 서로 다르게 작용하는 것이 아니라, 서로 서로 연관이 되어 있다는 것을 연기법으로 설명한다. 본고에서는 연기법을 감각기관을 통해 시공간의 지속성의 매개로 활용하고 있는 것으로 본다. 신병삼,『불교신문』(2011. 6. 9) 참조.

5) H. Bergson,「표상을 위한 이미지들의 선택」, 박종원 역,『물질과 기억』(아카넷, 2005), 115~119쪽.

봄첨날 한종일내 노곤하니 벌불 작난을 한날 밤이면 으레히 싸게동당을 지나는데 잘망하니 누어 싸는 오줌이 넙적다리를 흐르는 따끈따끈한 맛 자리에 평하니 괴이는 척척한 맛

첫 녀름 일은저녁을 해 치우고 인간들이 모두 터앞에 나와서 물외포기에 당콩포기에 오줌을 주는때 터앞에 밭마당에 샛길에 떠도는 오줌의 매캐한 재릿한 내음새

긴긴 겨울밤 인간들이 모두 한잠이 들은 재밤중에 나혼자 일어나서 머리말 쥐발같은 새끼오강에 한없이 누는 잘매럽던 오줌의 사르릉 쪼로록하는 소리

그리고 또 엄매의 말엔 내가 아직 굳은 밥을 모르던 때 살갗 퍼런 망내 고무가 잘도 받어 세수를 하였다는 내 오줌빛은 이슬같이 샛맑앟기도 샛맑았다는 것이다.

—「童尿賦」 전문[6]

위 시의 첫 연은 하루 종일 들불놀이로 피곤한 화자가 잠에 들었다가 자신도 모르게 오줌을 싸는 기억에 대해 서술하고 있다. 여기에는 "넓적 다리를 흐르는 따끈따끈한 맛 자리에 평하니 괴이는 칙칙한 맛"이라는 촉 각적인 이미지가 제시된다. 오줌싸개의 추억이 직접적인 감각으로 되살 아나면서 감각적인 그리움을 환기[7]해 준다. 다음 연에서는 "이른 저녁을 먹고 모두 터 앞에 나와서, 오이포기, 당콩포기에 오줌을 누는데 샛길에

---

6) 백석, 『문장』 1권 5호(1939. 6). 『원본 백석 시집』, 163쪽.
7) 김재홍, 『한국현대시인 연구(2)』, 344쪽.

떠도는 오줌의 매캐한 재릿한 내음새"라는 섬세한 후각의 세계를 표현하
고 있다.

　우리 농촌에서는 거름으로 사람의 몸에서 나온 것을 사용했다. 화자는
그런 냄새에 대한 거부감보다도 그 냄새의 순수한 기억을 표현함으로써
정겨운 사람살이의 모습을 띤다. 세 번째 연에서는 캄캄한 밤중에 일어
나서 오줌을 누는 사람들의 '사르릉 쪼르륵' 하는 소리의 생생함을 표현
하고 있다. 이것은 청각적 감각인데 적막한 밤중의 분위기를 깨운다. 네
번째 연에서는 어리디어린 화자의 오줌을 받아서 살갗이 퍼런 고모가 세
수를 하였다는 사실을 그대로 서술하고 있다. 이 내용은 어머니로부터
전해들은 것인데, 오래 전부터 우리 민간인들 속에 퍼져 있는 습속이다.
어린아이의 오줌은 약이 된다는 것은 속설이 있는데, 그것이 새로운 생
명 재생을 위한 거름의 역할을 한다는 사실에 근거한 것이다. 이처럼 위
의 시는 어린 시절의 순수한 기억을 회상하는 데 있어서 후각, 촉각, 시
각, 청각의 여러 공감각적인 심상을 통해서 민간인들 삶의 모습을 생생
하게 그려낸다.

　　　갈부던같은 藥水터의 산거리
　　　旅人宿이 다레나무지팽이와같이 많다
　　　시내ㅅ물이 버러지소리를하며 흐르고
　　　대낮이라도 山옆에서는
　　　승냥이가 개울물 흐르듯 운다

　　　소와말은 도로 山으로 돌아갔다
　　　염소만이 아직 된비가오면 山개울에놓인다리를건너 人家근처로 뛰여온다

벼랑탁의 어두운 그늘에 아츰이면
부헝이가 무거웁게 날러온다
낮이되면 더무거웁게 날러가버린다

山넘어十五里서 나무뎅치차고 싸리신신고 山비에촉촉이 젖어서 藥물을
받으러오는 山아이도 있다

아비가 앓른가부다
다래먹고 앓른가부다

아래ㅅ마을에서는 애기무당이 작두를타며 굿을하는때가 많다

─「山地」 전문[8]

위의 시는 "시냇물이 버러지 소리를 하며 흐르고"와 "대낮이라도 승냥이가 시냇물 흐르듯 운다"라는 청각적인 이미지로 적막한 산의 정경을 생생하게 제시한다. 또한 "부헝이가 무거웁게 날아간다"라는 구절은 공감각적인 느낌을 자아내고, 이 시의 주인공인 "산아이가 산비에 촉촉이 젖어서"라는 구절에서는 촉각을 드러냄으로써 산아이의 측은하고 애틋한 심상을 확연히 떠오르게 한다. 아비가 아프다든가, 누구 아픈 이를 위하여 약물을 받으러 적막한 산을 왔다가는 그 모습은 문명이 아직 닿지 않는 원초적 공간의 원형성이 드러난다. "아래ㅅ마을에서는 애기무당이 작두를타며 굿을하는때가 많다"라는 구절은 굿소리가 끊이지 않을 만큼, 우리

---

8) 백석, 『조광』 1권 1호(1935. 11), 『원본 백석 시집』, 110쪽. 시집 『사슴』에는 「三防」으로 개작 후 수록.

네 삶이 고달팠고, 그 고달픔을 굿을 통해서 해결하고 구원을 얻고자 했
던 과거 민간의 풍습을 재현하는 것이다. 더 나아가 '굿소리'라는 청각적
인 감각을 통해서 무속의 정경을 확대한다. '굿소리'의 청각적인 이미지
는 무서움, 두려움을 각인시키는 효과를 낳는 한편 신비스러움과 함께 미
적 긴장이 유지된다.

백석의 시를 감각별로 구별해보면, 분단 이전 발표한 시 98편 가운데,
청각 68편, 촉각 26편, 미각 23편, 후각 18편 순으로 나타났으며[9] 시각
은 전체 묘사에 동원되고 있다. 이 감각의 기능을 서로 비교해 보면 시각
이 국부적인데 반해 청각은 전면적이어서 청각의 편재성은 주체나 객체
에 대해 기학적으로 표현되는 평면 도법보다 훨씬 광범위하게 사용되고
있다. 이러한 의미에서 보면 청각은 보편적인 힘을 획득하려는 데 있어서
거의 신과 같은 힘을 갖는다. 시각적인 것은 개별적이나 청각적인 것은
총체적[10]인 것으로 볼 수도 있다. 백석 시의 감각기관은 다양하게 사용되
어지지만 유독 청각으로 집중되어 있다. 예를 들면 그의 시집 『사슴』에 수
록된 시 가운데 청각으로 이루어진 부분을 발췌하면 다음과 같다.

① 산넘어 마을서 도야지를 잃는밤 즘생을쫓는 깽제미소리가 무서웁게 들려
　　오는 집 —「가즈랑집」부분
② 소를잡어먹는노나리군들이 도적놈들같이 쿵쿵걸어다닌디 —「古夜」부분
③ 아베는행길을향해서 크다란소리로 매지야 오나라/ 매지야 오나리 —「오

9) 이문재, 「김소월 · 백석 시의 시간과 공간의식 연구」, 154쪽.
10) 위의 글, 155쪽.

리 망아지 토끼」 부분

④ 벌개늪역에서 바리깨를뚜드리는 쇠ㅅ소리가나면 ―「오금덩이라는곧」 부분

⑤ 여우가 주둥이를향하고 우는집에서는 ―「오금덩이라는곧」 부분

⑥ 복도에서는 배창에 고기떨어지는 소리가들렸다 ―「柿崎의 바다」 부분

⑦ 헌집심지에 아즈까리기름의 쪼는소리가 들리는듯하다 ―「定住城」 부분

⑧ 밤나무 머루넝쿨속에 키질하는 소리만이들린다 ―「彰義門外」 부분

⑨ 마을에서는 삼굿을하는 날/건넌마을서사람이 물에빠져죽었다는소문이왔다 ―「여우난곬族」 부분

⑩ 시냇물이 버러지 소리를하며 흐르고/승냥이가 개울물 흐르듯 웄다 ―「山地」 부분

청각은 발화자를 통해서 대상에게 전달되는 소리의 감각이다. 이때 청각은 시각 또는 후각, 미각과는 달리 뜻을 전달하고 또 정신을 일깨우는 측면에서 언어의 주술성과 밀접한 관계에 있다. "산넘어 마을서 도야지를 잃는밤 즘생을쫓는 깽제미소리가 무서웁게 들려오는 집"(「가즈랑집」)의 구절은 할머니가 사는 '가즈랑집'에 대한 비의를 나타내면서 시의 도입부를 이루고 있다. 멀리서 들려오는 '깽제미' 소리는 어린아이의 느낌으로 세상에 대한 공포와 두려움이 더 큰 울림으로 확대된다. 인간은 늘 언젠가 닥쳐올 불의에 대한 불안감이 있으며, 누구에겐가 그 불안을 위로받고 그것을 지켜주는 절대자를 필요로 한다. 가즈랑집 할머니는 마을을 지켜주고 신을 회유함으로써 사람들에게 닥쳐올 재앙을 막아주는 데 헌신적이다. 근대화[11]가 되어가는 공간을 살아가는 민간이나 민중의 삶에서 절

실한 것은, 근대화가 가져다주는 문명의 밝음과 권력이 아니다. 비록 가족도 없고, 힘이 없지만, 가까이 신의 딸이라고 불리우는 '가즈랑 할머니'로부터 위로를 받을 수 있는 그러한 모습은 마법적 삶의 원형을 전해주는 동시에 토속적인 삶의 원형을 의미한다.

이렇듯 백석이 기억을 통해서 드러내는 토속의 감각은 정신과 사물 간의 직접적 접촉을 의미한다. 이 '순수지각'은 경험된 일을 여러 감각을 통해 불러냄으로서 직접적이고 생생한 어떤 것을 독자에게 전달하고자 하는 것이기 때문이다.[12] 그 의미는 시적 자아가 가능한 지시 작용을 행하고자 할 때 혹은 더 나아가 그 작용의 조건들을 생각하고자 할 때 이미 들어가 있는 원과 같다.[13] 자신이 경험한 세계의 주관적인 감정을 배제한 '순수한 기억'의 상태를 단지 '순수지각'으로 표현할 때 시적 자아가 의도하지 않더라도 단번에 그 의미는 자리 잡는다. 즉 여러 감각기관의 경험과 기억을 통해서 생생히 전달해 주고 있는 이러한 시적 행위는 정신과 사물 간의 찰나적 접촉에서의 의미를 상기시키는 것이다.

하는 미학을 실현해 갔다고 보는 견해가 있는데, 이숭원은 백석 시에서 근대적인 것과는 다른 반대쪽에 시인의 시선이 머물고 있음을 발견된다고 말한다. 즉 외면하려했던 '근대성'이 오히려 백석 시를 평가하는 준거로 등징하는 아이러니를 이들 연구에서 목도하게 된나는 것이다. 이것은 근대적인 것과 전근대적인 것 사이의 대립적 상황에 놓인 것으로 보인다. 이숭원, 「백석 시에 나타난 자아와 대상의 관계」, 212쪽 참조.

12) 이문재, 「T. S. 엘리엇 시학의 베르그송 다시 읽기」, 99쪽.

13) Gilles Deleuze, 이정우 역, 『의미의 논리』(한길사, 1999), 88쪽.

2) 음식의 체험과 순환적 의미

백석의 고향세계는 모든 이데올로기적 권력, 즉 국가나 민족의 이념이
나 권력의 체계가 문제되지 않은 곳에 펼쳐져 있다는 지적을 염두에 둘
필요가 있다.[14] 그러나 그의 시는 근대 혹은 근대적인 것에 대한 반성적
전거[15]로서 원초적 감성의 지대에 눈을 돌리는 계기가 되기도 했다. 풍속
이나 습속의 재현을 감각으로 형상화하는 창작행위가 근대 비판의 자장
을 형성하게 된다.

백석은 우리 고유어의 정조와 목소리를 바탕으로 근대 자유시의 한 전
범을 이룬 시인이다. 그가 다양한 모국어의 다양한 감각적 기능을 통해
우리에게 보여준 시적 세목과 기억들은 매우 중요한 근대 비판의 세계를
견지하고 있다.[16] 음식에 대한 묘사 역시, 과거의 세계관과 근대적 세계관
이 마주치는 소용돌이 속에서 서로 다른 대상 존재 및 시공간을 연결하는
매개물로 등장한다.[17] 음식은 그 자체로 영혼을 지닌 인격적 존재 혹은 신
성한 대상으로 표현되기도 한다. 백석이 이렇게 먹거리와 맛을 드러내는
이유를 대략 몇 가지로 요약해 볼 수 있다. 첫째는 궁핍과 갈등의 시대에

---

14) 한계전, 「1930년대 시에 나타난 고향 이미지에 관한 연구—백석, 오장환, 이용악을 중심
    으로」, 『한국문화』 16호(서울대 한국문화연구소, 1995.12), 85쪽.

15) 유성호, 「백석 시의 세 가지 경향」, 8쪽.

16) 위의 글, 8쪽.

17) 백석의 시에서 음식의 관한 시는 해방 이전의 시 95편 가량 되는데 그중 68편이나 되는
    작품에서 음식이 나타난다. 소래섭, 「백석 시에 나타난 음식의 의미연구」(서울대 대학원
    박사학위논문, 2008), 18쪽.

서 낙원의식의 반영을 위함이고, 둘째는 공동체를 이어주는 사랑의 매개

체 또는 생명의 순환적 인식을 나타내기 위함이다. 셋째는 근대적 공간에

서 민속 · 민족의 재생과 고전과 전통의 가치화를 위함이고, 넷째는 생명

유지를 위한 본능적인 갈망에서부터 신성성을 표현하기 위한 것으로 파

악할 수 있다.

근대화가 막 시작된 그 시대에 유독 먹거리에 대한 향수를 떠올리는 것

은 먹거리가 삶 가운데 육체와 정신의 근원을 이루는 자양분이기 때문일

것이다. 특히 어린 시절 '순수한 기억'으로 남아있는 맛은 대부분 제의나

신에게 올리는 음식이거나 또는 고방에 숨겨진 음식에서 연유한다. 또한

음식을 매개로 서로 사랑을 나누고 맛을 공유함으로써 혈육과 민족의 동

질감과 일체감을 확인할 수 있다. 대지와 하늘은 음식을 양생하기 위해

부지런히 순환적인 운동을 하고, 그 자연이 길러낸 음식을 먹음으로써 인

간들은 일상을 영위할 수 있다. 음식이 만물의 근원과 생명의 순환적 매

개가 되기 때문이다. 그러나 영양만을 위한 수단이 아니라, 어떤 영적인

기운을 지닌 존재로 표현된다.[18] 음식은 현재와 과거 일상적 과거와 초월

적 세계 등과 같은 이질적 시간 사이에 매개적 역할을 한다. 맛을 통해서

어린 시절의 삶이나 과거의 역사를 회상하기도 하고 삶과 죽음의 세계를

연결하기도 한다.[19]

백석은 자신의 시를 통해 음식의 개성을 여러 각도로 묘사하는데, 때로

---

18) Sainte Beuve, 심우성 역, 『민속학개론』(대광문화사, 1985), 187쪽.

19) 임재욱, 「백석 시에 수용된 한국 고전시가의 전통」, 『고전문학연구』 39집(한국고전문학
     회, 2011), 79쪽.

는 원초적이고 본능적인 것이며, 때로는 신비스럽고 쓸쓸한 모양으로 묘
사된다. "아이들은 물코를 흘리며 무감자를 먹었다"(「초동일」)라든가 "아
이들은 개구리의 뒤ㅅ다리를 구워먹었다"(「夏畓」)에서는 근원적인 허기
의식과 궁핍의 일면을 드러낸다. 그런가 하면 "김치 가재미선 동침이가
유별히 맛나게 익는 밤"이 "익는다"(「개」)에서는 음식이 발효하는 시간성
과 함께, 성숙한 사람살이의 정경이 개 짖는 소리와 따스하게 어우러지기
도 하고 "신살구를 잘도먹드니 눈오는아츰/나어린안해는 첫아들을 낳었
다.", "그 마을의 외달은집에서도 산국을끄린다"(「寂境」)에서는 새로운 생
명을 잉태한 산모의 모습과 또한 그 생명이 세상에 태어난 것에 대한 평
화로운 정경을 '신살구'와 '산국'을 통해서 드러낸다. 또, "송이버슷의 내
음새가 났다"(「머루밤」)거나 "가지취의 내음새가났다"(「여승」)라는 구절
은 여승의 몸에서 풍기는 체취를 음식물의 냄새로 표현한 것인데, 이는
여승의 체취를 자연물의 냄새에 비유함으로써 한 인간으로서 때묻지 않
은 신선한 내면을 표상하고 있는 것이다.

> 낡은 나조반에 힌밥도 가재미도 나도나와앉어서
> 쓸쓸한 저녁을 맞는다
>
> 힌밥과 가재미와 나는
> 우리들은 그무슨이야기라도 다할것같다
> 우리들은 서로 믿없고 정답고 그리고 서로 좋구나
> (…중략…)
>
> 우리들은 모두 욕심이없어 히여졌다

착하디 착해서 세팟은 가시하나 손아귀하나 없다

너무나 정갈해서 이렇게 파리했다

우리들은 가난해도 서럽지않다

우리들은 외로워할 까닭도없다

그리고 누구하나 부럽지도않다

힌밥과 가재미와 나는

우리들이 같이 있으면

세상같은건 밖에나도 좋을것 같다

— 「膳友辭」 부분[20]

　"낡은 나조반에 힌밥도 가재미도 나도나와 앉아서 쓸쓸한 저녁을 맞는다"라는 구절로 시작된 위 시는 '힌밥'과 '가재미'에 자신의 심정을 나누는 친구[21]와도 같은 인격을 부여하며 그것들을 음식으로 취급하는 것이 아니라, 독특한 가치를 지닌 대상으로 대하고 있다. 음식은 먹기 위한 것이지만, 그는 음식이 갖는 근원을 추적하고 음식에 생명의 의미를 부여한다. 따라서 음식은 항상 변함없이 거기에 있거나, 때가 되면 어김없이 돌아오는 것으로 상정된다. 해서 도구적 가치나 교환적 가치를 지니지 않고

---

20) 백석, 『조광』 3권 10호(1937. 10). 『원본 백석 시집』, 130~131쪽.

21) 서양에서는 친구의 어원은 같은 빵을 먹는 사람이란 뜻이다. 샤머니즘에서는 인간과 동물이 서로 왕레힐 수 있는 유동적인 생명의 차원에서 전체성을 사고하며, 이러한 전체성은 인간과 동물이 공생한다는 현대 에콜로지의 전체성과는 구별된다고 말한다. 나카자와 신이치, 김옥희 역, 『곰에서 왕으로』(동아시아, 2003). 소래섭, 「백석 시에 나타난 음식의 의미연구」, 279쪽 재인용.

특수한 지속성과 순환성을 지니게 된다.[22] 또한 세계와의 불화와 외로움을 견뎌온 자신의 모습이 가재미로 치환되고 동일시되는데, 결국 "죄 없이 착하고 희고 순결한 것"으로서 음식은 시적 화자의 정신과 동일성을 이루는 동시에 세계를 이어주는 매개체가 된다.

시적 화자는 "흰밥과 가재미와 나는/우리들이 같이 있으면/세상 같은 건 밖에 나도 좋을 것 같다"라고 말하며 흰밥, 가재미가 시적 화자에게 왔음을 감사해 하는데 이것은 자연의 일부가 자신의 밥상까지 오게 된 그 과정 자체가 신성하다고 여긴다. 또한 "흰 밥과 가재미와 나는/우리들은 그 무슨 이야기라도 다 할 것 같다"라고 말하며 숙연한 식사의 정경을 재현해 낸다. 이런 만남을 이루게 해 준 소박한 자연 앞에 생명을 가진 자로서 담담히 감사함으로 받드는 것이다. 잠시 동안이지만 자연이 준 음식과의 지속적이고 순환적인 관계를 통해서 시적 화자의 존재 확인이 가능해진다. 음식은 일상 속에서 우리가 늘 별 의식 없이 먹는 것이지만, 백석은 음식의 가치를 구현해 내고 그것과의 미적 거리를 유지하면서 특별한 존재가치를 드러낸다. 따라서 삶의 위로를 받는 시적 상황은 일련의 신성한 제의와 의례적인 행위로 해석할 수도 있다. 이런 류의 지속과 순환성은 다음 시에서 좀 더 포괄적으로 드러나고 있다.

눈이 많이 와서
산엣새가 벌로 날여 멕이고
눈구덩이에 토끼가 더러 빠지기도하면

---

22) 위의 글, 283쪽.

마을에는 그무슨 반가운것이 오는가보다
한가한 애동들은 어둡도록 꿩사냥을 하고
가난한 엄매는 밤중에 김치가재미로 가고
마을을 구수한 즐거움에 차서 은근하니 흥성 흥성 들뜨게 하며
이것은 오는것이다
이것은 어늬 양지귀 혹은 능달쪽 외따른 산녑 은댕이 예데가리밭
에서
하로밤 뽀오햔 힌김속에 접시귀 소기름불이 뿌우현 부엌에
산멍에같은 분틀을 타고 오는것이다
이것은 아득한 녯날 한가하고 즐겁든 세월로 부터
실같은 봄비속을 타는듯한 녀름 볕속 지나서 들쿠레한 구시월
갈바람속을 지나서
대대로 나며 죽으며 죽으며 나며 하는 이 마을 사람들의 으젓한
마음을 지나서 텁텁한 꿈을 지나서
집웅에 마당에 우물든덩에 함박눈이 푹푹 싸히는 여늬 하로밤
아배앞에 그어린 아들앞에 아배앞에는 왕사발에 아들앞에는 새끼
사발에 그득히 살이워 오는것이다
이것은 그 곰의 잔등에 업혀서 길여났다는 먼 녯적 큰마니가
또 그 집등색이에 서서 자채기를 하면 산넘엣 마을까지 들렸다는
먼 녯적 큰 아바지가 오는것같이 오는것이다

아, 이 반가운것은 무엇인가
이 히수무레하고 부드럽고 수수하고 슴슴한것은 무엇인가
겨울밤 쩡 하니 닉은 동티미국을 좋아하ㄱ 얼얼한 댕추가루를 좋
아하고 싱싱한 산꿩의 고기를 좋아하고
그리고 담배내음의 탄수내음새 또 수육을 삶는 육수국 내음새 자
욱한 더북한 샅방 쩔쩔 끓는 아르굴을 좋아하는 이것은 무엇인가

이 조용한 마을과 이마을의 으젓한 사람들과 살틀하니 친한 것은
무엇인가
이 그지없이 枯淡하고 素朴한것은 무엇인가

— 「국수」 전문[23]

　　생성된 우주는 쇠퇴하고 소멸하지만 카오스적 세계에서의 소멸은 또 새로운 생성을 약속하게 된다. 끝없이 되풀이 되는 시간의 질서 속에 놓인 인간의 역사나 개인의 일상적 삶도 일종의 "우주적인 리듬"으로 구성된다고 말할 수 있을 것이다. 그런데 신의 세계에서 죽음과 재생은 자연의 순환적인 과정처럼 동일한 반복이 지속되지만 인간세계의 삶과 죽음은 그렇지 않다.[24] 그러니까 시간의 순환이 온전하려면 우리는 일상 너머의 초경험적인 세계를 불러와야만 한다. 그러므로 시간의 순환을 노래하는 백석의 시는 일상의 주기가 아니라 신화적인 주기로 설명되어져야 하는 것이다. 따라서 「국수」는 우주적 시간과 공간에서 신화적인 주기를 거느리고 우리에게 온다. 시에 나타나는 무수한 공간들, 이를테면 "눈구덩이에 토끼가 더러 빠지기도 하는 마을", "하로밤 뽀요한 흰김 속에 소기름불이 뿌우현 부엌", "어느 양지귀 혹은 능달쪽 외따른 산넙", "은댕이 예대가리밭", "조용한 마을"은 자연의 순환성과 우주의 주기를 거느리고 '국수'가 당도한 세계를 구체적으로 제시한 것이다. 게다가 「국수」는 아득한 "옛날 한가하고 즐겁든 세월로부터/실같은 봄비속을 타는 듯한 여름볕 속

---

23)　백석, 『문장』 26호(1941. 4), 『원본 백석 시집』, 188~190쪽.

24)　Northrop Frye, 『신화문학론』, 225쪽.

을 지나서 들쿠레한/구시월 갈바람을 속을 지나서/대대로 나며 죽으며 죽으며 나며 하는 이 마을 사람들의/으젓한 마음을 지나서 텁텁한 꿈을 지나서" 오는 것이다. 시간의 신화성을 거느리고 "히수무레하고 부드럽고 수수하고 심심한 것"으로 오는 국수의 맛은 마치 먼 옛적 큰아버지가 오는 것과도 같은 맛이다.

'가재미'와 '힌밥'에게 친구의 인격이 부여된다면 '국수'는 먼 세월을 거슬러서 돌아온 조상과도 같은 존재다. 따라서 '국수'는 인간적 차원을 넘어서서 조상신과도 같은 신성성을 지니게 된다.[25] 그것은 시간을 초월하고 공간을 초월하여 "대대로 나며 죽으며 나며 하는 이 마을 사람들의 텁텁한 꿈"으로 표상된다. 말하자면, '국수'는 '옛날과 지금' 또는 '조상과 아이', 그리고 '시간과 공간'을 연결해주고 혈육과 진실을 상징한다.

이숭원은 『사슴』편에 실려 있는 대부분의 시에서 화자의 위치가 분명하지 않다고 지적한 바 있다.[26] 그는 시의 화자가 표면에 드러나지 않는 경우를 들어 "중립적 화자의 위치에서 대상의 외관을 묘사하여 이미지를 환기시키는 시"라고 평하였다. 「국수」의 시적 화자도 신화의 세계와 현실 사이 "중립적 화자"로 맛을 표상해 낸다. 이를테면 이 시의 화자는 어디

---

25) 임재욱, 「백석 시에 수용된 한국 고전시가의 전통」, 81쪽.

26) 이숭원은 백석 시 경우 화자의 시점에 대해서 설명하면서 "아이 화자가 현재시제로 고향의 풍속을 보여주는 것", "어른 화자가 과거시제로 고향풍속이나 삶을 회상하는 것", "어른 화자가 과거시제로 고향 아닌 곳의 삶이나 대상을 제시하는 것", "어른 화자가 현재시제로 고향 아닌 곳의 삶이나 대상을 보여주는 것"이라는 이명찬의 분석을 소개하면서 대상과 자아 사이의 명확하지 않은 화자의 시점을 "중립적 화자"라고 설명한다. 이숭원, 「백석 시에 나타난 자아와 대상의 관계」, 214쪽.

에도 있지 않으면서 어디에나 있는 화자이다. 그는 과거도 아니고 현재도 아닌 '중립적' 시점으로 존재함으로써 미분적 존재의 모습을 드러내고 있다. 이 미분적 존재는 "과거의 아득한 옛날 한가하고 즐겁던 세월에서부터 오는 것"이고 "곰의 잔등에 업혀서 길여났다는 먼 옛적 큰 마니가 또 집등색이에 서서 자다산넘엣 마을까지 들렸다는 먼 옛적 큰 아바지"까지 맞이할 수 있다. 시에 나타난 이상적인 과거의 마을은, 여전히 행복한 시절을 원하고 있고 그런 행복한 현실과 미분화된 상황 속에 있으려는 것이기도 하다. 뿐만 아니라, '국수'를 중심으로 해서 어른과 아이를 한자리에 앉히고, 옛 조상을 현재의 시점으로 이끌고 온다는 점, 옛 마을을 현재의 마을로 중첩시킨다는 점에서 이 '음식'은 자연과 시간의 순환성 속의 혈통에 대한 신성함을 상징하는 매개물이 되고 있다.

식민지 현실에서 백석의 시적 행보는 일본에 의한 굴절된 근대화에 대한 저항과 거부로 나타났고, 결국 이것은 과거 습속에 대한 낙원의식의 발현으로 이어진다. 백석은 시를 통해 일상적 시간으로부터 벗어나 자신의 모태였던 태초의 시간과 질서의 시간과 접촉하고 현실의 무질서와 불균형을 소멸시키고자 했던 것이다.[27] 이때 공동체를 이루면서 살아가던

---

27) 박주택에 의하면 백석은 낙원에 대한 욕구와 동시에 시원상실의 쓸쓸함을 가지고 있었으며, 따라서 현실적으로는 이상적 공간에 대한 끝없는 순환의 도정이 이어지기도 하였다고 말한다. 본고에서는 백석의 유년시절과 과거 역시 절대적인 이상향의 공간은 아니었다고 본다. 즉 과거 역시 삶의 비애와 고통이 서려 있는 곳이었으나, 원초적이며 신비스러운 공간으로 형상화되는 것으로 본다. 또한 백석의 시에서는 현실과 과거적 공간이 명확하게 구분되지 않은 채 민속성을 살린 전통적이고 이상적 공간으로 묘사된다. 그의 시에서 보이는 현실계와 과거에서 이상향을 구축하려는 낙원의식에 대한 근원성은 미

토속적 과거가 주권이 상실된 고통의 현실이 일체화 또는 동일시된다. 이러한 시간의 극복을 통해 과거와 현재의 삶이, 이상과 고통이 분화되지 않는 미분적 상태를 지속시키고 미적 성취를 얻는다. 이렇게 백석 시에 나타난 미분적 상상은 한국 전통사회 전반에 걸쳐 뿌리 깊게 자리 잡고 있는 인간의 근원적인 심상이다.[28] 따라서 백석은 '시간의 저편'을 넘나들 수 있는 이상향적인 객관적 상관물로써 사물과의 접촉이 '순수지각'을 동원한다. 과거의 풍속과 민속의 습속을 현실과 일체화하는 데 있어서, 그의 '순수기억'은 체험의 원형을 현재 속으로 생생하게 신성한 언어로 표상화시키는 데 특별함이 있다.

3) 사물의 고유성과 전통적 역할

민속학은 민간생활의 과학이다. 과거로부터 연속적으로 이루어진 문명의 총체를 규명하고 문명이 남긴 무수한 자료를 조직화하는 가능성을 고찰하고자 할 때, 이러한 고찰은 민간인의 물질생활, 정신생활, 사회생활을 분석해야만 가능해진다. 그 가운데 물질생활에 대한 규명은 육체적 욕구와 그것을 충족시키는 수단, 이를테면 신이 우리들과 우리들 주위에 아낌없이 내려주신 물질 속에서 이루어지는 것이다. 이러한 수단으로 물질생활에 쓰이는 것과 물질을 통하여 전승되어지는 전통의 조건을 긴테곤

분적 상상과 관계가 있다. 박주택, 「백석 시 연구」 참조.
28) 김태곤, 『한국민간신앙연구』, 326쪽.

은 '물질적 전통재'라고 하였다. 이것을 통하여 신과 인간, 과거와 현재, 현재와 미래가 불가분의 관계에 있는 환경, 그리고 주위의 모든 것들의 유대관계를 증명할 수 있기 때문이다.

> 어린애들은 태어날 적부터 스스로는 아무런 일도 하지 못하므로 당연히 부모로부터 이 무력을 보완하는 기지의 수단을 배우게 된다. 즉 그들은 자연물을 관찰하고 비교하고 사물들을 새로 결합하여 새로운 것을 만들어 내는 능력 속에서 … (중략) … 새로운 방법의 끊임없는 원천을 발견 할 것이다. 이 물질의 원본은 인류가 보여주는 극히 多種多樣한 樣式의 영구불변한 토대를 이루고 있다는 것이다. 보존 방법이 토지의 자원에 응하여 시간의 흐름에 따라 이룩된 인간의 발명 그 자체에 의하여 변화하기 때문이다.[29]

인간이 누리는 모든 물질에는 '원본'이 있다. 그 본질은 영구불변한 토대가 존재하므로 가능한 것이다. 그러므로 전해 내려오는 다양한 민속요소를 통하여 그 물질이 가지고 있는 영구불변한 토대를 유추해내는 것이 가능하다.

백석의 시에는 민간생활에서 사용되는 여러 가지 가재도구, 음식의 재료, 제의에 쓰여지는 제물과 목구 등이 자주 등장한다. 실제로 사물들은 민간인들의 생명을 지속시키고 일상생활의 제의적 행위를 돕고 여러 감정들을 충족시키기 위해 있어온 것이다. 이 민속요소는 "구신과 사람과 넋과 목숨과 있는 것과 없는 것" 그리고 "한 줌 흙과 한 점 살과 먼 녯 조상과 먼 훗 자손의 거룩한 아련한 슬픔을 담는 것으로써" 존재가치를 확인시킨다.

---

29) P. Sainte Beuve, 『민속학개론』, 79~85쪽.

五代나 날인다는 크나큰집 다 찌글어진 들지고방 어득시근한 구석에서 쌀독
과 말쿠지와 숫돌과 신뚝과 그리고 넷적과 또 열두 데석님과 친하니 살으면서

한해에 몇번 매연지난 먼 조상들의 최방등 제사에는 컴컴한 고방 구석을
나와서 대멀머리에 외앗맹건을 질으터 맨 늙은 제관의손에 정갈히 몸을 씻고
교우 옿에 모신 신주앞에 환한 초불밑에 피나무 소담한 제상위에 떡 보탕 시
케 산적 나물지짐 반봉 과일들을 공손하니 받들고 먼 후손들의 공경스러운
절과 잔을 굽어보고 또 애끓는 통곡과 축을 귀에하고 그리고 합문뒤에는 흠
향오는 구신들과 호호히 접하는 것

구신과 사람과 넋과 목숨과 있는것과 없는것과 한줌흙과 한점살과 먼넷조
상과 먼 훗자손의 거특한 아득한 슬픔을 담는 것

내손자의손자와 손자와 나와 할아버지와 할아버지의 할아버지와 할아버지
의 할아버지의 할아버지와……水原白氏 定州白村의 힘세고 굿꿋하나 어질고
정많은 호랑이 같은 곰 같은 소같은 피의 비같은 밤같은 달같은 슬픔을 담는
것 아 슬픔을 담는 것

— 「木具」 전문[30]

‘목구’는 제의적 풍물의 대표적 상징이다. 1연에서 나타나듯이 제기가
보관되어 있는 장소는 ‘고방’인데 어둑한 곳에서 구신들과 함께 서로 긴
밀하게 지내왔다는 것을 의미한다. 풍물을 보관하고 있는 현재의 공간성
도 중요하지만, 그보다 더 중요한 것은 5대나 내려온 목구와 고방, 그리
고 그곳에 서려 있는 삶의 시간적 내력이다. 2연에서는 구체적인 풍물들

---

30) 백석, 『문장』 14호(1940. 2). 『원본 백석 시집』, 172쪽.

이 열거되는데 "제기/외양맹건/교의/신주/촛/피나무제상"의 도구와 "보탕/식혜/산적/나물지짐/반봉/과일" 같은 제사상에 쓰이는 음식과 후손들의 제의적 모습을 묘사한다. 특히 절하는 행위와 잔을 굽어보고 애끓게 통곡하는 행위, 그리고 축과 합문 행위를 열거하며 제의적 상황의 구체성을 들고 있다. 3연의 시적 자아는 제사에 대한 모든 의미를 담고 있는 목구(木具)의 깊은 시간적 인식을 고조시킨다. 그는 목구를 "거룩한 아득한 슬픔"을 담는 것으로 지칭하는데 여기서 그 슬픔이란 과거와 현재, 과거의 '조상의 피'에서부터 '현재의 나'까지 이어주는 혈연의 슬픈 숙명성을 생각하게 한다.

이와 같이 먼 신화적 세계와 조상의 삶까지도 추적하는데 관여하는 기억작용을 쿤즈(Richard Kuhns)는 '상기(想起)'라고 명명하고 있다.[31] 백석은 '상기'에 의해 목구에 스민 숙명적 슬픔은 '달'과 '밤'으로 치환한다. 「木具」의 시적 자아는 '목구'를 영원히 기억해야 하는 것들로 상정하고 싶어하지만, 결국 이 '목구'는 한계 지워진 자아의 실재적인 슬픔을 담을 수밖에 없다는 인식에 이른다. 그러나 이 슬픔은 사물과 세계를 하나로 묶어주고 생멸의 이분법적인 사유를 넘어서서 반복과 순환의 시간 속에 있기에 그 가치가 가능한 것이다.[32]

시적 자아는 민족의 고유한 풍습과 관계된 사물에 인격을 부여하고 그 사물들과 함께 슬픔의 시간을 나눈다. 그렇게 혼과 접촉이 이루어지는 흠

---

31) Richard Kuhns, *Literature and Philosophy*(Routledge & kegan, 1971), p.137.
32) 신철규, 「백석 시의 비유적 상상력과 환유적 상상력」, 381쪽.

향의 순간에 제기와 목구는 이승과 저승 사이에서 숭고한 소통의 역할을 한다. 소월이 자연물을 하나의 신앙의 대상으로 삼고 혼이 경유하는 물적 공간으로 여겼다면, 시인의 구체적인 풍물과 사물은 그의 시정신을 나타내는 중요한 상징이 된다. 시적 자아는 직접적이고 생생한 것들과의 경험을 되살려 정신과 사물의 접촉의 상태를 이루고 그 상태는 숭고한 자기성찰과 기원의 형식에 이르는 것이다. 소월이 민족·민중의 한을 자연과의 접촉을 통하여 생생한 정서를 전달하려고 한다면, 백석은 사물과의 접촉을 통해서 민간인의 일상적인 애환을 생생하게 발견하고자 한다. 두 시인은 그 매개를 통해서 자신의 고통을 극복하는 기원의 형식으로 이어나간다. 이때 백석은 사물을 통하여 '나'를 성찰하고 정신을 고양시키는 과정으로 나타난다.

정효구는 백석의 시정신을 서민정신, 객관주의 정신으로 보고 있다. 특히 그는 백석의 서민정신을 이루는 인물들이 모두 서구적 합리주의라든가 문명이 가져다준 편의주의 정신에 의하여 전혀 침투당하지 않은 한국적 인물이라는 점을 강조한다.

> 첫째, 그의 작품에 등장하는 모든 인물이 이른바 서민층에 해당하는 사람들이라는 사실, 둘째, 그 인물들의 성격이 한결같이 터전 혹은 배경이 농촌이나 산골이라는 사실, 셋째, 인물들의 성격이 한결같이 순박하다는 사실, 넷째, 작품 속에 사용된 말들이 지방어이면서 동시에 서민층의 언어로 이루어져 있다는 사실 등에 의하여 입증될 수 있다.[33]

---

33) 정효구, 「백석 시의 정신과 방법」, 196쪽.

정효구가 말하는 '서민적 정신'은 시 속에 등장하는 인물의 성격을 지칭
하는 것이나, 이때 그 사물들이 서민적 정신을 이루는 민속적 요소로 작
용한다고 할 수 있다. 이유는 서민적 인물들이 살아가는 데 있어서 그 사
물들은 보편적 삶의 양태와 밀접한 관계를 이루고 있기 때문이다. 백석
시에 나오는 사물의 특징을 살펴보면 첫째, 고방의 이미지를 들 수 있다.
고방은 소외되고 외로운 공간과 긴 시간 속에서 자신의 운명을 견디어냈
다는 특징을 지닌다. 둘째 백석의 사물들은 민간·민중들의 세시풍속이
나 제의 또는 일상적 삶의 필요에 의해서 존재한다. 이 사물들은 민중의
일상과 함께 숨 쉬면서 공동체를 이루어 나가는 존재로 동일한 운명성을
지니게 된다. 셋째는 이러한 사물은 대대로 내려오는 자연에서의 재료로
만들어졌다는 점에서 토속성과 원초성을 지니고 있다. 다섯째는 백석 시
에 나오는 사물들의 이름이 개성적인 지역의 의미를 지니고 있다는 점이
다. 특히 백석의 시에는 수많은 풍물과 사물 그리고 지명, 음식 등이 나오
는데 이러한 것들은 모두 당대 민속적 삶의 보편적 진실을 드러내고 각각
의 고유한 역할을 지니고 있다.

　사실 백석은 일본 유학을 하였으며, 무엇보다 신문물을 먼저 접한 인물
로 서구정신에 경도될 가능성이 있었다. 그럼에도 불구하고 민속적인 것
을 근본으로 삼는 시정신의 원류에는 그 삶이 파괴되었다고 인식하는 근
대문물에 대한 비판의식과 함께 민족문화의 소중함을 다루고 있다. 백석
이 민중의 정신과 민속성을 전달하는 데 사물과 풍물의 생생한 접촉은 직
접적 경험의 세계가 촉매제가 된다.

2. 민속의 원형성과 가족공동체의식

1) 고향의 모습과 비극적 인물의 모티브

백석은 취업, 여행, 유랑 등의 이유로 고향인 평북 정주를 떠나 다른 지역(창원, 통영, 만주)에 기거한 일이 많았다. 그가 고향에 머문 시기는 유소년기에 한정되어 있었으며, 19세(1930년) 이후에는 고향에 머무른 기간이 거의 없었다.[34] 그럼에도 불구하고 오랫동안 '고향의 시인'으로 인식되어 왔으며, 또한 그의 이향 체험과 기행의 시적 행위 때문에 그를 '유랑의 시인'이라고 부르기도 한다. '고향의 시인', 또는 '유랑의 시인'이란 호칭을 떠나서 생각한다 해도, 고향에 머무른 유소년기의 기억은 시집 『사슴』편에서 새로운 세계의 행위로 재현되는 모습을 보인다. 또한 후기 시의 두드러진 특징을 '기행시'라는 단어로 압축할 수 있겠는데, 그는 시를 통해 과거로부터 전해 내려온 음식이나 마을 공간에 서려 있는 토속성을 드러내고 개별적이고 구체적인 민속성에 초점을 맞추고 있다. 이러한 시적 활동을 통해 그는 '근대의 고향'과 '전근대의 고향'의 경계선에 선 새로운 '주체'로서 '고향의 주체'를 확립해 내고자 하였다.[35]

---

34) 이경수, 「백석의 기행 시편에 나타난 장소의 심상지리」, 364쪽.

35) 소월과 백석은 전근대/근대의 경계에서 전근대적 공동체와 근대적 공동체의 위험성에 대한 자각과 그로 인한 고통을 보여준다. 그러한 경계에 처해 있는 자신을 새로운 '주체로' 정립해 내고 그러한 주체적 힘의 과정은 당시의 시대상황으로 인해 한계를 지닌 것으로 본다. 그러나 소월과 백석이 보여준 민속과 토속에 대한 시적 성취와 함께 주체정립에의 의지가 실현되었다고 볼 수 있다.

이때 좀 더 넓은 의미에서 백석의 시는 "과거를 있는 그대로 밝혀내는 역사방법인 동시에 역사적 상황의 개성적인 특징을 찾으려는 시도"[36]가 된다. 과거와 현재의 삶의 방식은 확실히 달라지면서, 각 시대의 특수성은 변모해 가는 것이다. 그러므로 백석이 과거의 습속을 시에서 이야기할 때, 그것은 과거의 습속을 회고하는 것이 아니라, 과거의 '순수한 기억'을 현재 '새로운 기억'으로 재현해 내는 것이다.

역사란 민간인의 풍속을 대상으로 하여 구체적이고도 총화적이어야 한다는 인식은 민간전승 연구에서 중요한 조건으로 자리 잡았다.[37] 민간전승은 연구의 맥락에서 볼 때 백석은 구체성을 지니는, 민간인의 풍속을 근대적 시각으로 형상화한 경우라고 말할 수 있을 것이다.

백석 시에 나타나는 고향의 모습은 이러한 역사성 가운데 민족의 보편성을 구가하는 것이다. 즉, 근대이행기를 살아갔던 시인의 역사와 민족 원형성에 대한 근원적인 천착의 결과물이다. 그것은 곧 '민속학적 감수성'으로, 근대 이전의 잔존물이 소멸되어가고 있는 지금, 시인이 수집하고 기록하지 않으면 영원히 그것들을 잃어버릴 수 있다는 위기감과 상실감[38]의 한 결과이다. 마을은 민족의 원형이 가장 구체적으로 보존되고 유지되는 곳이다. 마을[39]은 가족공동체, 씨족공동체, 혈연공동체의 집합으

---

36) 이민호, 『역사주의―랑케에서 마이네케』(민음사, 1988), 14쪽.

37) P. Sainte Beuve, 『민속학개론』, 187쪽.

38) 김은석, 「백석 시의 무속성과 식민지 무속론」, 129쪽.

39) 마을은 인류생활에 근거가 되는 취락의 한 유형이며, 자연적으로 발생한 마을은 씨족단위의 공동체로 분가한 가족이 근처에 살면서 이루어지게 된다. 이러한 마을이 삶의 터로써 삶의 형태가 시작하였을 때 사람들이 이 새롭고 낯선 보금자리에 대한 기대와 희망

로 이루어졌으며, 구성원들이 역사적인 증인으로 살아온 공간이다. 시인이 시로 표현하는 고향에는 누대로 내려오는 원초성의 이야기와 온갖 인물들이 자연과 함께 소박하게 살아가는 모습이 중첩되고 있다.

그러나 설화적이고 원초적인 분위기의 고향과 이향 체험에서 바라본 타향은 시인의 시에서 위기의 마을로 표현되기도 한다. 고향 체험과 이향 체험을 통해 과거의 역사적인 흔적의 '순수한 기억'은 비교적 '순수한 지각'을 통해서 재현의 과정을 수행하는데, 이는 근대의 강요된 시간에 대한 거부의 의미로 나타난다. 그래서 고향 혹은 마을은 온갖 아픈 시간으로부터 초연하게 살아가고자 하는 공동체적인 사람살이의 모습을 보여주는 한편 비극적인 체험이 교차되는 곳으로 부각된다. 백석이 포착하고자 하는 것은 어쩌면 근대적인 시간이 침범하지 않는 본래적 마을의 모습일 것이다.

그러나 여전히 개개의 장소, 공간, 지역 속에 퇴적되어 있는 시간의 흔적을 발굴해 내고 근대와 전근대의 경계적 공간 속에서의 지속성에 유의

에 부풀면서도 한편 이곳에서 행복한 삶을 이룰 수 있을지 걱정하게 된다. 인간의 길흉화복을 가늠하는 여러 요인 중에는 인간의 의지와 노력으로 어느 정도 예측하고 대처할 수 있는 부분도 있지만 예측할 수 없는 불행도 늘 따라다닌다. 이를 극복하기 위해서 마을 사람들은 자신들의 삶의 터에 예측이 가능한 질서와 조화의 규칙적인 세계로 인식하고 질서를 부여함으로써 그런 신성세계를 만들려고 하였다. 여기에서 이해 가능한 규칙적인 세계란 신령에 의하여 보호와 축복을 받은 신성지역을 의미하며 그것은 동시에 세계의 중심을 뜻하기도 한다. 오직 신성한 장소민 징주할 수 있다. 그래서 인간의 모든 정수공간은 그 나름의 고유한 의미와 질서를 지니게 되는데 전통사회에서는 신성함이 주된 역할을 한다. 그래서 마을의 경계와 마을을 둘러싼 산 또는 바다 가까이 신성한 성소의 상징을 만들고 그곳 주위로 제의를 올리기 시작했다. 이필영, 『마을신앙의 사회사』, 15쪽 참조.

하게 된다. 하지만 경계적 시간의 공동체가 영위하는 삶의 지속과정에는
오히려 더 위험스럽고 비밀스런 희생과 비극이 존재한다.

> 넷城의돌담에 달이올랐다
> 묵은초가집웅에 박이 또하나달같이 하이얗게빛난다
> 언젠가마을에서 수절과부하나가 목을매여죽은밤도 이러한밤이었다
>
> —「힌밤」 전문[40]

『사슴』 편에 실린 시들의 경우, 마을의 광경을 매우 사실적이며 감각적
으로 형상화해 내고 있으나, 지명에 대해서는 구체적이지 않다. 위 시 역
시 현재 시적 공간은 "넷성의 돌담"과 '마을'로만 표현되고 있다. "넷城돌
담에 달이올랐다"와 같은 구절이나 "묵은초가집웅에 박" 같은 구절로 판
단해볼 때, 시적 화자는 전형적인 시골에 있다는 것을 알 수 있다. 특히
'박'은 민간의 삶 속에서 친숙한 부엌의 가재도구이고, '집웅'은 정겨운 사
람살이의 평화로움을 상징한다. 지붕 위의 '박'은 달빛 아래 신비하고 원
초적인 모습을 지니며, 사람 사는 고즈넉한 밤의 풍경을 제시하고 있다.
그러나 시는 그런 평화로운 밤의 이면에는 숱한 아픔과 비극의 시간이 지
나갔음을 암시한다. 마지막 행의 "수절과부하나가목을매여죽은밤도이러
한밤이었다"라는 구절은 앞서 보여주었던 평화로운 시골 밤의 풍경과는
거리가 먼 저주스런 풍경이다. 특히 "목을매여" 죽었다는 대목에서는 수
절과부의 죽음이 자연스러운 죽음이 아니었음을 암시하며 비극적인 한

---

40) 백석, 『조광』 1권 2호(1935. 12). 『원본 백석 시집』, 21쪽.

개인사를 드러낸다.

시 「힌밤」은 전체적으로 과거형으로 진술되고 있으며, '아름다움/비극성'과 '삶/죽음'의 의미가 극적으로 대비된다. 이러한 사건은 단순히 한 개인의 문제를 넘어서서 한 시대의 비극성과 연관된다. 그러니까 비극으로 삶을 마감한 한 여인의 삶의 배경에는 부조리한 시대적 현실이 있는 것이다. 백석은 단순히 객관적인 현상을 드러내는 태도를 견지하면서 이면에 숨겨진 의미를 뛰어넘어 또 다른 것들을 상상하게 만든다. 때로는 독특한 상징[41]들을 감각적으로 형상화함으로써 삶의 비극성을 더 생생하게 전하기도 한다. 이럴 때 그 의미는 지극히 '순수한 지각'에 의해서 표현된다는 점이다. 상황묘사에 대해 절제된 언어를 선택하고 배면에서 그 의미를 심화 확장시키기 때문에 역사적인 한과 비극성이 더 크게 공명을 일으키는 데 성공하고 있다.

새끼오리도 헌신짝도 소똥도 갓신창도 개니빠디도 너울쪽도 집검불도 가
락닢도 머리카락도 헌겊조각도 막대꼬치도 기와장도 닭의짖도 개털억도 타

---

41) 인간은 실존적 자기의 실존적 정황 속에서 사태가 긴박할수록 또는 무의미에 노출될수록 직면하는 사물의 의미를 실제로 여겨야 한다. 그것을 가능하게 하는 것이 인간의 창조적 상상력이다. 일정한 의미의 연계 안에서 사물의 의미를 실제이게 한다. 상징체계의 서술은 그래서 가능하다. 상징은 언제나 역사적 순간에 자신을 그 역사적 도전에 상응하는 실재로 드러낸다. 그것이 드러내는 이미는 역사적으로 표상화되지만 그것이 드러내는 의미는 역사에 유폐되지 않고 이미지로 기원으로 원형으로 전형으로 있게 된다. 상징을 통해 드러나는 이미지나 원형이나 전범이 되는 것은 탈시간적인 '구조'라고 하고, 실재는 그 구조의 시간적 '표상'이라고 할 수 있다. 정진홍, 『엘리아데 · 종교와 신화』(살림출판사, 2009), 47쪽 참조.

는 모닥불

　재당도 초시도 門長늙은이도 더부살이아이도 새사위도 갓사둔도 나그네도
주인도 할아버지도 손자도 붓장사도 땜쟁이도 큰개도 강아지도 모두 모닥불
을 쪼인다.

　모닥불은 어려서우리할아버지가 어미아비없는 서러운아이로 불상하니도
몽둥발이가 된 슳븐 역사가 있다.

―「모닥불」 전문[42]

　모닥불은 어둠을 밝히고 세상을 훈훈하게 데운다. 하찮고 쓸모없는 것
들이 모여서 세상의 빛을 밝히고 온기를 만들어 내고 있는 것이다. 이 시
에 자주 등장하는 '도'라는 조사에서는 이러한 의미를 파악할 수 있다.[43]
모닥불이 타오르기 위해서는 '새끼오리' 하나만으로 피워질 수 없고, '헌
신짝', '소똥', '갓신창' 등이 모여야만 된다. 태워야 하는 질료들과 질료들
사이를 이어주는 것이 '도'라는 조사다. 또 이 세상을 유지하는 데는 그 몸
을 태워 한 줌의 재가 될 때, 비로소 더 큰 생명과 사랑의 재생, 확장이 가
능해지는 것이다. 모닥불 1연에서는 불을 이루는 질료들을 열거하고 있
다. '새끼오리/헌신짝/소똥/갓신창(가죽신 바닥에 댄 창)/개니빠디(개의
이빨)/짚검불(지푸라기)' 등이 그것이다. 각양각색이 모여서 피어오르는
모닥불 주위로 둘러선 자들은 하나하나 서로 다른 개체성과 원형을 지닌

---

42) 『원본 백석 시집』, 50~51쪽.
43) 고형진, 「백석 시 연구」, 187쪽.

인간 군상이다. '재당(향촌의 최고 어른)/초시(과거의 첫 시험, 또는 그 시험에 급제한 사람, 예전에 한문을 좀 아는 유식한 양반을 높여 이르던 말/門長(한 문중에서 항렬과 나이가 제일 위인 사람)/새사위/갓사둔(새사돈)/나그네/붓장사/땜쟁이/큰개/강아지' 등이 그들인데, 모닥불을 이루는 질료는 자신이 가지고 있던 본래의 의미를 초월한 상태이다. 불을 쬐는 자들 역시 학식이 있거나 없거나, 지위가 낮거나 높거나, 또는 인간이거나 동물이거나 본래의 이름들을 다 잊어버리고 둥글게 마주한 자들이다. 그러나 서로 사랑을 공유하고, 평등하게 삶을 살아가는 공동체 속에서 하나의 일원으로 존재한다. 사실 우리의 전통적인 마을은 주로 씨족공동체로 이루어져 있고 빈부와 신분의 차이가 엄연히 존재하고 있었다. 그러나 이 시에 나타난 '모닥불'의 위력은 그런 신분의 차별이 있는 인간사나, 동물과 인간의 개체성을 초월하게 만들기에 충분하다. 3연에 와서 모닥불의 의미는 좀 더 확장된다. 모닥불에는 "우리 할아버지"가 "어려서", "어미, 아비 없는 서러운 아이" 또는 "몽둥발이(다 떨어지고 남은 물건)"가 된 역사가 있다. 시적 화자는 불을 쬐면서 살아왔던 조상의 슬픈 생애를 상기한다. 1, 2연의 여러 개인들이 함께 모닥불을 쬐며 한 개인, 개인의 삶을 누리고 있다면, 3연에서 말하는 '몽둥발이'의 역사는 할아버지의 슬픈 역사이며, 더 나아가 어미 아비 없는 우리의 슬픈 역사와도 다름없는 의미를 나타낸다. 모닥불은 마을공동체의 투박하고 소박함을 나타내고, 그 슬픈 역사에도 불구하고 빛과 따스함이 바탕이 된 공동체를 유지 지속하기 위해 계속 타오르는 것이다. 그러면서 조상에서부터 시작된 비극적이고 슬픈 역사와 그 역사를 이룬 민족의 원형성, 그리고 민족의 일원인 개체들이 비극과 슬픔을 지닌 존재들이라는 것을 환기시킨다.

촌민들의 평범한 삶이란 토속적이고 전원적 공간에서 우리 고유의 습속을 지키면서 '고통과 즐거움/삶과 죽음'을 맞이하는 과정에 있다. 백석 시에 등장하는 "목을 매는 수절과부", "타관에 가서 오지 않는 아배", "구신의 딸", "첫 아들을 낳은 나어린 안해", "늙은 말군한테 시집간 성문집 간난이", "섭별같이 나아간 지아비를 기다리던 과거를 가진 여승", "외따른 집에 엄매와 나", "열여섯살에 사십이 넘은 홀아비의 후처가 된 포족족하니 성이 잘나는 토산고무", "토산고무의 딸 승녀", "아들 승동이" 같은 인물들은 '여우난곬'에서, 혹은 '성문촌'에서 주어진 운명을 받아들이면서 살아가는 보편적인 삶의 원리를 보여주는 인물들이다. 어떤 비범하고 특출한 사람도 자신의 시대적 운명성을 벗어날 수 없다. 그 시대에 대한 냉철한 자각과 시대의 흐름을 인식하고 살아간다는 것은 곧 민족의 증인으로 불멸의 존재로 살았다는 증거가 된다. 이를테면 밀려오는 현대문명 속에서 상실되어 가는 인간의 순수성을 보다 값진 것으로 여기는 것은 어떤 고도의 철학보다도 호소력을 가지고 있다.[44] 또한 백석은 토속적인 삶의 모습에 대한 끈질긴 애정을 갖고 있으면서 마을의 모습을 끊임없이 형상화하는데 이러한 그의 시적 작업은 첫째, 비극적 인물이 바탕이 된 마을의 역사성과 민족의 원형성을 내포하고 있고, 둘째, 가족공동체가 지속과 순환의 고리, 즉 세시풍속과 제의적 삶을 영위하는 모습을 보여주며, 셋째, 민간신앙에 의지하고 정령들과 공존하는 원초적이고 속신적인 삶의

---

44) 김학동 엮음, 『김소월』, 225쪽.

모습을 드러내준다. 또한 넷째, 동물과 가축 등에게도 인격체를 부여하고 자연친화적인 모습을 보여주며, 다섯째, 물질적 문화재로써 속신과 민간의 삶 속에서 재현되는 일상적 도구의 전통적 가치화를 보여주고, 여섯째, 근대와 전근대의 경계선에서 우리 고유의 전통(민속, 무속)을 새롭게 가치화하고자 하는 시도를 효과적으로 한다.

대체적으로 이러한 내용을 가지고 구현하고자 하는 마을의 지속성은 주로 제의와 세시풍속에 의해서 이루어지고 있으며, 그 제의적 행사 속에는 다양한 물질적 민속요소가 등장하고 음식들이 등장한다. 김윤식[45]은 백석 시의 가치로 풍물의 치밀한 묘사와 풍물의 특수성에 의한 보편성의 발견을 든다. 다양한 풍물이 등장하는 제의에는 그것을 주관하는 인물로써 '무당'과 '신'의 딸이 있을 뿐만 아니라, 가까이 일상 속에도 정신적 토대를 이루는 마을신과 가택의 정령들이 있다. 이때 사람과 풍물, 개인과 가족공동체 인간과 귀신은 서로 위로를 주고받으며 살아가는 공동체적인 삶을 형상화하고 있다.

그래서 마을은 개인 운명의 독자적인 영역이 있음에도 불구하고, 그것은 많은 부분 운명은 하나의 둥우리에 있는 것이다.[46] 또 예로부터 굴절된 삶의 양식 속에서 불구적 인물들은 민간신앙적 기원의 형식과 제의 형식에서 큰 위로를 받아 왔다. 이렇게 볼 때, 굴절된 역사와 혼종의 시대 속에서 민간신앙을 받들면서 살아온 민중적 삶이 곧 토속성을 면면히 지

---

45) 김윤식, 「백석론-허무의 늪 건너기」, 『우리 소설을 위한 변명』(고려원, 1990), 112~116
    쪽.
46) 이필영, 『마을신앙의 사회사』, 227쪽.

속시켜온 주체라는 것을 확인할 수 있다.

2) 혈연공동체의 제의와 풍속의 재현

마을은 씨족 단위의 공동체로 분가한 가족이 근처에 모여 살면서 이루
어지게 되었다. 여기서 씨족이란 친족과 같은 의미인데 친족은 서로 피를
나눈 혈족, 그러니까 친인척 등을 말한다. '큰집/작은집/외가집/고모집'
등이 공동체를 이루며 서로의 행복이나 불행을 공유하면서 살아가는 곳
이었다. 산이나 바다의 경계선 가까이 성소를 마련하고 제의와 세시풍속
의 행위를 통해서 연대감과 소속감을 가지고 사랑의 순환과 생명의 지속
성을 가능케 하였다.

백석 시에서 가족공동체를 나타나는 시가 여러 편 있는데, 그 가운데
시 「여우난골族」은 신화적이고 원초적인 공간에서 혈육공동체에 대한 유
대감을 기반으로 하고 있다. 끊임없이 되풀이되어 내려오는 순환적 절기
의 풍속들은 인간을 중심으로 현재에서 과거의 사건들을 재생시킴으로써
전통적 세계에 대한 구체적이고도 지속적인 가치를 추구하게 한다.

명절날나는 엄매아배따라 우리집개는 나를따라 진할머니 진할아버지가있
는 큰집으로가면

얼굴에별자국이솜솜난 말수와같이눈도껌벅걸이는 하로에베한필을짠다는
벌하나건너집에 복숭아나무가많은 新里고무 고무의딸李女 작은李女
열여섯에 四十이넘은홀아비의 후처가된 포족족하니 성이잘나는 살빛이매

감탕같은입술과 젓꼭지는더깜안 예수쟁이마을가까이사는 土山고무 고무의
딸承女 아들承동이

六十理라고해서 파랗게뵈이는山을 넘어있다는 해변에서 과부가된 코끝이
빩안 언제나힌옷이정하든 말끝에설게 눈물을짤때가많은 큰곬고무 고무의딸
洪女 아들洪동이

배나무접을잘하는 주정을하면 토방돌을뽑는 오리치를잘놓는 먼섬에 반디
젓닭으러가기를좋아하는삼춘 삼춘엄매 사춘누이 사춘동생들

이그득히들 할머니할아버지가있는 안간에들몽여서 방안에서는 새옷의내
음새가나고

또 인절미 송구떡 콩가루차떡의내음새도나고 끼때의두부와 콩나물과 뽁운
잔디와고사리와 도야지비계는모두 선득선득하니 찬것들이다

저녁술을놓은아이들은 외양간섶 밭마당에달린 배나무동산에서 쥐잡이를
하고 숨굴막질을하고 꼬리잡이를 하고 가마타고 시집가는노름 말타고장가가
는 노름을하고 이렇게 밤이어둡도록 북적하니 논다

밤이깊어가는집안엔 엄매는엄매들끼리 아르간에서들웃고 이야기하고 아
이들은 아이들끼리 웋간한방을잡고 조아질하고 쌈방이굴리고 바리깨돌림하
고 호박떼기하고 제비손이구손이하고 이렇게화디의사기방동에 심지를 몇번
이나돋구고 홍게닭이몇번이나울어서 조름이오면 아릇목싸움 자리싸움을하
며 히드득거리다 잠이든다 그래서는 문창에 텅납새의그림자가치는아츰 시누
이동세들이 욱적하니 홍성거리는 부엌으론 샛문틈으로 장지문틈으로 무이징
게국을끄리는 맛있는내음새가 올라오도록잔다

— 「여우난곬族」 전문[47]

---

47) 백석, 『조광』 1권 2호(1935. 12). 『원본 백석 시집』, 42~47쪽.

'여우난곬族'은 여우가 나온 골짜기라는 의미의 지명으로, 신비로움이 묻어나오는 깊숙한 산골임을 알 수 있다. 또한 위 제목에 붙여진 '族'은 겨레, 가계, 즉 그곳에 모여서 사는 무리를 뜻하는데, 특정한 개인을 넘어서서 공동체를 이룬 민족의 일원이라는 뜻을 내포하고 있다. 민족의 일원은 대부분 일반적으로 문화적, 언어적, 종교적 기원을 공유하는 역사적 연속성에 놓여 있다. 이 시는 '여우난곬'에 사는 '族'의 삶을 서사적으로 표현함으로서 서구 지향적 상상력이 지배하던 식민지하에서 민족의 전통적 공동체적 문화를 온전히 지켰던 공동체의 정서를 세밀하게 묘사하고 있다.

이 시에는 명절 이름에 대한 구체적인 명시는 나타나지 않는다. 다만, 명절날 큰집에 모인 인물들의 모습과 그곳에서 행하는 놀이와 먹는 음식을 시간의 흐름에 따라 전개하고 있다. 차례를 올리는 모습이 없는 것으로 보아 명절날 차례가 끝나고 큰집에 갔거나, 혹은 절기의 명절날일 수 있다. 시적 화자는 "진할머니/진할아버지/新理고무/고무의딸 李女/작은李女/土山고무/고무의딸 承女/아들承동이"와 함께 모여서 정감을 나누고 그들의 친화력을 강조하고 있다. 그 결과 이 시는 병렬과 나열의 언어적 결합체계를 사용해 여러 사물들과 유년, 옛이야기들을 배열하고 있다. 이러한 배열은 시간적 순서와 상관없이 사건을 병치시키며 서사적인 시간을 억제하고 있는 것처럼 보인다.[48]

---

48) 이러한 백석 시에서 드러나는 서사성에 대해서 오세영은 서사구조가 내재해 있다는 견해를 비판하고 그의 시에서 서술은 엄밀한 의미의 서술이 아니라고 지적한 바 있다. 여기에는 시간의 계기에 따른 사건의 진행과 진전이 분명하게 드러나지 않기 때문이다. 오세영, 「떠돌이와 고향의 의미」, 『한국 현대시인 연구』(월인, 2003), 398쪽. 김정수, 「백

사건들은 현재의 친족공동체, 힘없고 모자란, 또는 소박한 성격들의 인물들이 모이는 과정과, 즐기는 놀이의 이름을 엮음의 나열을 통해 '본래적 공동체'의 풍속을 그려낸다.[49]

백석의 시가 견지하고 있는 객관적인 시점은 이 시에도 어김없이 나타난다. 이 시에서 풍속, 제의의 과정을 보여주는 자세는 무지한 맹신, 단순히 천민이나 우매한 민중의 민간신앙이나 풍속으로써가 아니라, 근대가 배척한 가치들의 표상[50]으로 나타난다. 당시 일제의 식민지 정책은 가족공동체적 동질감마저 말살하려는 기도를 벌이고 있었기 때문에 이러한 풍속적 소재의 시화는 그 시대의 중요한 정신사적 가치를 지닌다.[51] 시인은 구체적인 민속요소를 통하여 '원래적 공동체'의 습속과 인간의 존엄성을 비교적 개관적으로 형상화내고 있는데, 여기에서 민속이나 무속에 대한 가치를 훨씬 더 확장시킬 수 있는 계기를 마련한다. 왜냐하면 합리적인 것에 가치를 두는 21세기에 무속이나 민속에 대한 막연한 이해를 구하기보다는 민속요소에 대한 가치를 객관적인 방법으로 형상화한다는 것이 오히려 민속성의 개성 또는 전통의 지속성에 더 큰 효과를 기대할 수 있

석 시의 전통적 성격과 그 의미」, 『한국현대문학연구』 제27호(한국현대문학회, 2009.4), 134쪽 재인용.

49) 고형진에 의하면 이러한 '독특한 서사형식'은 다섯 개의 장면에 대한 장황한 진술이 모여서 한 편의 시를 형성한다고 하였다. 각 장면은 시간적인 질서에 맞춰서 구성되면서 서사적인 전개 과정에 놓여있는 것이 아니라, 각 장면이 의미와 정서에 맞춰져 있다. 이러한 독특한 서사형식은 우리의 전통문화인 판소리 사설이 지닌 언어와 형식에 깊이 접맥되어 있는 것이라고 할 수 있다. 고형진, 『백석 시 바로 읽기』, 34~35쪽.

50) 김은석, 「백석 시의 무속성과 식민지 무속론」, 131쪽.

51) 이숭원, 「1930년대 후반 고향의식의 두 양상」, 『한국현대시사연구』(시학, 2007), 265쪽.

기 때문이다.

> 마을에서는 새불 김을 다 매고 들에서
> 개장취념을 서너번 하고 나면
> 백중 좋은 날이 슬그머니 오는데
> 백중날에는 새악씨들이
> 생모시치마 천진푀치마의 물팩치기 껑추렁한 치마에
> 쇠주푀적삼 향나적삼의 자지고름이 기드렁란 적삼에
> (…중략…)
> 이번에는 꿈에도 못잊는 봉갓집에 가는 것이다
> 봉가집을 가면서도 七月 그믐 초가을을 할 때까지
> 평안하니 집사리를 할 것을 생각하고
> 애끼는 옷을 다 적시어도 비는 씨원만 하다고 생각한다
>
> —「七月 백중」 부분[52]

시 「7월 백중」의 '백중'은 원래 '백종(百種)'이라는 말에서 유래되었다. 백종은 신라 때부터 불교에서 우란분의 공양을 모방하는 풍속을 따라 중원(中元)일에는 백 가지 종류의 꽃과 과일을 부처님께 공양하여 복을 빌었는데, 그날의 풍습을 중원과 백종이라는 말이 합쳐서 백중이라고 지었다고 한다.[53] 바쁜 일손이 끝나고 곧 다가올 가을의 풍년을 기다리며 여러 가지 음식을 마련하고 놀이를 즐기는 것으로 내려온 풍속의 하나가 바

---

52) 백석, 『문장』 속간호(1948. 10). 『원본 백석 시집』, 207쪽.

53) 도가에서 천상 선관이 일 년에 세 차례 인간의 선악을 적는 서기를 원(元)이라 하고, 정월 보름을 上元, 7월 보름을 中元, 10월 보름을 下元이라고 한 데서 중원이란 명칭이 생겼다. 홍석모, 이석호 역, 『東國歲時記』(을유문화사, 1969), 173쪽.

로 '백중'인 것이다. 위 시에서 보면, 놀이와 음식뿐만 아니라 의복에 있어
서도 정성을 다 했다는 것을 알 수 있다. 우리 조상들은 손수 길쌈을 해서
얻은 비단과 옷감으로 자연염색을 한 뒤, 색색의 한복을 지어입고 잔치와
놀이마당에 참여하곤 했다. "생모시치마 천진 푀치마의 물팩치기 껑추렁
한 치마에/쇠주푀적삼 항나적삼의 자지고름이 기드렁한 적삼"에서 여인
네들이 곱게 차려입은 우리 옷의 모양새를 구체적으로 알 수 있다. 자연
의 순환에 의해서 돌아오는 절기를 인식하고, 그것에 맞춰서 외관을 단정
히 하고 음식과 놀이를 즐기고 하는 데서 전통적 삶의 격식과 품위를 읽
을 수 있다.

백석은 시를 통해 민속의 절기와 풍속을 '있는 그대로' 그려내고 있는데
인위적인 시적 구성에서 벗어나 자연스러운 연상의 흐름에 따라 나열과
병렬의 언어적 형식을 사용해 왔다. 이때 마을은 공동체적 사랑과 연대감
을 강조하고 있다.

오늘은 正月보름이다
대보름 명절인데
나는 멀리 고향을 나서 남의나라 쓸쓸한 객고에 있는 신세로다
넷날 杜甫나 李白같은 이나라의 詩人도
먼 타관에 나서 이 날을 맞은 일이 있었을것이다
오늘 고향의 내집에 있는다면
새옷을입고 새신도 시고 떡과 고기를 익빙 먹고
일가친척들과 서로 몰여 즐거이 웃음으로 지날것이였지만
(…중략…)
그 조상들이 대대로 하는 본대로 元宵라는떡을 입에대며

스스로 마음을 느꾸어 위안하지 않었을것인가
그러면서 이 마을의 맑은 넷 시인들은
먼훗날 그들의 먼 훗자손들도
그들의 본을 따서 이날에는 元宵를 먹을것을
(…하략…)

—「杜甫나 李白같이」 부분[54]

　백석 시에서 회고의 시점이 나타나는 방식은 몇 가지로 요약할 수 있다. 첫째, 어린 시절을 회상하면서 마을과 고향의 풍속과 습속을 나타내는 경우, 둘째, 후기 시에서 이향체험을 통해 현실 속에서 변해 가는 타관의 마을을 드러내는 경우, 셋째, 타관이나 이국에서 어린 시절 보냈던 우리의 명절과 마을을 회고하는 경우이다. 위 시는 세 번째에 해당하는 경우로 이국에서 우리의 명절을 회고하는 시이다. 민족이 누리는 명절과 풍속에 대한 그리움을 넘어 자신을 포함한 친족공동체의 근원을 떠올리게 된다.

　정월대보름은 우리 민속에서 상원(上元)에 해당한다. 타관에 갔던 사람들도 명절이나 해가 바뀌면 고향으로 돌아온다. 그러므로 이때 시인이 타관에 있다는 사실은 더욱 외로움과 쓸쓸함을 드러내는 상황이 된다. 고향에 있었더라면 깨끗한 옷과 음식과 일가친척들이 서로 한자리에 모여서 가족으로서의 유대감을 서로 나누고 할 것이지만, 그렇지 못한 처지의 시인은 '마른물고기'와도 같이 적적한 존재이다. '두보'나 '이백'에

---

54) 백석, 『인문평론』 16호(1941. 4). 『원본 백석 시집』, 199쪽.

게도 백석과 같은 고향과 조상이 있었을 것이고, 그들 또한 타관을 떠돌 때가 있었을 것이라는 내용에서, 백석은 옛날의 아득한 시인과 동질감을 느낀다.

한 개인은 거역할 수 없는 시간의 흐름 속에 던져져 있다. 이것에 대해 하이데거는 인간의 피투성(被投性, Geworfenheit)으로 설명하였다. 개인의 실존은 역사적 성격의 시간 속에서 특별한 조건들과 결부되어 있으며, 그 상황은 근본적이고 변경할 수 없는 특성을 가지고 있다. 또한 그곳으로 빠져나올 수 없고, 줄기를 변환시킬 수도 없다.[55] 이 시에서 시인은 조상/ 일가 · 친척/명절을 상기함으로써 자신의 존재를 있게 한 그 실존적 근원 과 원형에 닿고자 한다. 민족과 또는 혈연공동체의 역사와 깊은 흐름 속에 자기의 실존이 결부되어 있음을 자각하고 있는 것이다.

3) 귀신들과 민중적 생명력의 공존

백석 시는 편의상 『사슴』 편에 실린 전기 기행과 유랑의 시기에 쓰인 후 기 시로 구분[56]한다. '통영'이나 '창원' 등의 구체적인 지명이 나타난 시를

---

55) Cassirer Ernst, 『국가와 신화』, 124쪽.

56) 초기 문학세계 : 1930~1936년, 중기 문학세계 : 1936년~재북 이전, 후기문학세계 : 재 북~1961년으로 작품 활동시기를 구분할 수 있다. 그러나 북한에서 그의 시편은 정확 하게 파악할 수 없으므로 편의상 『사슴』 이전의 작품과 시집 『사슴』까지를 전기, 『사 슴』 이후를 후기, 즉 '전기/후기'로 나누어 분석한다. 정효구 편저, 『백석』(문학세계사, 1996), 89~252쪽. 안난숙, 「백석 시의 사물어 이미지 연구」, 『한국말글학』 제23집(한 글말글학회, 2006.12), 226쪽 참조.

제외한 후기 시에서도 백석은 어린 시점의 시각으로 고향의 토속적인 모습을 회고해내는 시가 많다. 『사슴』편에 실린 전기 시가 대부분 원초적인 고향의 습속을 나타내고 있듯이 「마을은 맨천 구신이 되어」 등 후기에 발표된 시에서도 어린 시절을 나타내는 경우가 있다. 다만 대체적으로 후기에 발표된 시는 전기 시에 비해 현실인식과 자의식이 대두되었다는 것이 일반적인 평이다.

시 「古夜」와 「마을은 맨천 구신이 되어」는 각각 1936년과 1948년이라는 시차를 두고 창작되었지만, '귀신들과 공존하는 민중의 생명력'이라는 동일한 주제로 해석할 수 있다. 그의 시 중에는 신으로부터 삶의 모순과 고통을 해결하는 민간신앙 형태인 무속과 굿의 모습이 많이 나타나는데, 이것은 소월이 드러내는 무속의 방식과는 구별된다. 소월의 경우는 '혼'을 통하여 현실에서 무(巫)의 세계로 공간적 이동을 행하면서 순환과 미분적 양상을 드러낸다. 요컨대 「무덤」, 「초혼」 등에서 소월 자신, 즉 시적 자아가 '공간의 저쪽'의 세계와의 무적(巫的) 체험을 주관적으로 형상화하는 것이다. 그런데 거기에 비해 백석의 시적 자아는 '시간의 저쪽'에 있는 '기억의 마을'로 돌아가 토속의 세계를 다양한 방식으로 그려낸다.

가신신앙에서 보면, 가정의 각 처소나 사물에는 귀신이 깃들어 있는 것으로 간주하고, 또 그 귀신을 달래고 회유하는 것으로써 제주(주로 안주인)는 고사 등을 주제한다. 이때 집안과 가족들의 건강과 운수를 기원하게 된다. 가신신앙은 그 자체가 사회통제의 기능을 하며 전통의 유지와 사회적 협동 및 주민의 연대의식을 강화시킨다. 이것은 개인이 아닌 집안의 평안을 비는 것으로 실질적인 일상생활에 밀착된 민간신앙인 것이다.

아래 시는 그러한 가신신앙에 연유되는데, 그 귀신에 대한 실제의 순간적인 느낌들을 기억의 연속된 실제로 지속시킨다.

> 나는 이 마을에 태어나기가 잘못이다
> 마을은 맨천 구신이 돼서
> 나는 무서워 오력을 펼수 없다
> 자 방안에는 성주님
> 나는 성주님이 무서워 토방으로 나오면 토방에는 디운구신
> 나는 무서워 부엌으로 들어가면 부엌에는 부뜨막에 조앙님
>
> 나는 뛰쳐나와 얼른 고방으로 숨어버리면 고방에는 또 시렁에 데석님
> 나는 이번에는 굴통 모퉁이로 달아가는데 굴통에는 굴대장군
> 얼혼이 나서 뒤울안으로 가면 뒤울안에는 곱새녕 아래 털능구신
> (…중략…)
> 아아 말 마라 내 발뒤축에는 오나가나 묻어 다니는 달갈귀신
> 마을은 온데간데 구신이 돼서 나는 더 이상 아무데도 갈 수 없다
> ──「마을은 맨천 구신이 돼서」 부분[57]

시 「마을은 맨천 구신이 돼서」는 집안의 곳곳에 존재한다고 믿었던 신의 이름이 열거하는 독특한 방식으로 시작된다. 시인은 "나는 무서워 오력을 펼 수 없다"는 생각에서부터 '방안의 성주님', '토방의 디운구신', '부엌에는 조앙님', '고방에는 시렁데석님', '굴통에는 굴대장군', '뒤울안에는 털능구신', '대문간에는 수문장', '연자간에는 연자망구신', '발디축의

---

57) 백석, 『신세대』 3권 3호(1948.10). 『원본 백석 시집』, 204~205쪽.

달걀구신' 등의 이름을 되뇌면서 집안 구석구석을 숨바꼭질 하듯, 귀신에게 쫓기면서 큰 길로 나온다. 시에서 알 수 있듯이 시인은 귀신이 무섭다는 생각으로 쫓겨 다니지만, 전체적인 시의 어조는 흥겹고 경쾌함을 드러낸다. 어린아이로 설정된 시적 화자가 이 귀신들에게 쫓기는 모습을 되뇌듯 표현하는 과정은 귀신에 대한 두려움을 드러내는 한편 친밀성이라는 이중적 태도를 지닌다.[58]

　또한 시인은 어린 시절의 '순수한 기억'을 통하여 '순수한 지각'의 과정으로 표상함으로써 그 의미를 생생하고 원초적인 것으로 전달하고 있다. 귀신에 대한 다양한 관점의 여지를 열어 놓고 다양한 성격의 귀신들을 회유하고 가까이 하면서 삶의 안정을 찾아야한다는 것은 마을공동체의 생사관이며 운명관이다. 귀신을 민속 숭배의 대상으로 삼아온 이유는 그 존재에게 직접적으로 도움을 얻으려 하기보다는 그 귀신들을 달래고 회유하려는 측면이 강하다. 귀신[59]에 대한 우리 민족의 공통된 관념은 착한

---

58)　백석이 드러내는 귀신에 대한 그리움과 두려움의 이중적 태도는 이미 고전시가에서 드러나고 있다. 작품 전체가 귀신으로 이루어져 있는 서도잡가 「나경(羅經)」에서 "처녀죽어 골무귀, 총각 죽어 방추귀, 홀애비죽어 몽치귀신" 등의 무려 23종이나 되는 귀신을 위로하는 형식, 「처용가」의 역신을 향한 증오와 용서, 화해, 공존과 평화의 모습을 보여준다. 이러한 맥락으로 보면 백석의 시에 귀신에 대한 인식도 이중성으로 이미 파악되고 있다. 임재욱, 「백석 시에 수용된 한국 고전시가의 전통」 참조.

59)　동양에서는 옛날부터 귀신을 주로 음양설(陰陽說)로 해석하는 경향이 많았다. 한국에서도 이익(李瀷)의 『성호사설(星湖僿說)』을 보면 귀신의 존재에 대하여 귀(鬼)는 음지령(陰之靈)이고, 신(神)은 양지령(陽之靈)이라 하였다. 즉 생물을 구성하는 본질은 음과 양의 두 기(氣)이며, 이 두 기의 영(靈)이 그 생물에서 떠나는 경우에 혼(魂)·백(魄)·정(精)·신(神) 또는 귀신이 되고, 이들 혼백 및 귀신의 존재 기간은 장단(長短)이 있어 영구히 존재하는 것이 아니라고 하였다.

귀신보다는 나쁜 귀신이 더 많다는 것이었다. 귀신은 형체는 없으나 우주에 가득 차 있으면서 초인간적인 행위를 할 수 있는 것으로서 능히 사람을 교섭한다고 생각하였다. 뿐만 아니라 공포의 대상으로 삼았던 천둥, 번개, 비바람, 질병 등의 범람을 귀신의 작용이라고 믿으면서 이에 대처할 강력한 대립물을 생각해내기도 하였다. 한편 사람들은 귀신을 격퇴하는 힘을 신명이 가지고 있는 것으로 믿었다. 귀신이 사람에게 위해를 끼치는 음습한 존재라면 신명은 원만하고 맑고 깨끗하며 밝고 환한 것을 좋아하며 인간에게 도움을 주는 신성한 기운으로 믿었다. 귀신은 상상 속에 존재하는 영적인 것이라면, 신명은 실재하는 신성한 기운이라고 믿었다. 그러므로 귀신이 몰고 오는 재화를 면하려면 그 통솔자인 신명에게 빌어 귀신을 단속하도록 하였으며, 나쁜 귀신의 회유책으로 주술적 동제와 의식을 겸해 왔던 것이다. 백석 시에서 나타나는 무속의 장면은 귀신에게 휘둘리지 않고 치밀하게 회유하면서 살아가려는 민중의 자연스러운 내용으로 채워져 있다.

> 샤머니즘적 세계에의 탐닉은 두 가지의 위험을 안고 있다. 그것이 긍정적인 세계관의 내용을 이룰 때, 그것은 환상과 주술의 세계로 들어가 인간을 말살해 버리며, 그것이 비극적 세계관의 내용을 이룰 때는 숙명론으로 인간을 이끌어 인간의 자유의지를 말살해 버린다. 백석이 간 길은 후자의 길이다. 그는 그의 샤머니즘의 세계에서 인간의 자유의지와 결단을 건져내지 못하고 체념 수락의 수동적 세계관으로 후퇴한다.[60]

---

60) 김윤식 · 김현, 『한국문학사』, 355쪽.

백석의 시적 자세를 비극적 세계관으로써 샤머니즘적 탐닉이라고 보고, 그로 인하여 샤머니즘적 세계에서 인간의 자유의지와 결단을 건져내지 못하고 체념 수락의 수동적 세계관으로 후퇴한다는 위의 지적은 백석의 시에서 나타나고 있는 샤머니즘에 대한 단편적인 해석으로 보인다.

시적 자아는 근대와 일제강점기에 사라져가는 우리 것의 긍정적 가치화를 추구하고 있다. 특히 위의 시에서는 귀신이 득실거리는 마을에서 쫓겨 다니는 것에 대한 무서움과 두려움보다는 그런 귀신을 부리고 회유하면서 살아온 사실은 부인할 수 없는 것이 공동체적 삶의 실체라는 것을 의미한다.

한편 "나는 뛰쳐나와 얼른 고방으로 숨어버리면 고방에는 또 시렁에 데석님"이라는 구절에서 알 수 있듯이 시적 자아는 도망치는 듯 보이지만 사실은 귀신의 형상을 불러내고 귀신과 함께 흥겹게 노는 놀이를 반영하고 있는 것이다.[61] 이렇게 다양한 귀신 이름을 불러주는 것은 상징적이고도 미학적인 표현에 다름 아니다. "나는 더 이상 아무데도 갈 수 없다"면서 처음으로 다시 돌아가야 한다는 순환구조를 보여주는 것이고, 또 다시 귀신이 있는 마을의 일상 속으로 돌아가야 한다는 내용이다. "아아 말마라 내발축에는 오나가나 묻어다니는 달걀귀신", 여기서 '귀신'은 삶을 힘들게 하는 잡다한 아픔 또는 고통의 상징일 수도 있다. 그러나 살아오는 동안 능히 그것을 이겨내야 하는 것으로, 고통과 공존하면서 살아와야만 했던 민간의 삶의 한 단면을 극적으로 형상화하고 있다.

---

61) 고형진, 『백석 시 바로 읽기』, 169쪽.

아배는타관가서오지않고 山비탈외따른집에 엄매와나와단둘이서 누가죽이
는듯이 무서운밤

집뒤로는 어늬山곬작이에서 소를잡어먹는노나리군들이 도적놈들같이 쿵
쿵걸이며다닌다

날기멍석을저간다는 닭보는할미를차굴린다는 땅아래 고래같은기와집에는
언제나 니차떡에 청밀에 은금보화가그득하다는 외발가진조마구

(…중략…)

섯달에 내빌날이드러서 내빌밤날에눈이오면 이밤엔 쌔하얀할미귀신의눈
귀신도 내빌눈을 받노라못난다는말을 듣든히녁기며 엄매와나는 양궁웅에 떡
돌웅에 곱새담돌웅에 함지에 버치며 대냥푼을놓고 치성이나들이듯이 정한마
음으로 내빌눈약눈을받는다

이눈세기물을 내빌물이라고 제주병에 진상항아리에 채워두고는 해를묵여
가며 고뿔이와도 배앓이를해도 갑피기를앓어도 먹을물이다

—「古夜」 부분[62]

이 시는 토속의 서사지향적인 특성을 확실하게 드러낸다. 이야기의 내
용이 다른 다섯 편의 다른 일화로 시가 짜여 있는데, 그 내용은 인과적인
질서에 놓여 있지 않다. 각 연마다 특정한 인물들과 사건을 나열하고 있
으며, 이러한 내용 속에서 소박한 사람들의 밤과 낮의 순환적인 모습과
함께 독자들을 여러 가지 상황들 속으로 잠입하게 만든다. 「古夜」의 일화
를 간단하게 정리하면 다음과 같다.

---

62) 백석, 『조광』 2권 1호(1936.1). 『원본 백석 시집』, 52~53쪽.

「古夜」의 내용 분석

	인물	시공간적 배경	사건	정서
1연	타관 가서 오지 않는 아배, 나의 엄매	산비탈 외따른 집	도입부	외롭고 무서움
2연	노나리꾼	집 뒤, 어느 골잦	소를 잡아먹는 노나리꾼들의 쿵쿵 걸어다니는 행위	공포
3연	닭 보는 할미, 조마구 군병	(땅 아래 고래등 같은 기와집의 조마구네 나라 이불 속, 밤	(조마구군병의침범) 이불 속에서 숨도 못쉼	무서움, 두려움
3연	막내고무, 나	고개 넘어, 큰집	바느질 천두의 이야기	평화로움
4연	엄매, 일가집 할머니	명절날 부엌	음식장만	평화로움
5연	할미귀신, 눈귀신, 나, 엄매	냅일날 밤	치성드리듯이 눈을 받는 일	생동감, 안도감, 성스러움

표에서 알 수 있듯이 위 시는 다양한 인물들과 연계된 여러 사건들이 짜여서 하나의 전체적 시가 완성된다. 도입부 "타관에 가서 오지 않는 아배"가 주는 시적 배경은 현실적인 의미를 상기시킨다. 그런 현실에서 어린 화자와 엄매의 외로움과 무서움의 상황을 연출시키는 것은 "노나리꾼이 도적놈같이 쿵쿵거리는 소리"이다. 2연에서는 동화적인 설정이 나타

나 있긴 하지만 두려운 정경은 계속된다. '조마구 나라'를 상상하고 그 '조마구군병'의 침범이라는 설정에서 어린 시적 화자와 '엄매'의 공포는 더욱 고조된다. 3연에서는 큰집에서 바느질을 하면서 들려주는 엄매와 막내고무의 재미있는 이야기와 깊은 밤, 단란하고 평화로운 모습이 나타난다. 4연에서는 음식을 장만하는 명절날의 정경과 5연의 "내빌눈 받는" 자연적이고 서정적인 풍경과 속신의 모습을 아름답게 교직해 내고 있다.

이 시는 현실과 상상의 세계, 일상과 속신의 세계가 서로 어우러지면서 시적 아름다움을 형상화할 뿐 아니라, 현실적 인물과 비현실적인 인물, 인간과 귀신들이 서로 조화하면서 사건을 회상해 내는 데 기여하고 있다. 이러한 사건들이 주는 가장 강렬한 느낌은 도입부에서 주는 "아배는 타관 가서 오지 않고"라는 시구에서 비롯된다. 백석 시에 나타나는 주관적인 감정의 표현은 주로 "무섭거"나 "쓸쓸함"이다. 이 표현 이면에는 아버지 부재의 민족·민중 전형적 아픔, 이 땅의 험난함, 국권을 뺏기기 이전 시절에 대한 그리움 등이 담겨 있다.

그러나 백석은 더 나아가 "아버지/가장/남자" 부재 속에서도 토속성과 공동체적 원형을 아름답게 지켜나가고자 노력하는 민족의 지난한 삶의 과정을 형상화한다. 이때 '노큰마니'나 '가즈랑집 할머니'는 '어머니'와 함께 대가족공동체를 이끌어가는 중심적 인물로 형상화된다. 인간과 자연, 인간과 신의 세계가 분리되지 않은 원초성의 풍속은 '대모신'의 온화로운 시선에 감싸인 세계이다.[63] 이를테면 친족들과 같이 지내는 밤에 시

---

63) 임재서는 「가즈랑집」, 「넘언집 범 같은 노큰마니」 등의 백석의 시는 여성편향성으로 해

적 자아의 상상 속으로 출몰하는 대모신 '할미귀신'의 세계는 무서움을 넘어서서 그리움을 자아내기도 한다. 또한 '조마구신', '눈귀신'의 구체적인 '잡신'들의 이름을 재미있게 드러내는 방식은 시적 화자가 두려워하고 무서워하면서도, 그 이면에 인간이 낯설지 않은 세계에서 일상적인 영향을 주고받는 친밀한 대상이라는 것을 확인시켜 준다. 귀신들과 가까이 하면서 살아가는 방식은 한 공동체의 일원으로 스스로 숭배하고 다스려야 할 자연의 방식으로 인식된다. 그러므로 어려운 현실 속에서도 외로움과 두려움을 족히 이겨내는 것이 되고, 또 그렇게 삶의 일부로 여기며 살아가는 민간·민중의 토속적 정서를 탁월하게 서사적으로 형상화하고 있다.

한편 임재서는 백석이 어린아이의 시점을 통해서 회상을 하고, 그 회상의 방식을 통해 존재하는 내면 속에서 과거는 동경의 공간으로 제시되고[64] 있음을 지적한다. 이러한 방식의 시편은 계몽적 근대가 파괴한 우리 민족의 원형적 삶을 복원하고자 하는, 일종의 복고주의라는 평을 벗어날 수 없다는 것이다. 그러나 백석의 시가 거의 회상의 형식으로 쓰인 것이라 하더라도 그 풍속은 직관에 의한 '순수한 지각'을 통해서 엄연히 현대

석한다. '구신의 딸', '노큰마니'는 두 大母에 휩싸인 세계로 전근대적인 농촌공동체 사회를 이끌어가는 '大母神'으로 지칭하고 있다. 백석 시의 풍속 재현은 민족적, 집단적 주체성의 확립과는 거리가 멀고 모성적 세계, 어머니와 자식의 상상적 이자관계로의 퇴행이라는 의미가 크다는 의견을 제시하고 있다. 이러한 의견은 임화의 지방주의 또는 소시민 계층의 도피적 공상적 엑조티즘으로 규정한 것에 기인한다. 임재서, 「백석 시의 풍물묘사에 나타난 민속성과 전통 의미」, 148쪽.

64) 위의 글, 144쪽.

속으로 생생하게 지속된다.

4) 현실적 의미와 원형의식

시 「古夜」의 첫 연에 나타난 "아배는 타관 가서 오지 않고"의 아비의 부재상황은 「南新義州 柳洞 朴時 逢方」의 도입부와 연결된다. 두 시가 1인칭 화자로 서술되지만, 앞의 시는 집을 떠나간 아버지를 기다리는 어린이 시점의 상황이다. 반면 후자의 시는 현재 고향을 떠나와서 객지에 머물러 있는 아버지의 상황으로 두 시의 주제는 결국 민족의 유이민사적인 현실인식이라고 할 수 있다. 시 「南新義州 柳洞 朴時 逢方」는 『학풍』 1948년 10월호에 발표된 작품으로 시인이 분단되기 전에 발표한 마지막 작품이다.[65]

시적 자아는 자신의 생애를 응시하며 객지에서의 상황을 삶의 한 도정으로 받아들이는 성찰에 이르고 있다. 그리고 이러한 인식은 개인적인 도정을 넘어서서, 민족의 시대사를 집약한 사상사로 확장되며 우리 생활의 철학과 인생관을 담은 절창으로 완성된다.[66]

어느 사이에 나는 아내도 없고, 또,
아내와 같이 살던 집도 없어지고,
그리고 살뜰한 부모며 동생들과도 멀리 떨어져서,

---

65) 고형진, 『백석 시 바로 읽기』, 385쪽.
66) 김학동, 「궁핍의 모티브와 일상적 경험」, 238쪽.

그 어느 바람 세인 쓸쓸한 거리 끝에 헤메이었다.

바로 날도 저물어서,

바람은 더욱 세게 불고, 추위는 점점 더해 오는데,

나는 어느 木手네 집 헌 삿을 깐,

한 방에 들어서 쥔을 붙이었다.

이리하여 나는 이 습내 나는 춥고, 누굿한 방에서,

낮이나 밤이나 나는 혼자도 너무 많은 것 같이 생각하며,

딜옹배기에 북덕불이라도 담겨 오면,

이것을 안고 손을 쬐며 재우에 뜻 없이 글자를 쓰기도 하며,

또 문 밖에 나가디두 않구 자리에 누어서,

머리에 손깍지 벼개를 하고 굴기도 하면서,

나는 내 슬픔이며 어리석음이며를 소처럼 연하여 새김질하는 것이었다.

내 가슴이 꽉 메어 울적이며,

내 눈에 뜨거운 것이 핑 괴일 적이며,

내 스스로 화끈 낯이 붉도록 부끄러울 적이며,

(…중략…)

나는 이런 저녁에는 화로를 더욱 다가 끼며, 무릎을 꿀어 보며,

어니 먼 산 뒷옆에 바우 섶에 따로 외로이 서서,

어두어 오는데 하이야니 눈을 맞을, 그 마른 잎새에는,

쌀랑쌀랑 소리도 나며 눈을 맞을,

그 드물다는 굳고 정한 갈매나무라는 나무를 생각하는 것이었다.

—「南新義州 柳洞 朴時逢方」 부분[67]

　　백석은 시집 『사슴』과 『사슴』 이전의 작품은 토속적 풍물세계의 형상화
를 통해서 민족공동체의식을 함양하려고 하였다. 그러나 시집 『사슴』 이

---

67) 백석, 『학풍』 창간호(1948. 10). 『원본 백석 시집』, 211쪽.

후의 작품에서는 이러한 공동체의식의 모색을 지양하고 새로운 공동체 의식을 모색하는 과정에서 사색과 내면의식을 보여준다. 「흰밤」, 「寂境」, 「산비」 등 대상의 이미지를 간명하게 드러내고 사색을 통해서 '현재적 상황'에 대한 수긍을 나타낸다.[68]

이때 우발적이고 단편적인 감탄사가 아니라, 토착어와 사색어를 통해서 자신의 근원과 쓸쓸한 인생관의 주조를 이뤄낸다. 시인은 "그 어느 바람세인 쓸쓸한 거리끝에 헤메이다가", "목수네 집 헌 샷을 깐 한 방에 들어서", "딜옹배기에 북덕불이라도 담겨 오면,/이것을 안고 손을 쬐며 재우에 뜻 없이 글자를 쓰기도"한다. '북덕불'은 고향 혹은 근원을 생각하게 하는 토착어이다. 이 토착어는 개인의 삶에서부터 공동체를 아우르는 것으로 현실과 민족을 연결하는 역사적 의식을 기반으로 하고 있다.

'부끄러움'과 '어리석음' 또 '슬픔'은 '죽음'을 생각할 만큼 극도의 고통 속으로 이르게 한다. 이것은 곧 현실에서 오는 자의식으로 근대와 전근대, 고향과 타향, 가족과 자신, 역사와 개인 사이에서 나타나는 마음의 갈등을 의미한다. 그런 가운데 "화로를 가까이 다가 낀다거나" "무릎을 끓어본다"는 구체적인 행위는 마음을 바로 잡고 새로운 각오를 다지

---

68) 류순태에 따르면 풍물과 사물 또는 고향에 대한 구체적인 묘사는 1930년대 중반 이후의 시대의식상황과 관련이 있다고 말하면서, 이러한 묘사는 일제의 동화정책가 관련이 있다는 주장을 펼치는데, 이것은 무리가 있어 보인다. 백석은 근대와 반근대, 정주와 이주 사이에서 향토어 민속신앙 풍속 등으로 표상되는 전근대적 공동체와 새로운 공간에서의 의식/마음으로 표상되는 근대적 공동체 사이에서 갈등하면서 새로운 공동체의 모색으로 나아간다고 백석의 시세계를 분석하고 있다. 류순태, 「백석 시에 나타난 '고향의식'의 아이러니 연구」, 92쪽.

며 진심으로 어떤 것을 갈구할 때 표출되는 것[69]으로, 시적 화자는 최악
의 상황에서도 새로운 지향점을 찾아내고 그것에 기대어서 자신을 정립
하려고 한다.

이때 중요한 것은 일상과 관련된 고민들이 아니라, 해방된 새로운 세
계와 역사와 관련된 태도이다.[70] 랑케는 『로마적 게르만적 여러 민족의
역사』에서 역사에 대한 사상적 맥락을 드러내는데, 그는 역사의 대상을
개인, 종족, 민족의 삶에 두고 있는 동시에 "대대로 그들 위에 얹힌 신의
손길"에서 찾고 있다. 인간이 하고자 하는 일이란, 유한의 존재로서 자
기 스스로의 수단으로 행동하는 한 그것은 쓸모없는 일이 되고 허사가
될 것이다. 그러나 밖으로부터의 힘이 그를 사로잡고 그를 밀고 갈 때
에만 비로소 자기 속에 살아있는 것 대신에 실제적이고 참다운 존재가
삶 속에 닥칠 수 있다. 이 '밖으로부터의 힘'이란 언제나 신의 힘인 것이
다.[71]

인간이 만들어낸 역사는 인간의 능력으로만 이루어지는 것이 아니라,
보이지 않는 힘에 의해서 만들어진다. '보이지 않는 힘'이란 서구에서는
절대적인 신을 지칭한다. 하지만 우리 민속에서의 '보이지 않는 힘'은 자
연신이나, 토착신들의 능력으로 생각할 수 있다. 그러나 백석이 보여준
신 혹은 민속에 대한 자세는 소월에 비해서 객관적이고 합리적인 시각,
근대적 시각에서 이루어져 있다. 왜냐하면 자신이 그 속신의 세계 속에

---

69) 고형진, 『백석 시 바로 읽기』, 389쪽.
70) 류순태, 「백석 시에 나타난 '고향의식'의 아이러니 연구」, 94쪽.
71) 이민호, 『역사주의-랑케에서 마이네케』, 47쪽.

있는 것이 아니라, 항상 그 현상을 드러내고자 일정한 거리를 두고 그려내기 때문이다. 따라서 시 내용에 숨겨진 혹은 보이지 않는 '밖으로부터의 힘'은 절대적인 존재로 확연하게 드러나 있지 않다. 그 대신 시인은 여기에 국가나 민족의 토착을 돕는 능력, 또는 그 숨결을 자연신의 품 안에 숨겨 놓는다. 이러한 시적 인식은 자신의 어리석음과 부끄러움은 "내 뜻이며, 힘으로 나를 이끌어 가는 것이 힘든 일인 것을 생각하고/이것들보다 더 크고 높은 것이 있어서 나를 마음대로 굴려가는 것을 생각하는 것"에 이르는데 이것은 곧 자신의 '어리석음'과 '부끄러움'이 자신의 힘으로 해결된다는 뜻이 아니다. 오히려 그가 느끼는 부끄러움과 어리석음은 '나'라는 특정 개인의 문제가 아니라, '더 크고 높은 것'이 있어서 "나를 이끌어가고 있다"는 것이다. 시적 화자는 이러한 사유를 통해 무력한 자신의 모습을 깨닫고 운명의 힘에 항복한다. 그는 비애와 영탄을 받아들이고 여과하여 결국 체념의 상태에 이르러서야 비로소 바깥의 어떤 힘을 믿는 인식에 도달한다. 유한의 존재로서 자신의 운명을 이끌어 올려주는 '밖으로부터의 존재'를 의식하게 되는 것이다.

'갈매나무'는 힘을 가진, 또는 정신을 이끌어 올리는 의미와 상징으로 형상화되고 있다. "실제적인 것이 정신적인 것으로 결정된다"는 랑케의 시각을 빌리면 갈매나무는 "줄기차게 자라고 작은 가지가 뻗고 큰 가지가 자라며 잎새가 돋아"나는 인간정신의 상징이 될 것이다. 자연상징에서 "눈에 보이지는 않지만 거기에 있는 것"이라는 '실제─정신적인 것'은, 현실과 이념이 분리되지 않고 일치된다는 동일성 철학에 근거한 것이다. 백석 시에서 나무의 상징은 자신을 이끌어 올려주는 그 정신적인 것 즉 자신을 있게 한 민족이나, 역사의 큰 줄기와 동일성을 획득한다.

> 나는 이 작품에서 이 나라 역사의 굵은 주름살을 본다. 그리고 이 겨레의
> 한숨과 코라스를 듣는다. (…중략…) 이 작품이야말로 한국인의 생활철학과
> 인생관이 집약된 대표적인 사상시라고 말할 수가 있을 것이다. 순수한 우리
> 말로 구성된 이 작품은 한국 사람이 味得할 수 있는 한국의 노래이다. 이데아
> 를 의식적으로 노린 많은 시인의 작품들이 어딘가 서구의 모조품이라는 인상
> 을 주면서 공전하고 있음에 반하여 작품은 철두 철미 독창적이다.[72]

유종호는 백석의 이 시를 "민속적 내지 토속적이라는 에피세트를 들
어가며 이 겨레의 생활감정과 그 풍토를 추구한 절정의 노래"라고 한다.
역사와 토착의 원형에 백석의 시가 기대고 있다는 의미이다. 또한 자신
을 구원해 주는 무의식의 원형은 다름 아닌, 민족과 자신을 옹호하는 토
착신에 대한 근본적인 심상이고, 이것이 바로 '갈매나무' 뒤에 숨겨진 의
미이다. 그 토착에 대한 근본 배경은 유랑과 타향체험에서 찾을 수 있
다. 그가 현재에서 과거의 습속을 회상하는 것이 가능했듯이, 유랑의 공
간에 있을 때 고향을 넘어서서 자신이 태어난 땅에 대한 회상이 가능해
진 것이다. 이러한 현상의 드러냄을 통해 백석은 민족의 원형이 담긴 토
착어를 사용해 자신의 내면의식을 보여주고 있다. 전근대/근대, 과거/현
재, 고향/타향의 경계에서 민속에 대한 원형과 공동체체제를 객관적으
로 그려냄으로써 전통계승에 대한 새로운 정립을 이루는 힘이 되는 것

---

72) 유종호, 「임과 집과 길」, 106쪽.

이다.

3. 방언의 서술 양상과 문제점

1) 지역어와 토착어의 변주 양상

백석 시의 서술 양상과 언어의 형식은 개성적이며 내용에 있어서는 보편성을 획득하고 있다. 문학에 있어서 보편성에 대한 논의는 아리스토텔레스의 "시는 자연의 모방"이라는 명제에서 찾아볼 수 있다. 즉 우리가 가지는 본성 중의 하나인 모방성은 자연스러운 것이며, 생명을 가진 모든 것은 자연적인 완전형태를 얻을 때까지 진화한다.[73] 특히 인간이 자연의 일부인 이상 인간의 법칙이 당연히 자연의 질서에 해당된다.

공동체 속에서 민속적 삶의 질서와 순환의 법칙을 개성적인 언어행위를 통해서 형상화하고자 할 때, 시는 우주율에서 생명성을 모방하고자 하는 자연적 의미에 가깝다. 그것은 시공간을 초월한 보편성에 입각한 창조적 행위이다. 휠라이트는 이차적인 의미가 원초적인 상황에 놓일 때 팽팽한 긴장감과 함께 보편성과 개성의 융합이 가능해진다고 하였다.[74] 백석은 일상적인 사물에서 영원성의 투신을 포착함으로써 보편성의 이행을 가능케 한다. 일상적 사물들이 영원성과 만나는 과정을 잘 보여주고 있으

---

73) Aristotle, 김재홍 역, 「시의 기원」, 『시학』(고려대 출판부, 1998), 51쪽.

74) Wheelwright, *the burning Fountain*, p.33. 오세영, 『문학연구방법론』. 354쪽 재인용.

며, 이러한 과정을 통해 민족의 원초적인 심상, 즉 사물과 풍속을 통한 정념의 상태[75]의 이미지를 객관화시키는 데 성공하고 있다.

문학에서 언어는 이미지의 표상을 위한 국면과 관련되어 있고, 시인은 실제적 체험이 지각되는 과정의 표상행위로써 시작행위가 가능하다. 따라서 지각의 상태를 객관화하는 과정에서 특정한 언어의 음향체계는 음조, 리듬, 운율, 그리고 음운론과 형태론, 그리고 어휘론(상말, 사투리, 고어, 신어), 구문론(도치, 대조, 병행)으로 설명된다. 이 체계는 하나의 문학예술작품 혹은 어떤 무리의 작품을 이루는 중요한 토대의 문법을 기술할 수 있는 것[76]이다. 여기서 문체론이 언어의 중요한 요소로 전체 작품의 어휘나 문법적 관계의 미적 특질을 밝히는 데 목적이 있다면, 형태론은 형식적 특질을 밝히는 데 결정적 역할을 한다.[77] 따라서 백석이 사용한 방언과 토착언어는 형태론적, 어휘론적으로 접근해야 하는 특징이 된다. 백석은 이러한 언어의 특징을 통해 실제의 체험을 지각적으로 '이미지화' 함으로써 토속적인 세계를 가치화하는 데 성공했다.

지역어는 동일한 언어가 시간의 흐름에 따라 여러 지역에서 각각 다른 모습으로 변화를 일으킨 것이다. 부언하자면 모체로부터 분화된 것으로

---

75) 정념의 작용은 우주와 우주의 역사에 진정으로 새로운 어떤 것을 덧붙이는 것이다. 모든 일이 진행되는 모습을 볼 때, 우주라고 부르는 이미지의 총체 속에서 유형(type)이 신체에 의해 제공되는 어떤 특별한 이미지들을 매개로 하지 않고서는 진정으로 새로운 것은 산출될 수 없다. H. Bergson, 『물질과 기억』, 39쪽.

76) 박주택, 「백석 시 연구」, 146쪽.

77) Rene Wellek · Austin Warren, 「문체와 문체론」, 이경수 역, 『문학의 이론』(문예출판사, 1987), 253쪽.

지역과 사회계층, 성별, 세대차 등에 갈려진 것을 말한다. 그러나 언어의 변종인 방언은 일반적으로 민족 간에는 모두 의사소통이 가능하며 그 사용에 있어서 방언이야말로 상투어가 아닌 시원의 언어, 또는 유년기의 언어, 자연언어가 된다.

백석이 작품 활동을 한 1930년대는 과거와의 단절을 요구하는 식민지 시기이다. 식민통치가 강요했던 것은 체제의 효율성과 자본주의의 가속화를 위한 각종 단위의 표준화와 통일화 그리고 중앙 집중화였다. 그러므로 식민지적 의사를 주입하고 정치화에 이용하기 위한 언어 또한 규격화와 표준화를 추구하기에 급급하였다. 이때 우리의 지식인들은 새롭고 세련된 언어로 시를 쓰는 모더니즘적 방법을 추상하고 있었다. 이러한 시기에 백석이 시원의 언어인 방언을 선택한 이유는 베르그송이 지적한 것처럼 "지각된 이미지의 표상행위"[78]가 유용했기 때문이다. 다시 말하자면, 비합리적인 것으로 낙인 찍힌 토착적이고 민속적인 이야기와 출생지의 방언을 적극적으로 활용함으로써 우리의 언어를 새롭게 바라보고 자연어를 체득하면서 사물과 풍속이 가지는 본성의 것을 드러내고자 했던 것이다.

오산학교를 졸업하고 조선일보 후원 장학생으로 뽑혀 일본에서 영문학을 공부한 그는 당시로써는 첨단에 서서 서구문물을 받아들였는데 그럼에도 불구하고 우리 것을 고수하려는 자세는 다순히 과거지향적인 자세로 풀이될 수 있는 것은 아니다. 오히려 그것은 "타인들 속에서가 아니라,

---

78) H. Bergson, 『물질과 기억』, 95쪽.

나 자신 속에서 나를 추구하는 것"으로 볼 수 있다. "문학에 모더니즘이라 불릴 만한 어떤 것이 존재한다면, 그것은 확실히 개성적이고 독창성에 대한 강한 욕망"[79]일 것이다. 그렇게 본다면 백석의 시어는 누구보다도 근대적 자각의 결과물이었던 셈이다. 외래로부터 들어온 상징주의와 새로운 문예사조에 경도된 서구의 모더니즘을 표방하는 전통은 백석이 추구하는 문학방법이 될 수 없었다.

정주지방의 방언을 사용한 시인은 백석 외에도 안서와 소월이 있다. 그러나 소월의 경우 그 기층(基層)에 정주 방언이 있고 표층(表層)에 문학어로 덮어 씌워[80]진 경우이다. 소월은 '외다', '니다그려', '구려합듸다' 등 평북 방언을 쓰고 있는 반면 백석은 '이다', '었다' 등의 표준어 어미를 사용하면서 고유한 명사나 지방 특유의 감각어들을 많이 쓰고 있다. 또한 소월은 '옛날', '누나' 등의 체언을 쓰고 있는데 반해 백석은 명사나 감각어 등에서 정주 방언을 사용한다. 이는 백석이 문학어인 표준어의 어투를 체득하고 난 뒤 방언을 의도적으로 사용하였다는 점을 증명하는 것이다. 박용철이 백석의 "방언은 곧 깨트러서 뿌다귀와 모소리가 있는 돌"[81]이라고 했듯이 드러내는 그 '향토의 야성'은 우주의 원형질을 향한 언어적 표상이 된다.

---

79) M. Calinescu, 이영욱 · 백한울 · 오무석 공역, 『모더니티의 다섯 얼굴』(시각과 언어, 1994), 85쪽.

80) 이기문, 「소월 시의 언어에 대하여」, 『심상』 통권112호(1994), 24쪽.

81) 박용철, 「백석 시집, 『사슴』평」, 『박용철 전집』, 122쪽.

가즈랑집, 갈부던, 갓신창, 개니빠디, 섬돌, 구신간시렁, 아르데즘퍼리, 개발코, 금덤판, 깽제미, 나부별, 낫대들다, 노나리군, 당즈깨, 천진푀치마, 예데가리밭, 마가리, 닭이짖, 올코 , 장뫃이, 아즈내, 몽둘발이, 막써래기, 광살구, 집오래, 말쿠지, 갓사둔, 쇠든밤

위에 열거한 백석의 시어들에서 알 수 있듯이 그의 모든 시에는 방언과 토착어가 다양하게 사용하고 있는데, 시 「여우난골族」 한 편만 봐도 시를 이루고 있는 핵심적인 주제어가 여러 종류의 방언으로 이루어져 있다는 것을 알 수 있다. 한편 소월이 단어와 단어를 결합하여 새로운 단어를 만드는 조어의 방법을 썼던 것처럼 백석의 경우에는 자신의 미감에 의하여 선택한 단어를 그대로 쓰기도 하고 단어와 단어를 결합하여 조어를 만들기도 한다. 살펴보면 놀이의 이름과 음식, 지역이름, 그리고, 풍물의 이름들이 조어로 이루어진 것들이 꽤 있다.

매감탕, 토방돌, 반디젓, 숨굴막질, 꼬리잡이, 아르간, 조아질, 삼방이굴리고, 바리깨돌림, 호박떼기, 화디(등잔걸이), 사기방등(사기로 만든 등잔불), 홍게닭(새벽닭), 텅납새(추녀), 동새(동서), 무이징게국(새우에 무를 설어넣어 끓인국), 쌈방이, 삼춘엄매,

예를 들어 '무이징게국'은 '새우'와 '무우'를 넣어서 만든 국을 뜻하는 것이다. 이때 작은 새우를 가르키는 '징게'는 '징개미'에서 유래된 것이고 '무이'는 '무우'를 뜻하는 것이다 '입술'을 '매감탕'이라고 표현하고 있는데, 이는 '메진' '감탕'의 뜻이고, '밴댕이 젓'은 '반디젓'으로 표기하고 있다. '사기방등'은 사기로 만든 '등불'이며 '회디'는 '등잔걸이'의 방언이다.

시인은 여러 가지 방언을 섞은 복합어를 사용하면서, 고향의 원초성과 개성을 극대화시키고, 토착민들이 그곳에서 재배한 음식재료의 이름과 놀이의 이름을 사용함으로써 가장 자연적인 표상으로써의 언어를 가능케 한다. 이러한 자연적 표상으로써의 방언은 사물의 고유성과 시원의 이미지를 그려내는 동시에 주술적 의미를 내포하게 된다.

> 인간의 심성이 되도록 자연처럼 되기를 원하는 것이고, (…중략…) 그것은 자연과 인간을 미분적으로 즉, 일체로 생각하는 심성이다. 인간이 자연적 상황으로부터 분화되지 않고 서로 상대적 개체임을 표현할 수 있다.[82]

방언은 사물의 본질에서 가장 가까운 이름을 불러줌으로써 우리 민속이 생산한 풍속의 내력과 원래 자연의 의미를 되새긴다. 그 의미로부터 멀지 않는 원래의 뜻을 전달할 수 있으므로, 자연성과 인간의 조건이 분리되지 않는 미분성의 원리에 접근할 수 있다. 이러한 방식은 백석의 과거에서부터 현재, 그리고 백석의 미래인 오늘에까지 닿은 것으로 영원성을 띠게 된다. 현대문명의 시대는 합리적이고 새로운 말들이 오히려 진부해진 시대일 수 있다. 그러므로 그의 언어는 더욱 새롭고 낯설게 느껴지면서, 시원의 의미에서부터 미적인 특질까지 겸하게 되는 것이다. 이러한 토착어는 문명의 혜택을 별반 받아보지 못한 이 땅의 전근대적인 인간상과 그들의 생활감정을 표현하는 데 적격이다. 바꾸어 말하자면 그러한 인

---

82) 김태곤 외, 『한국문화의 원본사고』, 496쪽.

간상을 형상화하는 데 토착어가 아니면 전적으로 불가능한 것이다.[83] 이렇듯이 백석이 문명과는 동떨어진 고향의 모습을 그려내는 데 토착어와 방언이 더할 수 없이 효과적인 언어적 장치라는 것을 알 수 있다. 즉 토속어와 방언을 통해 지역어의 심미적 가치와 정서적 가치에 섬세한 관심을 기울이면서 주변부의 언어를 중심부로 끌어올리려는 시적 평등 실현의 노력[84]을 보여주었다.

2) 엮음의 문체와 언어의 주술성

백석의 시어는 문어라기보다는 구어의 형태를, 추상어이기보다는 구체어의 형태를, 구체어 중에서도 오감에 호소하는 체감어의 형태를 취하는 경우가 많다.[85] 이러한 구어의 특성에서도 그는 어린 시절의 기억을 재현해낼 때 '들었다', '것이다', '것이었다'의 서술어를 빈번하게 쓴다. 끊임없이 과거의 기억을 풀어내고, 거듭 늘어놓는 엮음의 기법으로, 화자와 청자는 긴밀하게 생생한 소통관계에 놓이게 된다. 혹은 실제로 이야기를 나누는 광경을 재현함으로써, 독자가 그 이야기들을 마치 가까이에서 전해 듣는 것처럼 느끼게 된다. 그 시의 내용은 생동감으로 가득 차 있는데, 그 이유는 인간끼리의 따뜻한 교호 작용이 가능하고, 오래된 생활세계의 모습을 구술적으로 풀어내고 있기 때문이다.

---

83) 유종호, 『비순수의 선언』, 177쪽.
84) 김재홍, 『한국현대시인 연구(2)』, 248~249쪽.
85) 최정례, 「구술문화적 특성의 시어」, 『백석 시어의 힘』, 142쪽.

① 저녁술을놓은아이들은 외양간섶 밭마당에달린 배나무동산에서 쥐잡이를
하고 숨굴막질을하고 꼬리잡이를 하고 가마타고 시집가는노름 말타고장가
가는 노름을하고 이렇게 밤이어둡도록 북적하니 논다
  밤이깊어가는집안에 엄매는엄매들끼리 아르간에서들웃고 이야기하고 아
이들은 아이들끼리 웋간한방을잡고 조아질하고 쌈방이굴리고 바리깨돌림
하고 호박떼기하고 제비손이 구손이하고

—「여우난곬族」 부분[86]

② 황토 마루 수무낡에 얼럭궁 덜럭궁 색동헌겁 뜯개조박 뵈짜배기 걸리고
오쟁이 끼애리 달리고 소삼은 엄신 같은 딥세기도 열린 국수당고개를 맻번
이고 튀튀 춤을 뱉고 넘어가면 곬안에 안윽히 묵은 녕동이

—「넘언집 범같은 노큰마니」 부분[87]

①은 「여우난곬族」의 전체 4연 가운데 마지막 연으로 명절날 큰집에 모
여서 친족들이 '북적하게 노는' 장면을 묘사하고 있다. 여러 가지 놀이의
종류와 함께 즐기는 모습이 정겹게 소개된다. 어른이 노는 모습과 아이들
이 노는 모습이 구체적으로 나타나고, 어른들도 아이들 못지않게 즐겁게
웃고 떠들고 하는 모습은 근심 없는 공동체적 삶을 부각시킨다. 여러 인
물들의 여러 행동을 이야기하듯 풀어놓는 언술을 통해 현재의 동시다발
적인 상황을 전하는 데 기여한다. 문장이 독립적이지 않고 앞의 문장과
뒤의 문장 사이의 '-고'라는 연결고리로 이어진다. 퍼즐처럼 여러 독립적
인 상황들이 모여서 하나의 공동체적인 풍경을 완성하는 것이다. 그 모습

---

86) 백석, 『조광』 1권 2호(1935.12). 『원본 백석 시집』, 42~47쪽.
87) 백석, 『문장』 1권 3호(1939.4). 『원본 백석 시집』, 161쪽.

은 마치 카메라에 담긴 풍경처럼 보인다. 이렇게 앞의 문장이 뒤의 문장을 이끌면서 끝없이 이어지는 엮음의 언술적 방식은 판소리[88]의 사설과도 비교될 수 있는 측면이 있다. 「얼럭 소새끼의 영감」, 「여우난곬族」, 「고방」, 「모닥불」, 「고야」에서의 언술 형식은 마치 소리꾼이 소리를 할 때 보여주는 사설의 리듬에서 오는 흥을 전하고 있다.

②는 큰어머니 집으로 가는 과정을 서사적으로 표현하고 있다. 그 서사적 내용을 4·3조 또는 7·5조 등의 음률에 따라 청자에게 건네는 사설과 엮음의 구술적 방식을 보여주고 있다. "황토마루 수무낡에 얼럭궁 덜럭궁 색동헌겁 뜯개조박 뵈자배기"에서 '얼럭궁 덜럭궁'은 ①의 '도'는 사설의 흥을 돋구는 너름 역할을 한다. 긴 이야기를 엮어가는 판소리의 빠른 템포 가운데 소리꾼이 호흡을 가다듬을 수 있도록 흥을 돋구는 것이 너름의 역할이기 때문이다. 또 현대시에서 구술적 양식의 빠른 템포의 반복과 열거를 발견할 수 있다면, 그것은 판소리에서 보여주는 우리 민족 특유의 시적 리듬이라고 말할 수 있을 것이다. 판소리는 이러한 리듬을 바탕으로 서민들의 보편적인 정서를 한마당의 시공간 속으로 이끌어들이는 종합예

---

88) 판소리의 발생에 관해서는 무가, 제의(祭儀) 기원설, 광대소학지회 기원설, 중국의 강창문학 영향설 등이 있으며, 문학적으로는 판소리 사설의 형성에 관한 것으로 근원설화, 선행설과, 문장체 소설, 선행설이 있다. 또한 판소리에 나타난 사회의식을 살펴보면 현실적 합리주의가 나타나는데, 이것은 이면적 주제를 이루고 있다. 첫째, 경제적인 변화를 민감하게 그리고 있다. 「흥보가」의 돈타령과 매품팔이가 그 예이다. 둘째, 신분적 제약으로부터 벗어나 인간적 해방을 성취하려는 욕구를 표현하고 있다. 「흥보가」에서 심봉사와 뺑덕어미의 관계를 통하여 군자의 정체가 허망함을 드러내고 있다. 즉 판소리에서는 인간의 운명은 초자연적인 질서에 의해 결정된다는 사고방식과 선을 행하면 복을 받는다는 충·효·열·우애를 강조하고 있다. 최운식 외, 『한국 민속학 개론』, 311~319쪽.

술이다. 소리꾼으로 인하여 이어지는 판소리는 시공간을 초월해서 화자와 청자 또는 이야기 속에 등장하는 모든 인물과 일체가 되는 힘을 발휘한다. 또 세속적 삶의 비애와 고통을 잠시나마 잊게 해주는 세속적 시공으로의 격리라는 측면에서 본다면 이것을 집단적 신명풀이를 통한 통과의례라고 할 수 있다. 통과의례는 한 집단의 구성원들이 사회적 모순이나 불합리에 대한 속풀이나 한풀이 그리고 갈등의 불씨를 거두고 융합의 정신에 따라 집단적 융화를 추구하는 것을 그 목적으로 한다. 화자와 청자 그 모두가 일체화됨으로써 시적 주체가 가지는 언어적 유희를 극대화시키는 것이다. 이렇게 판소리의 특성에서 보여주는 서사성은 엮음과 서술방식을 통해 서민들의 꿈과 욕망을 드러내는 것으로 백석 시에서도 효과적으로 변용되고 있다.

　표면적인 것에 힘입은 이면적 주제가 줄곧 주제의 중요한 구실을 하듯, 백석의 시에서도 겉으로 드러내는 표면적 즐거움의 정경 뒤에는 더 상실해 가는 공동체정신에 대한 비판의식이 자리 잡고 있다. 조선시대의 판소리는 광대의 사회적 지위의 한계 때문에 사실주의 풍자정신이 크게 위축되는 반면, 일제강점기에 와서는 오히려 융성할 수 있었다.[89] 판소리가 민족해방운동에 직접적으로 관여하지 않았더라도 문학적으로 재구현될

---

89) 판소리의 지위 상승은 바로 시민문화의 성장과 확대를 뜻한다 하겠으나 그 결과 멸시 당하던 조선시대의 광대가 이룩한 비판적 사실주의의 풍자정신은 대폭 약화되었다. 그러나 일제강점기동안 판소리는 크게 융성할 수 있어서, 전통문화의 단절이 전면적으로 이루어지지 않았음을 입증했다. 민족해방투쟁과 연결되지는 못했지만, 현대에 와서 종합예술의 한 갈래로 민족의식을 담고 재구현되고 있다. 조동일, 「구비문학의 활기와 긴장」, 『한국문학통사』, 63쪽 참조.

가능성이 분명히 존재했던 것이다.

한 나라의 언술은 그 말을 사용하는 풍속·습관이나 역사를 같이 한 공동운명체의 구성원만이 감지할 수 있는 정서적 연상대를 갖는다.[90] 언어가 지시하는 뜻에 동조하고 감정을 공유할 수 있는 주술적 장치에 따르게 되는데, 주술성이란 '언어의 마술성'과 같은 맥락으로 설명할 수 있다. 주술성은 일상에서 필요한 것을 초월적인 힘을 빌려서 구하고자 하는 것이라고 한다면, 언어의 주술성이란 이미 언어가 가진 자체의 의미와 보이지 않는 힘을 말한다. 이럴 때 언어에서 생겨나는 힘은 말을 건네는 화자의 의도에 의해서 주술성 또는 마술성이 극대화될 수 있다.

> 말이 마술적인 힘을 가지고 있다는 낡아빠진 생각은 과오이다. 그 과오는 중대한 진리의 곡해이다. 말은 마술적인 힘을 가지고 있다. 그러나 그것은 마술사가 상상하는 것 같은 방법도 아니고, 또 그들이 마력을 미치게 하고자 하는 대상에 대한 것도 아니다. 말은 그것을 사용하는 사람의 마음에 영향을 주는 방법으로써 마술적인 것이다.[91]

유종호는 언어의 마술이란 원시적 신앙이나 언어를 신비화하려는 습성이 아니라고 강조한다. 엄밀히 말하자면, 언어가 가지고 있는 미묘한 기능이나 그 효과를 비유적으로 표현하는 것에 가깝다고 정의하고 있다. 따라서 백석 시에서 서술하고 있는 말의 주술성도 원시적인 신앙에서 유래된 주술이나 신비한 능력을 보여주려는 것이 아니다. 그보다는 말을 사용

---

90) 유종호, 『비순수의 선언』, 172쪽.
91) 헉슬리, 「말의 意味」, 위의 책, 225쪽에서 재인용.

하는 사람의 마음에 영향을 주는 것으로써 의미이다. 백석이 노리는 방언과 토착어, 그리고 그 언술이 주는 리듬과 내용은 시원적 의미를 가지고, 자연의 본질을 떠올리게 한다. 민속·민중적 양식으로써 이 언술적 장치는 독자와 청자가 분리되지 않고 일체적이고, 미분적 상황에 몰입할 수 있게 한다.

제5장

김소월 백석 시의 민속성 인식과 개성적 편차

김소월 백석 시의 민속성 인식과 개성적 편차

소월은 1902년 출생했고 1920년에 등단해서 1934년에 세상을 떠나기까지 30여 년의 생애 동안 14년간의 비교적 짧은 시작 활동기간을 보여주었다. 백석은 1912년 출생했고 1930년 『조선일보』에 소설로 등단하였으며, 본격적인 작품 활동은 1936년 『사슴』을 출간하면서부터였다. 분단 후에는 북한에 남게 되었고, 1962년 10월 무렵 문화계 전반에 내려진 복고주의에 대한 비판과 연루되어 일체의 창작 활동을 중단한 뒤 1995년 52세에 숙청당한 것으로 추정된다. 본격적인 작품 활동은 소월이 세상을 떠난 이후 1936년에 『사슴』을 출간하면서 시작된다. 출생지는 소월과 같은 평안북도 정주이며, 출신학교도 같은 오산고보이다. 졸업 후 백석은 동경의 아오야마 학원에서 영문학을 전공하고 돌아와 조선일보사 계열 잡지의 편집부 일을 보았다. 이들은 둘 다 당대의 주목받는 지식인으로 활동하였고 일제강점기 시절 순탄치 않은 시인의 삶을 살다 갔다. 소월과 백석은 우리 근대문학사, 특히 한국문학사에 있어서도 각자 독자적인 전통성의 성과를 남겼다.

앞에서 살펴본 바와 같이 험난한 역사·사회적 현실 속에서 전통성에 입각한 가운데 개성적으로 펼쳐온 두 시인의 시세계에는 뚜렷한 공통점과 변별점이 존재한다. 두 시인의 시적 자아는 강제적으로 추진하던 근대화─도시화, 산업화로부터 일정한 거리를 두고자 했다. 이들 시적 자세는 외부로부터 밀려오는 근대성으로부터 시간적으로 '과거/현재', 공간적으로 '고향/타향' 사이에 파생되는 삶의 충동들을 표출해 나가는 과정에 있었다. 소월의 경우는 우주적 순환과 질서에 비추어 삶의 문제를 되돌아보는 것으로 공간적 거리인식이 작용하는 반면, 백석의 경우는 과거 고향에서의 기억을 현재화함으로써 구체적 사물과 정령에 부여된 존재의 가치를 재구현하고 있다. 백석은 시간적인 경계를 넘나들면서 객관적인 표현방법으로 토속성의 의미를, 소월은 자연의 일부로 살아가는 민속의 보편적인 정서를 주관적인 세계관으로 상징화하였다. 백석 시를 통해서 과거, 민간의 일상을 미학적으로 전해 받고, 우리 스스로 민족공동체의 이상향을 그릴 수 있다면, 소월의 경우는 존재 지속에 대한 문제를 자연과 함께 소통하고 해결하려는 민간신앙의 측면에서 우주와 자연에 대한 새로운 패러다임을 제시한 것이라고 볼 수 있다.

문학의 전통적 맥락에서 본다면 민속성은 고대로부터 내려오는 내용들이 구체적인 형태로 상징화될 때 지속 가능한 것이다. 그것을 표상하는데 백석은 '순수기억'을 감각적으로 뚜렷하게 표상하고 있지만, 소월은 구체적으로 파악되지 않은 주관적인 공간을 그려냄으로써 광범위한 세계를 표현한다. 그러나 이 두 시인이 나타내는 상징은 모든 세계에서 순환적인 이미지와 함께 융성과 쇠퇴, 삶과 죽음, 소멸과 재생의 동일한 생의 주기와 반복성이 확장되는 것이다.[1] 이들의 전통적인 측면은 고유의 혈통과 문화적 순수성을 우선적으로 지키고 그것의 내면적인 성찰을 통해서 개성적으로 표현하는 데 더욱 가치가 있다.

소월에게 '님'은 시인 개인의 불행한 가족사를 포함한 비극적인 역사·사회적 현실에서 파생된 구원적인 상징이다. 이것은 현세의 시적 자아와 동일화를 이룰 수 있는 존재가 아니라, 확연히 드러낼 수 없는 '공간적 카오스' 저 곳에 있는 초월적인 존재이고 이상향적인 대상이다. 그렇기 때문에 소월의 시에서는 이 거리의 간극을 채워줄 시혼(詩魂)의 역할이 필요한 것이다. 시혼은 비극적인 현세와 존재의 근원지인 카오스 간의 순환을 가능하게 하며 현실에서의 불행을 해결하고 절망을 극복하는 데 도움을 준다. 또한 소월은 한국인의 보편적인 정서를 토로하고 위로받는 곳으로 자연공간을 설정하면서 민속의 자연신앙적인 면을 승계하였고, 고전적 정감과 가락의 원형질을 새롭게 계승하였다. 반면 백석은 시를 통해 토속성을 재현하는데, 음식, 사물, 지명, 인물들에게 고유성을 부여하고 이러한 사물을 통하여 사라져가는 공동체적 모습을 형상화하였다. 그는 '과거/현재' 사이에 공존하는 시간의 저편, 즉 '시간적 카오스'를 향한 지향성을 가리고 있다. 여기에는 변화되어가는 민간인의 삶의 조건 속에서도 변화되지 않은 세계를 응시하는 시선이 전제되어 있다.

---

1) N. Frye, 임철규 역, 『비평의 해부』(한길사, 1982), 221쪽.

창작과 표현기법에 있어서도 소월은 자연발생적인 리듬과 운율을 바탕으로 내면의 사랑과 꿈을 풀어내는 민요시의 형식을 택했다. 그러나 백석은 평민들의 일상적인 어조에 가까운 구어체와 엮음의 산문체로 시를 구조화한다.

한편, 소월과 백석의 시적 세계의 바탕에는 공통적으로 '토속성'이 있다. 이들은 토착어 활용을 통해서 민족지향성과 민족·민중의 원형을 드러낸다. 두 시인 다 토착어와 고대에서부터 내려오던 리듬을 차용함으로써 민족어 완성에 나아가려 했다는 점, 지역어와 주변부 언어를 중심부화했다는 점에서 전통의 문학사적 계승을 모색하였음을 방증한다.

<소월·백석 시의 비교 분석>

	김소월	백석
상징성	자연/강/바다/강/바다/강/꽃/무덤(자연에 존재하는 사령)	인물/음식재료/사물/고방 (사물 속에 존재하는 정령)
민속요소	流動의 민속요소	有形의 민속요소
시적 경로	현세와 죽음의 세계―공간이동을 통해 초시간성(삶/죽음)의 경계를 보여줌	과거(고향마을)와 현재(유랑적공간)―시간 이동을 '순수지각'을 통해 변화된 공간의 모습을 보여줌
시점	주관적인 묘사	객관적인 묘사
시적 자아	님/시혼	나/내면성
형식	민요의 리듬	엮음의 방식과 토착어
공통지향성	토속성, 공동체정신과 민족·민중의 원형성을 드러내고 지역어와 개성적인 리듬, 율격을 사용함	토속성과 공동체정신, 민족 민중의 원형성을 드러내고 지역어와 개성적인 서술 방식을 통해 민속의 전통성을 지향

1. 김소월 : '님'의 다의적 상징과 주관적 시공간 인식

시는 시인의 창조적 상상력 속에서 작은 씨앗과 세포에서 출발한다. 그리고 시의 성장 즉 세포와 씨앗의 성장은 외부 환경과 그 당대 사회의 변화 속에서 이루어진다. 탄생된 한 편의 시는 결코 단순한 결합으로 이루어진 전체가 아니라, 부분들의 총합 이상의 유기적 구조[2]다. 르네 웰렉(Wellek)은 문학이 그 당대 사회의 소산인 언어를 매체로써 이용해서 자연의 세계나 개인의 내면 혹은 주관적 세계에서부터 시작해 특정한 사회적 효용을 지니고 있는 것이 분명하다는 의견을 피력한다.

> 사실상 문학이란 특정한 사회적 제도들과의 밀접한 관련에서 일반적으로 생겨났으며, 원시사회에서 우리는 시를 제의, 마술, 작업, 놀이 등으로부터 구분할 수 없을지도 모른다. 문학은 또한 사회적 기능 혹은 효용을 지니고 이런 것은 순전히 개인적인 것이 될 수 없다. 그리하여 문학 연구에 의해서 제기된 대다수의 문제들은 적어도 궁극적으로 혹은 암묵적으로 사회적인 문제들이다. 즉, 전통과 관습 규범들과 장르들, 상징들과 신화들 등의 문제들이 그렇다.[3]

문학이란, 당대 사회적 정황과 국면을 정확히 반영하고 묘사하는 것에 한정되는 것이 아니다. 예술가는 진리를 전달하며, 필연적으로 역사적 및 사회적 진리를 전달하는 가운데 작품의 개성과 보편성이 존재한다. 시의

---

2) 정한모, 『현대시론』, 28쪽.

3) Rene Wellek · Austin Warren, 『문학의 이론』, 13쪽.

성층구조에 대해서도 다음과 같이 설명한다. "첫째, 음의 층이 있으며, 둘째, 이 음의 층을 근저로 해서 얘기되는 의미 단위들의 층이 가능하며, 세 번째는 시적 대상의 층"으로 나뉜다는 것이다. 덧붙여 외부세계라는 층과 형이상학적 특질이 존재하게 된다는 점도 설명한다. 형이상학적 특질에는 "숭고한 것", "비극적인 것", "무서운 것", "신성한 것"이 속한다.[4] 성층구조이론은 소월 시의 시적 페르소나를 해석하는 일에서부터 시적인 대상이 되는 '님'에 대한 해석에 적용 가능하다. 김재홍은 만해 시에 드러나는 '님'을 다음과 같이 분석하고 있는데, 구체적이고 실증적인 부분에서야 많은 차이가 있겠지만, 소월 시의 '님'이 가치는 표층적인 의미를 분석하는 데 있어서 어느 정도 이정표가 될 수 있다.

'님'이 연인이나 조국, 진여 등 어느 하나만으로 규정될 경우에는 88편의 시가 그에 알맞은 논리로 演繹되어야 한다는 모순이 뒤따르게 된다. 따라서 '님'은 연인이라는 현실태로부터 출발하여 가능태와 이념태 모두를 포괄하는 구조적 개념으로 파악하는 것이 온당하다고 본다. 왜냐하면 연인으로서 '님'은

---

4) 잉가르텐, 훗설의 이론에 르네 웰렉이 동의하면서 시 연구를 위한 성층구조 요소 개념이 정립되었다. 이들의 견해에 따르면 첫째로는 음의 층이 존재하는데 이것은 가장 기본적인 것으로 독서과정에서 제일 먼저 부딪히게 되는 층이며, 둘째, 음의 층을 근저로 해서 야기되는 의미단위들의 층이 존재한다고 말한다. 이 의미단위는 하나하나의 단어들의 의미뿐 아니라 그들이 결합하여 형성되는 더 큰 단위인 문장, 그리고 그 문장과 문장의 연결로 이루어지는 의미의 층까지 일컫는다. 세 번째는 대상이 만드는 층이다. 그것은 작가의 세계이며 그 다음이 특수한 관점으로 제시되는 보이는 세계와 형이상학적 특질의 층으로 요약된다. 위 요소들이 작품의 성격을 좌우하겠지만, 그 주제나 내용을 이루는 것은 형이상학적 특질을 포함하는 세계의 대상이 중요한 역할을 한다. 정한모, 『현대시론』, 30쪽 참조.

절실한 개인적 경험세계와 시적 형상의 체계 사이 미적 긴장체계를 형성시킴
으로써 시적 감동과 설득력을 불러일으키기 때문이다.[5]

　이러한 견해를 바탕으로 소월의 '님'에 대한 해석도 가능하다. 소월의
'님'은 주관적, 개인적 의미의 연인에서부터 공동적 규범적인 의미의 조
국과 민족, 그리고 민중과 그의 이상적 지향점인 '자연' 또는 '신'으로 파
악할 수 있다. 또한 자연이나 '신'과 소통할 수 있는 대상으로서의 시적
자아도 가능하다. 소월은 '님'을 통하여 시적 대상과 주관적인 거리를 유
지하며 개인적 이별이나 정한의 문제와 민족적 이상과 꿈을 실현시키기
위해서 카오스의 세계에까지 상도하려는 혼의 문제로 귀결시킨다.

〈'님'의 성층구조〉

이념태 ⋯ 이상적 지향적 의미 ⋯ 자연, 신, 자아　⋯ 심층적 의미

가능태 ⋯ 공통적 규범적 의미 ⋯ 조국, 민족, 민중 ⋯ 심층적 의미

현실태 ⋯ 주관적 개인적 의미 ⋯ 연인, 사랑　　　⋯ 표층적 의미

　'민족/민중/민간인/시인/지식인'으로 살다간 시인은 나라를 빼앗겼고
전답과 곡식을 수탈당했으며 이것은 '땅'의 의미적 발현으로 말미암아 민
족혼을 빼앗긴 상황으로까지 확장된다. 동시에 시인이 살아간 이 시기는
새롭게 유입된 신문물과 전통문화의 대립을 이루던 시기였으며 문학의

---

5)　1:현실태⋯주관적·개인적 의미⋯연인(소멸과 생성의 변증법), 2:가능태⋯공통적 규범
　　적 의미⋯조국·민족·불타, 3:이념태⋯이상적 지향적 의미⋯정의·진여·무아, 김재홍,
　　「님과 사랑의 문제」, 『한용운 문학 연구』(일지사, 1996), 89쪽.

새로운 방법론의 대두 속에서 전통과 새로움 속에서 내면적 갈등이 심화되는 시기였다. 소월은 정치 사회적인 것으로 오는 충격을 끌어안고 그것을 내면적으로 초월하려는 양상을 보이는데 거기서 나타나는 모든 시적 대상, 그러니까 소월이 박탈당했거나 결핍되었다고 느껴지는 모든 시적 대상을 '님'으로 상정한다.

이러한 '님'의 상징성은 변증법적 과정을 통해 더 고양된다. 요컨대 '님'의 상징 한편에는 개인성을 초월한 인간과 자연을 포함한 원초성과 원시성이 존재하고 있고, 그 반대편에는 시적 자아의 개인적인 이상과 현실이 존재한다. 그리고 이것이 함께 융합되는 과정을 통해서 비로소 '님'은 원초적이면서도 개인성을 투과시킨 민속의 정감과 사회성, 그리고 민족의 비극적인 한을 풀어내고자 하는 숭고한 제의의 형식으로 승화되는 것이다. 이렇듯 그의 많은 시는 존재의 현상과 본질에 대한 투시를 바탕으로 한 표층구조와 심층구조로 짜여져 있다. 그래서 표면적으로 사랑과 이별을 노래하는 듯하지만, 심층에는 존재의 원리와 민족의 근원적인 심상을 투시[6]할 수 있게 한다.

형식적으로는 민요적 율격을 바탕으로 개인과 민족의 절망적인 현실을 표현함으로써 한국인의 심성에 내재하는 보편적인 한을 승화시킨다. 아래 시에서도 확인되듯이 소월을 민족시인이라 말할 수 있는 이유는, 그의 시가 한민족의 심층에 전승되는 무형의 가치, 민족적 원형질에 기초를 두

---

6) 김재홍, 「존재론과 저항의식」, 『생명 · 사랑 · 자유의 시학』(동학사, 1999), 41쪽.

고 있기 때문이다.[7] 소월이 활동한 시대적 상황을 가장 잘 나타낸 시를 살펴보자. 여기에는 '님'이라는 구체적인 명시가 없지만, 님의 공동적이고도 규범적인 의미가 잘 드러난다.

이나라 나라는 부서졋는데
이산천 옛태산천은남어잇드냐
봄은 왓다하건만
풀과나무뿐이어

오 설업다 이를두고 봄이냐
치어라 꼿닙페도 눈물뿐 훗트며
새무리는 지저귀며 울지만
쉬어라 이두군거리는 가슴아

못보느냐 벍앗케 솟구는봉숫불이
끗끗내 그무엇을 태우랴함이료
그립어라 내집은
하눌박게잇나니

애달프다 긁어 쥐어뜨더서
다시금쩔어졌다고
다만 이 희긋희긋한머리칼뿐
인저는 빗질할것도 업구나

— 「봄」 전문[8]

<hr>

7) 오세영, 『꿈으로 오는 한 사람―김소월 전집』(문학세계사, 1981), 318쪽.
8) 김소월, 『조선문단』 14호(1926. 3), 35쪽. 『김소월 전집』, 141쪽.

시 「봄」에서는 훼손당한 봄을 형상화하고 있는데, 당대의 현실과 슬픔이 보다 구체적으로 드러난다. 소월의 숙모는 습작시 중 상당량이 일제 관헌에게 압수되었다고 말한 적이 있는데[9] 이러한 면에서 소월의 초기시가 대부분 직접적으로나 간접적으로나 민족주의 이념을 담은 시일 가능성을 제기할 수 있다.

소월의 시 중에는 '봄'에 대한 시가 여러 편 있다. 「낭인의 봄」, 「봄밤」, 「봄비」, 「바람과 봄」, 「오는 봄」, 「봄」, 「가는 봄, 삼월」 등이 그것이다. 첫째, 봄을 제목으로 하면서 봄의 내용으로 쓴 시가 있고 둘째, 파릇한 금잔디나 풀이 돋아나는 봄날의 전경을 배경으로 하며 부분적인 봄의 이미지를 드러낸 시가 있으며, 세 번째는 「진달래」, 「산유화」, 「제비」, 「접동새」 등의 시처럼 꽃이나 새를 통해서 사랑이나 정한을 노래한 시가 있다. 이렇게 봄의 이미지나 소재를 많이 다루고 있지만, 이들 시에 나타나는 봄은 본래의 희망을 나타내는 상징으로써 아니라, 이별, 슬픔, 비극적 현실을 표현하고 있다. '생생이론'에 의하면 봄은 탄생, 도약, 소생, 생명이 새로이 시작되는 시점이고 새로운 생명을 잉태하기 위한 새로운 만남을 원하는 시기이기도 하다. 그러므로 봄은 이성에 대한 그리움, 만남과 사랑을 상징하는 것이다. 그러나 소월 시에서의 봄은 이러한 일반적인 봄의 이미지와 전혀 반대적인 상황을 제시함으로써 아이러니한 상황과 다중적인 성층구조를 이루게 된다.

'봄'은 소월이 원하는 새로운 생명의 시원이 좌절된 시적 현실로서의 비

---

9) 오세영, 『꿈으로 오는 한 사람-김소월 전집』, 318쪽.

 김소월 백석 시의 민속성

극적이고 절망적인 시대적 시적 배경이 된다. 시인 자신의 내부적인 세계관에 비추어볼 때, 실재 봄이 가지고 있는 생명에 대한 경이로움은 꿈에서만 이루어진다. 그러므로 '봄'은 오히려 삶의 덧없음, 허무, 슬픔을 상징하는 것이 되고 아름답고 슬픈 계절[10]로 상정된다. 나라의 주인은 민족과 산천이지만, 자유를 구속하는 것은 무엇을 태우는지도 모르는 공포의 '벌겋게 솟구는 봉숫불' 같은 것이다.

「봄」의 성층구조

한 ——— 신성, 민속적인 심상 (형이상학적 대상)

슬픔 ——— 사회적인 심상 (대상)

꿈, 희망 ——— 개인적인 심상 (대상)

생명에 대한 원초성 ——— 자연적인 심상 (리듬)

위의 성층구조에서 보듯이 '봄'이 가지고 있는 일차적인 의미는, 생명과 자연성의 리듬과 순환성을 유발하는 것이다. 이차적인 의미는 인간이 갖는 근원적인 꿈과 희망의 의미를 내포하는 것이며, 그것은 곧 비극적인 대상인 슬픔의 '봄'으로 표현되고 있음을 확인할 수가 있다. 소월이 궁극적으로 드러내고자 하는 것은 공동체 삶의 터전인 나라를 상실했다는 상실감에 대한 한이다. 하지만 그 한을 그대로 간직하는 것이 아니라 숭고한 것으로 초월하고사 하는 형이상학적 난계에까지 이른다.

생트 뷔브는 민족은 약자에 대한 사랑과 더불어 조국애를 살려야 한

---

10) 이승훈, 『문학으로 읽는 문화상징사전』, 253쪽.

다고 하면서 그곳에는 민속의 구체성과 참다움, 땅과 선조에 대한 사랑을 지키고자 하는 신비적인 결속성과 지속성을 개진해야 한다고 주장한다.

> 수 세기를 통한 민간생활의 유이성, 습행과 습속의 수천 년에 걸친 자유와 특수력 그 자체가, 인간을 그 지방이나 그 인종의 과거와 연결시킨다. 성격이나 기질에 구별이 있고 이견에 차이가 있다 할지라도 사람들은 동일한 언어를 말하고, 동일한 어법을 사용하고 동일한 관념에 집착하고, 같은 사원에서 기도하고, 같은 묘지에 꿇어앉고, 같은 추억에 사로잡히며 살아가는 사람들을 사랑할 수 있다. (…중략…) 토지와 사자에 대한 숭배를 어떻게 해 왔는가, 구체적 실례로써 제시하지 못하는 곳은 어느 나라에도 없다. 정신을 심하게 뒤흔들어 마음을 아프게 동요케 하는, 이 신비적이고도 결속적이며, 암시적인 결속성은 우리들도, 사자와 같은 땅에서 만들어져서 선조 등의 골회를 우리네 체내에 합체시키고, 이어서 우리들의 골회도 또한 자자손손의 혈육에 합체시킨다는 것을 여실히 가르쳐 준다. 더욱이 신성하고도 신비로운 같은 종류의 지속성이 사람들의 영혼을 붙잡아 매고 있다. 즉 조부의 고귀한 선례나 용감한 사상이 우리들 속에 살아있고, 우리로서도 그것을 자손에게 재현시키는 것이 가장 감미롭고 가장 숭고한 의무이다.[11]

그 당시 민족의 주권을 되찾기 위해 좀 더 적극적인 독립운동에 가담하거나 직간접적으로 저항시를 쓴 많은 시인이 있으며, 그런 의미에서 소월은 저항시인이 아니라고도 할 수 있다. 그러나 소월은 민중과 지식인의 한 사람으로서 민족이 가진 원형적인 슬픔과 좌절의식을 시화함으로써

---

11) P. Sainte Beuve, 『민속학개론』, 24쪽.

민족과 민속에 내재된 슬픔을 이끌어내어서 공유하고자 하였다. 모든 사람들은 분화된 상황의 불행을 거부하면서 끊임없이 미분화된 상황의 평화와 자유를 원한다.[12] 그러나 항시 현실상황의 공간과 시간이 분화되어 그 질서에 의한 제약을 고통스러워했던 소월은 그 결핍을 당연한 것으로 받아들이지 않고 시를 통해 분화의 제약으로부터 벗어나려고 하는 미분화의 상황을 추구하고 있다.

소월 시의 '님'을 향한 주관적인 거리인식은 "청산과의 거리"로도 이야기해지는데, 여기서 '청산'이란 '신' 혹은 '님'의 다른 이름이기도 하다. 이 '거리인식'은 일제강점기의 비극적 역사인식과 근현대이행기로써 문학 조류의 혼란에서 비롯되는 것이기도 하고 사회 전반적인 가치관이 혼조를 이루는 혼란스러운 공간에서 비롯된 것이기도 하다. 그러므로 이러한 공간적 배경은 현세라는 불행한 시간적 의미를 포함하지만, 그는 '님'을 구현함으로써 민족의 공동체적인 삶의 슬픔과 그것을 극복하는 과정으로 미분적 세계의 특징을 포착하고자 했다. 더불어 소월 시에 빈번하게 나타나는 민속요소는 이러한 미분성의 세계를 추구하는 중심적인 상징물이다. 자연적 전통요소인 무덤, 강, 사당, 바다, 나무, 꽃 등은 현세의 공간과 죽음의 세계가 분리되지 않은 매개적인 역할로 표현된다. 이는 자연물 하나하나 깃들어 있는 혼의 역할을 인정하는 것이며, 또 자연성과 연관된 민속요소를 통하여 민족심상 안에 자리 잡고 있는 자연종교적 현상을 발현시킨다. 뿐만 아니라, 현세에서부터 미래까지 민족의 정신사를 이

---

12) 김태곤, 『한국민간신앙연구』, 326쪽.

어주는 전통으로써의 상징물이다. 즉 이 민속요소는 정신적인 실체로서
의 민중의 일상적 삶과 자연의 질서는 불가분의 관계에 있다는 근본적인
인식을 일깨워 준다. 그러므로 소월이 보여주는 시적 행위는 미분화상황
인 행복을 추구하는 기원의 방식이며 그것이 소월만이 투쟁방법이었을
수도 있다. 소월이 진정으로 원한 것은 국가가 아니라 민중과 선대가 살
다가 남겨준 토지와 사자에 대한 숭배와 신성한 사랑이다. 또한 우리 민
족이 자자손손 신성한 영혼으로 지속되기를 희망하였을 터, 그의 시는 민
족의 정서를 극대화시키는 역할을 한다.

2. 백석 : 토속지향의 상징과 객관적 시공간 인식

백석의 시에서 민속적 의미는 우리 민족의 토속적인 세계를 새로운 시
각, 낯설게 하기의 기법, 즉 현재성으로 다가오게 하였다는 것에 주목할
수 있다. 과거의 고유한 세계 '시간의 저편'을 보여주면서 '지금―여기'의
독자들을 공동체적 일원으로 참여하게 하는 일면이 있다. 이는 근대에 이
르러 잃어버린 거대한 전통정신을 자연스러운 해방의 경지에서 새롭게
계승·창조한 것이라고 말할 수 있다.

지금까지의 많은 연구에서 백석의 시세계는 전통적인 공동체의 재현과
민족연대감의 회복으로 설명되어 왔으며, 민족문학의 한 원형으로 평가
되었다. 그러나 한편 그의 시세계를 근대적인 인식이 배제된 전근대적인
세계에 머물러 있는 것으로 단정하는 경우도 없지 않았다. 백석 시에 대
한 두 갈래의 편향적 입장, 즉 근대적인 시각과 전근대적인 시각을 살펴

본다면, 근대적인 시각은 그가 신문물을 전공한 모던보이[13]란 점에서 유
래한다. 그가 시 또한 민족이나 민중을 의식하지 않고 개인적 의식에 따
라 의도적인 제작방법을 사용했다는 견해이다. 이를테면, 그의 풍속과 향
토성은 '순수한 기억'을 '순수한 지각'에 의해 상징적으로 표현되어졌다는
것이다. 후자는 백석의 시세계를 토속적 세계의 기억을 무작위로 뽑아내
언어의 병렬방법이라는 시적 방법을 통해서 자연 발생적으로 썼다고 간
주하는 경우이다. 나아가서, 유년기에 체험한 고향 풍속의 재현과 과거와
유년기로의 퇴행은 역사적 출구를 찾지 못한 도피적·공상적 엑조티즘에
서 연유된 것이라는 지적 또한 백석과 그의 시에 대한 아쉬운 해석 중 하
나이다.

 알려진 바와 같이 백석은 당시 모던보이로 이미 자주적 근대성에 대해
자각을 한 청년이었으며, 새로운 문예사조에 대해서도 확실하고도 분명
한 태도를 가지고 있었다. 따라서 그는 토속적인 세계를 향한 퇴행도 아
니며, 그렇다고 새로운 것에 경도되어, 옛것을 기호화함으로써 그의 정신
사를 나타내려는 단순한 모던보이는 아닌 것으로 판단된다. 백석이 작품

---

13) 김자야는 『내 사랑 백석』에서 청년선생, 백석의 모습을 전하고 있다. "두 줄의 단추가 가
　　지런히 반짝이는 곤색 양복을 입고 모발은 모두 뒤로 넘어가도록 빗어 올린 올백형에다
　　유난히 광택이 나는 가죽구두는 유행이 첨단을 망라한 세련된 멋쟁이의 모습이었다."
　　이숭원은 "요컨대 그는 키가 큰 미남일 뿐더러 외모에도 신경을 쓰고 멋을 내는 시인이
　　었다. 항상 새롭고 현대적인 것을 추구하는 것, 이것이 '모더니즘'의 본질이며 시에서도
　　새것을 찾아 움직이는 멋쟁이 현대청년의 모습"이라고 백석을 묘사한다. 김자야, 『내 사
　　랑 백석』, 72쪽, 이숭원, 「백석 시의 전개와 그 정신사적 의미」, 『20세기 한국 시인론』(국
　　학자료원, 1997), 173쪽 참조.

활동을 시작한 시기는 앞에서도 밝힌 바 있지만, 민족말살정책이 고조를 이루던 시기였으므로, 그의 작품 의도 또한 일제에 대한 저항과 근대성에 대한 두려움으로 보는 견해가 합당하다고 본다.

> 신문화의 탐구 및 신문화 장르인 자유시를 왕성히 창작하던 1910년대 1920년대에서부터 전통 논의는 꾸준히 있어 왔으며, 1930년대 후반의 고전부흥운동이 일어난 당시에도 모더니즘 계열의 시인이나 순수서정시인들 사이에 여전히 존재해 왔다.[14]

위의 견해에 따른다면 이 시기는 이미 많은 시인들 사이에 고전부흥운동과 전통 논의가 있어 왔던 시기이다. 이런 점으로 미루어 보아 백석의 시 창작 의도에도 민족정신을 되살리고자 하는 전통에 대한 시적 자각이 기본적인 근간으로 작용했을 것이다. 주관적인 내면이 드러나기 시작하는 후기 시의 하나인 「南新義州 柳洞 朴時 逢方」에도 고향을 포함한 민족에 대한 근원적인 원형이 나타나지만 객관적인 묘사로 일관된 『사슴』의 초기 작품 역시 민족이나 공동체적인 기반에서 연유된다는 점은 분명하다. 다시 말하면 백석은 역사의식을 도외시한 모더니즘적 취향에만 머물러 있던 시인이 아니라, 근대적 의식을 가지고 전근대의 화해로운 공동생활과 민족·민속의 원형에 가치를 부여하려 한 시인이었다.

---

14) 1930년대는 군국주의적 식민지정책으로 국권상실기에 버금가는 시기였다. 비록 1910년대는 국권은 상실됐지만, 정신적 뿌리는 흔들리지 않고 있었던 반면, 1930년대는 국권 상실뿐만 아니라, 민족정신의 위기상황에 놓여있었다는 점에 백석 당대의 위기의식을 엿볼 수 있다. 여지선, 『한국근대문학의 전통론사』, 125쪽.

전근대적인 민족·민속의 원형을 근대 속에서 새롭게 재이식하려는 것은 분명 전통성을 의식한 의도적인 창작행위이다. 근대가 주는 폐해와 계몽적 근대가 파괴한 우리 민족의 원형적 삶을 전통적으로 복원하려는 작품행위로 평가할 수 있기 때문이다. 이때 그의 시적 방법은 토속적 삶에 대한 새로운 의미를 부여하고자 함인데, 그가 상정하고 있는 객관적 인식은 매우 중요한 의미를 지닌다.

① 무이밭에 힌나뷔나는집 밤나무 머루넝쿨속에
　키질하는 소리만이들린다
　우물가에서 가치가자고즞거니하면
　붉은숫닭이높이 샛덤이옹로 올랐다
　텃밭가在來種의林檎에는 이제도콩알만한푸른
　알이달렸고 히스무레한꽃도 하나둘퓌여있다
　돌담기슭에 오지항아리독이빛난다

—「彰義門外」 전문[15]

② 낡은질동이에는 갈줄모르는늙은집난이같이 송구떡이오래도록 남어있었다

　오지항아리에는 삼춘이밥보다좋아하는 찹쌀탁주가있어서 삼춘의임내를
　내어가며 내와사춘은 시큼털털한 술을 잘도채어먹었다

　제사ㅅ날이면 귀먹어리할아버지가에서 왕밤을 밝고 싸리코치에 두부산적
　을께었다

---

15) 『원본 백석 시집』, 104~105쪽.

　　　손자아이들이 파리떼같이뫃이면 곰의발같은손을 언제나 내어둘렀다

　　　구석의나무말쿠지에 할아버지가삼는 소신같은 집신이 둑둑이걸리어도 있
었다

　　　넷말이사는컴컴한고방의쌀둑뒤에서나는 저녁끼떼에불으는소리를 듣고도
못들은척하였다

—「고방」 전문[16]

　백석은 객관적인 시점을 유지하며 세계와의 동일화를 지향하는 서정시의 원류를 보여주고 있다. ①의 시는 서정성이 짙은 세계를 객관적으로 표현하고 있으며 ②의 시는 사실성이 짙은 고방의 모습을 객관화시키고 있다.

　①의 시는 「彰義紋外」라는 제목에서는 그 시가 주는 느낌을 얼른 파악할 수 없다. 그러나 시를 읽다보면 집이 모여 있는 조용하고 아름다운 마을의 정경을 떠올리게 된다. 그의 시에서는 늘 사람과 동물 그리고 자연이 조화롭게 어우러진 정경을 표현함으로써 이상적인 삶의 공간을 연출해 내고 있다. 위 시에서도 주관적 자아의 감정이 배제된 채 사물과 자연물을 제시함으로써 당시의 서정적인 정황을 느낄 수 있게끔 하고 있다. 그 사물들은 "무이밭/흰나비/집/밤나무/머루넝쿨"이며 "우물가/까치/붉은수탉/샛더미/재래종임금낡/알만한 푸른 알/히스무레한 꽃/돌달기슭/오지항아리"이다. 6행의 시 속에서 나오는 명사는 14개가 되는데, 그것

---

16) 『원본 백석 시집』, 48~49쪽.

을 연결시켜주거나 행위를 보여주는 동사는 겨우 "소리만이 들린다", "즛거니하면서", "올랐다", "달렸고", "뛰여있다", "빛난다" 정도이다. 자아의 감정이 전혀 개입되지 않은 채, 사물과 간단한 술어를 등장시켜서 당시 키질을 하는 풍속, 그리고 경작지의 모습과 민간의 일상적 도구인 오지항아리(사물)들이 서로 조화를 이루고 있는 평화로운 마을의 정경을 객관화시키고 있다.

②의 시에서도 상황은 역시 다르지 않다. 앞의 시가 마을의 정경, 즉 밝은 바깥의 모습을 그리고 있다면, 이 시는 고방이라는 어두운 실내의 모습을 나타내고 있다. 여기서도 시에 구성되어진 것은 각종 사물(낡은 질동이/오지항아리/싸리코치/나무말쿠지/짚신/쌀독)과 음식(송구떡/찹쌀탁주/술/왕밤/두부산적), 인물(집난이/삼춘이/사춘/귀먹어리 할아버지/손자아이들)인데 이들이 서로 어울리고 조화를 이루면서 시의 독특한 서사성을 이루고 있다. 이때 사물과 인물, 음식은 서사적인 행위를 이어가는 중요한 모티프로 작용하고 있을 뿐 아니라, 민족·민속의 전형을 담은 상징으로 등장시키고 있다.

이 시에서도 시인의 주관적인 감정이 전혀 개입되지 않은 채, 여러 가지 이야기와 삶의 역사를 지닌 고방에서의 상황, 이를테면 시적 화자가 쌀독 뒤에서 자신을 부른 소리를 듣고도 못 들은 척했다는 상황을 그저 표현할 뿐이다. 시적 화자는 사물들이 세계와 소통을 즐기고 있었다는 것을 암시하고 있는 것으로 보이는데, 그러나 그런 시적 화자의 모습을 그대로 전달할 뿐이지 어떤 주관적인 감상도 개입되지 않는다. 이를 통해 독자들은 시적 화자를 포함한 옛 '고방'의 모습을 느낄 수 있고 시적 화자가 느꼈을 감정을 느낄 수 있게 된다. '고방'은 우리 민속의 삶에서 필요한 일상의 도구를 보관하고 있는 공간일 뿐만 아니라, 친족들 간의 연대감과 제의(祭儀)에 대한 행위도 같이 포함시키고 있다는 점에서 민속성의 한 아우라를 보여주고 있다. 그것은 일상과 자연의 순환성을 상징하고, 과거 시간에 대한 지속성을 의미한다. 민속적인 삶의 원본을 간직하고 있는 곳으로서의 공간이 고방이다. 이러한 고방과 시에 나타난 전근대적인 인물이 살아가던 삶의 한 전형으로서의 마을을 관조하는 것은 현재까지 담담하게 그곳의 아름다움을 지속적으로 느낄 수 있게 하는 힘이 된다. 왜냐하면 시인의 주관이 존재하지 않은 곳에 현재의 독자들이 참여할 수 있게 되기 때문이다.

백석 시는 이렇게 언제나 대상과의 적절한 거리를 유지하면서 시인의 감정보다 대상을 표현하고 전달하는 데 집중하며, 20년대 시인들에게서 자주 나타난 센티멘탈리즘 혹은 과장된 감정적 포즈를 제거한다. 이러한 객관주의적 관점은 '순수한 지각'을 통해 나타내는 민속의 정경은 더 새롭게 느껴지게 마련이다. 민속은 때로는 비합리적이고 전근대적인 것으로 치부되기도 하였다. 그러나 이러한 정경이 과거로 돌아가서 과거의 시점으로 시간적 거리를 상정하고 그것을 표현할 때, 백석의 시는 미적인 거리를 성취한다. 그래서 백석이 나타내는 민속의 정경을 지금에 와서도 훨씬 새롭게 느낄 수 있게 된다.

소월이 보여주는 세계가 무의 세계와 일상의 세계와의 공간적 미분양상을 보이고 있다면, 백석은 과거와 현재, 시간성의 미분양상을 보여주고 있다는 점에서 차이를 보인다. 그의 시는 과거, 토속적 자아, 현재적 자

아, 그리고 독자와 시적 자아가 객체와 주체가 분리되지 않고 경계를 넘
나드는 과정을 보이고 있다. 이러한 방법은 과거와의 단절의식을 거부함
으로써 식민지 근대성을 극복함과 동시에 민속의 조건으로써 시대의 연
속성을 지향한다.

제6장

결론

<h1 style="text-align:center">결론</h1>

한국적 정감과 가락의 원형질을 새롭게 계승하려고 노력한 이들 시는 역으로 당대의 식민지 근대성을 극복하는 데 중요한 계기로 작용하였다고 볼 수 있다.

그동안 소월과 백석 시의 민속성이라는 주제로 다수의 선행 연구가 진행되어 왔으나, 그들 시에서 발현되는 민속성에 대한 연구가 미흡한 것이 사실이었다. 본 글에서는 이 두 시인의 시에서 민속성이 어떻게 수용되고 있는지를 파악하되, 민속의 원형이 시공간을 초월하고 현재에까지 지속되어 온 맥락에서의 창작행위, 그 표현 방법에 대해서도 관심을 두었다.

1920~30년대 일제강점기와 근대이행기의 특수한 상황과 대응하고 길항하면서 민속성이 시인의 시의 세계관을 이루고 있는데, 여기에는 민족적 근원과 정체성이 이어지기를 바라는 시인의 바람이 들어 있는 것이다. 이때 이들은 서구적인 근대요소와 외래요소에 합류하지 않으면서 근대적 자아로서, '본래적 원형'을 시 속에 재현하고자 하였으며, 그 결과 '민속

성'과 '토속성'이 현대시사에 있어서 전통의 핵심적 요소라는 것을 증명하는 계기가 되고 있다고 본다.

두 시인은 당대에 있어서 우리 민족의 정서를 내재적 원리로 삼으면서 각자 개성적인 시세계를 이루어 냄으로써 현재에까지 새로운 생성의 장으로 지속시키고 있다. 그러한 과정을 살피면서, 다음과 같은 관점으로 연구를 진행하였다. 첫째, 민속의 근원을 살펴보기 위해서 신화와 역사적인 관점을 사용하였고 둘째, 전통성을 규명하기 위해서 당대의 근대성에 대한 논의와 민속성의 상관관계를 통해 바라보았다. 셋째, 민속의 '원본'과 '원형' 이론과 개념, '주술성'에 대해서 살펴보았다. 넷째, 두 시인의 공통점과 변별점을 통해 각자의 개성과 보편성을 규명하고자 하였다. 마지막으로 시인들의 시 속에서 '토속성'과 '민속성'이 현대에도 되살아나고 있는 데는 표현 방법과 상징이 그 이유가 된다고 보았다. 소월의 시는 '님'을 향한 '혼'의 노래로 민간신앙에서 보여주는 기원의 형식을 보여준다. 특히 자연물을 상징으로 하고 있는데 이때 자연은 지배의 대상이 아니라 '친숙성의 관계'로 설정되어 있다. 결국 소월에게 그 자연적 공간 너머의 카오스는 극복해야 할 거리인식이다. 반면, 백석의 시는 '시간의 저편'에 있는 토속성과 사물에 대한 '순수기억'과 '순수지각'을 통해서 시간적 거리인식을 설정하고 있다. 이때 원형 이전의 '원본사상'에서 설명되어지는 자연성과 사물을 상징 또는 매개로 삼고 카오스적 세계와 일체를 이루고자 한다. 형식에 있어서는 민요적 리듬과 율격, 방언, 판소리, 주술성 등의 방법을 통해 내적 정서를 표현하고 있음을 확인할 수 있었다. 이러한 관점에서 두 시인의 시를 살펴본 결과 민속성은 다음과 같은 과정을 통해

'순환과 지속성'에 바탕을 두고 있었다.

2장에서는 두 시인의 전통지향적인 시적 계기를 시대성과 역사성의 문제인식에서부터 살펴보았다. 우리 민족은 아주 오랜 시간 동안 공동체문화를 지니고 살아왔다. 그리고 공동체문화는 구비문학을 비롯한 전통적인 습속이 전수되는 데 많은 도움을 주었다. 이를테면 농촌공동체가 계승한 민속문학이나 민간신앙, 또한 노동과 직결된 하층민의 두레 등 공동 조직의 작업으로 전수되고 재창조된 것이다. 민족도 하나의 공동체이므로 공동체의 단절이 없는 한 전통은 살아 있는 것이 된다. 일제강점기는 이러한 민족공동체의 분열시기였다. 주권을 빼앗긴 상황과 더불어 내재적이 아닌 외재적인 근대성의 유입은 민족공동체의 분열을 조장하고 박탈감을 느끼게 하기 충분한 것이었다. 이러한 시기에 두 시인은 고전을 내재적이고 정신사적으로 계승하고자 하였는데, 민속성은 식민지 근대성을 극복하고 전통을 계승하는 요인으로 작용했다. 특히 두 시인은 민족의 혈통을 타고 면면히 흐를 수 있는 요인으로 민속요소가 가진 '원본사상'을 시의 근원으로 삼았다. 민속의 문화재라는 사물 자체의 고유성과 내력을 시적으로 형상화하면서 자연스럽게 초시간적인 언어의 주술성을 습득할 수 있었다. 이러한 시적 특징을 분석할 때, 유용하게 사용된 개념이 바로 민속의 '원형'과 '원본사상'이었다. 이 두 개념은 차이가 있는 개념이지만 본고에서는 서로 상호보완적인 의미로 사용했나. 서양의 '원형'은 사물이나 인간의 무의식 속에 숨어 있는 것들을 분류화한 것이고 김태곤의 '원본'은 원형을 이루기 이전의 세계를 말하는 것인데 따라서 '원본사상'으로는 소월과 백석의 시공간의 미분성과 순환적인 세계관을 설명할 수 있었으며, 원형이론을 통해서는 그들 시에 나타나는 집단 무의식에서 발현되는 심리적인 '원형'을 설명할 수 있었기 때문이다.

3장에서는 위의 예비적 고찰을 바탕으로 살펴본 소월 시의 특징을 다루고 있는데 이것은 다음과 같이 요약할 수 있다. 첫째, 소월 시의 개성은 민요적 형식에 있다는 점이다. 소월은 태생적으로 남다른 감수성을 지녔으며, 불행한 가족사로 인하여 외로운 소년으로 성장했다. 일찍이 인간의 운명성과 마주한 그의 내부에는 부재한 사랑과 소유하지 못한 꿈이 존재했다. 그것은 세계와의 불화로 인한 '불귀의식' 또는 '한'의 정서로 고착화된다. 이러한 결과로 소월은 현실 문제를 해결하고 극복하려는 의지로 무한하게 열려 있는 '님'의 세계를 발견할 수 있었다. 그 '님'은 '자연적 거리'와 '운명적 거리'를 가지게 되는데 그의 시혼은 '님'에 대한 그리움, 슬픔, 한을 극복하고자 한다. 이때 소월은 민중적인 호흡률에 의한 3음보 민요시의 형식을 선택하였다. 이러한 민요적 리듬은 한국의 자연적인 특성에서 오는 리듬과 우주적 리듬에서 연유된 것으로 인간이 가장 친근하게 받아들일 수 있는 전통적 가락의 형식이다. 자연의 리듬과 우주적 리듬으로부터 연유된 세계를 추구하는 시적 행위는 자연스럽게 영원성을 노래하게 되고 여기에 바로 '혼'의 역할이 있다. 소월의 '혼'의 노래는 민족의 감성대인 민요시의 형식에 힘입어 영원한 노래로 가능하다.

둘째, 소월의 시세계는 전원상징을 바탕으로 하고 있다. 산과, 바다, 나무 등은 삼성(三聖)의 이미지로 표현된다. 이러한 삼성은 생명을 이루는 중요한 요소로 서로 바라보고 짝을 이룸으로써, 새로운 생명이 탄생하는 이유가 된다. 산에 올라서 물결을 바라보는 시적 행위가 나타난다거나,

달빛, 나무, 짐승의 이미지가 서로 조응을 이루는 모습이 그의 시에서 자주 보이는 것은 자연의 성스러운 조합을 보여주고자 함이다. 그러므로 소월 시에 나타나는 전원상징은 자연물의 성스러움과 종교성을 발현시키는데, 이러한 성스러움과 종교성은 현세에 대한 원망과 한을 극복하고자 하는 초월적 '공간의 저편'과의 미분적 상황으로 전개된다. 초월적 공간과의 미분적 상황을 나타내는 시는 「무덤」, 「초혼」, 「접동새」 등으로, 여기서 시인은 '불귀의식'을 보여준다. '불귀'를 극복하는 데 나타난 제의와 주술, 의식행위는 내부의 결핍을 충족하기 위한 갈망과 동경의 대안이 된다. 그러므로 소월의 시혼은 소월의 현세의 행복과 불운 사이의 거리감에서 오는 절망감을 극복하거나 그 현실을 떠안는 일종의 제의적 역할을 한다.

셋째, 소월의 시적 행위는 개인에 머무는 것이 아니라, 공동체적인 현실인식을 기반으로 전개된다. 개인의 결핍의식은 「밧고랑우헤서」, 「바라건대는 우리에게우리의 보섭대일쌍이 잇섯더면」 등의 시에서 민중적 사랑과 땅의 회귀의식으로 확장되고 있다. 노동사상과 대지사상이 어우러지면서 민족의 현실인식과 식민지 상황에서 기인된 공동체의 아픔을 보여준다. 한편, 그의 무의식 저변에 존재하는 아니마적 요소는 불행한 가족사에서 기인한 것이다. 시 「엄마야 누나야」에서 볼 수 있듯이 소월은 시속에서 가족공동체적인 사랑의 기원을 노래하는 것과 동시에 민족적인 것으로 확대된다. 그러한 과정에서 소월의 노래는 순결한 민속의 속성이 묻어나오게 되고 민중·기층민의 생활과 정신적인 면모를 탈속적인 것으로 이끌어 올린다. 바로 이 순간, 소월의 시는 공동체를 위한 주술이 된다. 역사·시대성의 감정이 고스란히 육화된 '혼'의 노래는 시공적인 제약을 벗어난 것으로 영원한 재생의 형식으로 현대의 공간 속으로 되살아나는 이유가 된다.

4장에서는 백석의 시를 분석하였다. 백석의 시는 민족의 원형을 다룬다는 점이나 역사·현실을 다룬다는 점에서 소월의 주제의식과 같은 구도에서 출발하고 있으나, 그것을 표현하는 방식에 있어서는 많은 차이가 나타난다. 소월의 시는 '님'을 중심으로 해서 자연과 현세의 공간적인 거리가 존재하고 자연의 성스러움을 통해 '시혼'과 함께 공간의 순환성을 드러낸다. 반면 백석의 시는 첫째, 과거의 공간을 현재화하면서 '시간의 저편'과의 중첩성을 통해 전통의 지속성과 순환성을 나타내려고 한다. 이때 어린 날의 생생한 감각들은 시간성을 뛰어넘는 매개체가 되는데, 시 「국수」에서 '국수'는 혈통을 상징하는 신성한 매개체로 미각의 구체성을 표현하고 있다. 백석의 시는 과거를 현재화시키는 데 '순수기억'과 '순수지각'은 중립적 화자의 객관적인 표현이다. '중립적 화자'는 원초적인 감각의 기억을 통해서 토속적인 생활현실의 구체성을 '있는 그대로' 나타낸다. 둘째, 고향 마을을 이루는 인물들을 통해 역사의 비극성을 암시한다. 소박한 인간들이 이러한 비극성을 이겨내려는 풍습으로 제의의 모습과 풍속을 재현한다. 그곳은 인간, 동물 또는 귀신들이 공존하는 곳이고, 그 귀신들과 가까이 하면서 살아가는 모습에서 민간·민중의 정서를 서사적으로 형상화하고 있는 것이다. 이를테면 시 「南新義州 柳洞 朴時 逢方」은 개인적인 도정에 대한 감상에서 시작하여, 민족의 극히 어려웠던 시대의 사상사로 이끌어 올리고 있다. 셋째, 지금까지 백석의 시적 인식을 더 개성적으로, 또는 토속세계의 완성으로 이끌어 줄 수 있었던 것은 지역어와 토착언어에 대한 백석의 애착이다. 생활에서 흔히 사용하는 일상어나 지방어를 시에 활용함으로써 언어의 전통성을 보여주고 있다. 또한 서술방식에서도 민중과 민간이 쉽고 친근하게 느낄 수 있는 엮음의 방식을 사용함으로써 판소리에서 볼 수 있는 우주적 리듬으로 현실적인 생동감과 함께 그 언어 자체의 주술성을 내포하고 있다.

소월과 백석은 민중지향성과 민족적 원형성을 나타내는 방식으로 토착어와 엮음의 방식을 사용하였다는 근본적인 공통점이 있다. 이것은 일상어와 지방어의 사용을 통해 주변부의 중심부화를 이루어냈고 민족어를 완성시켰다는 점에서 간과할 수 없는 전통의 중요성을 드러낸다. 따라서 민속성을 한국문학의 중심부로 진입시키는 데 그 역할을 하였다고 할 수 있다. 둘의 차이점을 살펴보자면, 소월은 현세와 '카오스적 공간'에 대한 주관적 인식을 보여주는 반면, 백석은 과거와 현재라는 '카오스적 시간'의 중첩성과 함께 토속적 세계와 동일화는 시적 자아의 객관적 시선에서 시작된다. 이를테면 소월의 주관적인 시선은 주관적인 어조로 형상화되는데, 이때 주관적 어조로 표명되는 자연물은 무형의 문화재이며 그의 '시혼'은 자연에 서려 있는 원초성 혹은 자연 너머에 있는 '카오스적인 공간'이다. 백석은 비교적 유형의 민속요소인 '사물의 접촉'과 '풍물의 경험'을 통해서 '토속성'에 대한 고유한 가치와 의미를 객관적으로 표현하려고 했었다. 이어서 '사물과 내면화'는 시적 자아의 성신석 고양과 개인적 명상과 함께 민족공동체를 의식한 깊이 있는 사색의 세계에 이르기도 한다. 소월의 자연인식은 우리 민간신앙에서 보여주는 '친숙한 관계'로 완결된다. 그러나 자연의 원본으로 보면 그의 거리인식은 그 자연 너머에 있는 본래적 공간, 카오스를 향한 사령의 노래이다. 이러한 공간적인 거리를 극복하는 것으로 주술과 민요적인 가락은 전통을 지속시키는 형식으로 관련이 깊다.

반면, 백석은 현재와 '시간 저 너머' 사이에 존재하는 '시간적 거리인식'으로 토속성을 객관적인 시선으로 생생하게 재현하는데 그의 '순수기억'은 시적 방법에 효과적으로 동원된 것이다.

전통은 역사의식을 기반으로 형성되고 전개된다. 새롭다고 판단되는 것에는 기존의 질서가 바탕이 되기 마련이다. "예술가는 과거에 일방적으로 순응하고 과거의 질서에 따르는 것은 아니다"라는 엘리어트의 의견에 따른다면 시인은 과거 우리 민속의 습속이나 풍속·토속성을 재현하되, 그 속에서 새로운 가치와 질서를 파생시킬 수 있어야 한다는 것이다. 그러므로 한 시인의 시를 연구할 때 시인의 시 속에 숨어 있는 기존 세계의 질서와 새롭게 구성된 세계의 질서를 함께 바라봐야 함은 분명한 것이다. 이렇게 민속학의 과제가 과거 우리의 원형이 오늘날 어떻게 실현되고 있느냐를 따지는 것이라면, 한국문학사에 있어서도 민속의 원형이 어떤 변화를 가지고 시대적 보편성과 조응하고 문학 속에서 그 가치를 실현할 수 있을지 그 가능성을 열어두는 것이다.

다시 말하면, 문명·물질만이 지배하는 세계, 나라와 나라의 경계가 없어지는 신글로벌시대인 현대에서, 한 민족의 원형으로써 민속성의 가치가 한국문학사 속에서 나르시시즘적 차원이 아닌, 좀 더 넓은 차원에서 재정립되기를 바라는 것이다. 그러나 우리 민족의 근원의식으로써 전통의 시 창작 방법은 1920~30년대 서구 이식문화와 외래문화의 위기 속에서 대두된 의지의 발현이라 할지라도, 이러한 위기의식은 아직 유효하다고 본다. 그러한 맥락을 따라 민속성이 소월과 백석의 시에서 어떻게 수용되고 있었나 하는 것과 함께 창작 방법, 즉 표현 방식에도 관심을 가지고 살펴보았다. 하지만 '지속과 순환'이라는 명제 위에서 살펴본 두 시인의 시적 방법론을 다 밝혀내기에는 한계를 느끼지 않을 수 없다. 다만, 미래에 있어서도 이 원형적 문학에 대한 깊은 관심과 끝없는 노력으로 한국문학사 전통성에 있어서 민속성이 새로운 토대로 작용하기를 바란다.

1. 기본자료

김소월, 『진달래꽃』(영인본), 매문사, 1925.

______, 『진달래꽃』, 미래사, 2001.

______, 『진달래꽃』, 시와시학사, 1995.

______, 김용직 편, 『김소월전집』, 서울대 출판부, 1996.

______, 오하근 편, 『김소월 전집』, 집문당, 1995.

백　석, 『사슴』(영인본), 선광인쇄사, 1936.

______, 김재용 편, 『백석 전집』, 실천문학사, 2004.

______, 송준 편, 『백석 시 전집』, 학영사, 1995.

______, 이숭원 주해, 『원본 백석 시집』, 깊은샘, 2006.

2. 단행본

강은교, 『벽속의 편지』, 창작과비평사, 1996.

______, 『초록거미의 사랑』, 창작과비평사, 2006.

고종석, 『모국어의 속살』, 마음산책, 2006.

고형진 편, 『백석』, 새미, 1996.

______, 『백석 시 바로 읽기』, 현대문학, 2006.

구인모, 『한국 근대시의 이상과 허상』, 소명출판, 2008.

김동리, 『문학과 인간』, 백민사, 1948.

김부식, 강무학 역, 『삼국사기』, 서음출판사, 1991.

김소월, 『진달래꽃: 김소월 시집』, 삼중당, 1983.

김시태, 『현대시와 전통』, 성문각, 1978.

______, 『한국 신화와 무속연구』, 일조각, 1977.

______, 『한국의 민속과 문학연구』, 일조각, 1971.

김열규, 『한국인의 신화』, 일조각, 2005.

______ 외, 『국문학논문선』 제9권, 민중서관, 1977.

김영진, 『백석평전』, 미다스북스, 2011.

김영철, 『김소월 비극적 삶과 문학적 형상화』, 건국대 출판부, 1999.

김용운, 『원형의 유혹』, 한길사, 1994.

김우창, 『궁핍한 시대의 시인』, 민음사, 1977.

김윤식 외, 『우리 문학 100년』, 현암사, 2001.

______, 『거리재기의 시학』, 시학, 2003.

______, 『우리 소설을 위한 변명』, 고려원, 1990.

______, 『현대문학사 탐구』, 문학사상, 1997.

______ · 김재홍 외, 『한국현대시사연구』, 시학, 2007.

______ · 김현, 『한국문학사』, 민음사, 1974.

김윤정, 『한국 현대시와 구원의 담론』, 박문사, 2010.

김자야, 『내 사랑 백석』, 문학동네, 1995.

김재홍, 『생명 · 사랑 · 자유의 시학』, 동학사, 1999.

______, 『한국 현대시인 비판』, 시와시학사, 1994.

______, 『한국현대문학의 비극론』, 시와시학사, 1993.

______, 『한국현대시인 연구(1)』, 일지사, 1986.

______, 『한국현대시인 연구(2)』, 일지사, 2007.

______, 『한용운 문학 연구』, 일지사, 1996.

______, 『현대시와 역사의식』, 인하대 출판부, 1988.

김종철, 『시와 역사적 상상력』, 문학과지성사, 1978.

김종태, 『한국현대시와 전통성』, 하늘연못, 2001.

김종회 엮음, 『한국문학 명비평』, 문학의 숲, 2009.

______, 『문학과 전환기의 시대정신』, 민음사, 1997.

김찬기, 『한국 근대문학과 전통』, 국학자료원, 2002.

김춘수, 『김춘수 전집』, 문장사, 1982.

김태곤 외, 『한국구비문학개론』, 민속원, 1995.

______ 외, 『한국문화의 원본사고』, 민속원, 1997.

______ 편, 『한국민속학원론』, 시인사, 1984.

______, 『한국무속연구』, 집문당, 1981.

______, 『한국민간신앙연구』, 집문당, 1983.

______, 『한국민속학』, 원광대 민속학연구소, 1973.

김학동 엮음, 『김소월』, 서강대 출판부, 1995.

______, 『백석 전집』, 새문사, 1990.

김흥규, 『한국 문학의 이해』, 민음사, 1986.

동시영, 『한국문학과 기호학』, 집문당, 2007.

류정아, 『전통성의 현대적 발견』, 서울대 출판부, 1998.

문덕수, 『현대문학의 모색』, 수학사, 1969.

박두진, 『한국현대시론』, 일조각, 1971.

박용철, 『박용철 전집』, 동광당, 1940.

박진태 외, 『삼국유사의 종합적 연구』, 박이정, 2002.

백　철, 『조선신문학사조사: 현대판』, 백양당 , 1949.

서정주, 『미당시선집 1』, 민음사, 1994.

______, 『서정주 문학전집』, 일지사, 1972.

성기조, 『한국문학과 전통논의』, 장학출판사, 1986.

안진태, 『엘리아데 · 신화 · 종교』, 고려대 출판부, 2005.

양문규, 『백석 시의 창작방법 연구』, 푸른사상사, 2005.

여지선, 『한국근대문학의 전통론사』, 이회문화사, 2006.

오세영, 『김소월, 그 삶과 문학』, 서울대 출판부, 2000.

______, 『꿈으로 오는 한 사람－김소월 전집』, 문학세계사, 1981.

______, 『문학연구방법론』, 시와시학사, 1993.

______, 『한국낭만주의시연구』, 일지사, 1980.

오출세, 『한국 민간신앙과 문학연구』, 동국대 출판부, 2002.

유종호 외, 『현대한국문학 100년』, 민음사, 1999.

______, 『비순수의 선언』, 신구문화사, 1962.

윤여탁 · 오성호 공편, 『한국 현대리얼리즘 시인론』, 태학사, 1990.

이광래, 『미셸 푸코』, 민음사, 1989.

이광호, 『미적 근대성과 한국문학사』, 민음사, 2001.

이동순 편, 『백석 시전집』, 창작과비평사, 1987.

______ 엮음, 『모닥불』, 솔출판사, 1998.

이민호, 『역사주의-랑케에서 마이네케』, 민음사, 1988.

이상일, 『굿과 놀이』, 문음사, 1981.

______ 외, 『한국사상의 원천』, 박영사, 1976.

이선영 편, 『1930년대 민족문학의 인식』, 한길사, 1990.

이숭원, 『백석 시의 심층적 탐구』, 태학사, 2006.

______, 『20세기 한국 시인론』, 국학자료원, 1997.

______, 『한국시문학의 비평적 탐구』, 삼지원, 1985.

이승훈, 『문학으로 읽는 문화상징사전』, 푸른사상사, 2009.

이어령, 『한국인의 신화』, 서문당, 1972.

이인복, 『죽음의식을 통해 본 소월과 만해』, 숙명여대 출판부, 1979.

이정재, 『구비문학과 민속』, 경희대 출판부, 2004.

______, 『지역민속연구』, 경희대 출판부, 2004.

이지나, 『백석 시의 원전비평』, 깊은샘, 2006.

이필영, 『마을신앙의 사회사』, 웅진출판사, 1994.

이혜순, 『전통과 수용』, 돌베게, 2010.

이희중, 『현대시의 방법 연구』, 월인, 2001.

일 연, 김원중 역, 『삼국유사』, 을유문화사, 2002.

임동권, 『한국 민요 연구』, 이우출판사, 1978.

임재해, 『민속문화론』, 문학과지성사, 1986.

______, 『한국 민속과 오늘의 분화』, 시식산업사, 1994.

장덕순 외, 『한국문학사의 쟁점』, 집문당, 1986.

정신재, 『한국현대시의 신화적 원형 연구』, 국학자료원, 1995.

정우택, 『한국 근대 자유시의 이념과 형성』, 소명출판, 2004.

정진홍, 『엘리아데 · 종교와 신화』, 살림출판사, 2009.

정한모, 『현대시론』, 보성문화사, 1985.

정효구, 『백석』, 문학세계사, 1996.

______, 『우주공동체와 문학의 길』, 시와시학사, 1994.

조동일, 『한국문학통사』, 지식산업사, 2005.

조연현 외, 『현대시인론』, 형설출판사, 1985.

진순애, 『현대시의 자연과 모더니티』, 새미, 2003.

최상수, 『한국 민속학 개설』, 성문각, 1988.

______, 『한국 민속학』, 성문각, 1988.

최운식 외, 『한국 민속학 개론』, 민속원, 1998.

최정례, 『백석 시어의 힘』, 서정시학, 2008.

최혜실, 『한국모더니즘 소설연구』, 민지사, 1992.

홍석모, 이석호 역, 『東國歲時記』, 을유문화사, 1969.

홍용희, 『김지하 문학연구』, 시와시학사, 1999.

3. 논문

고석규, 「시인의 역설」, 『문학예술』, 문학예술사, 1957.

고형진, 「백석 시 연구」, 고려대 대학원 석사학위논문, 1984.

곽봉재, 「김소월 백석 시 비교연구」, 경희대 대학원 석사학위논문, 1993.

______, 「백석 문학 연구」, 경희대 대학원 박사학위논문, 1999.

곽혜란, 「김소월 시에 나타난 한의 정서 연구」, 건국대 대학원 석사학위논문, 2011.

권용현, 「김소월과 백석의 시어특성 비교연구」, 청주대 대학원 석사학위논문, 2007.

금동철, 「백석 시에 나타난 세계인식방식 연구」, 『개신어문연구』 제29집, 개신어문
　　　연구회, 2009. 6.

김기덕, 「김태곤 원본사고 개념의 이해와 의의」, 『한국의 민속과 문화』 11집, 경희대
　　　민속학연구소, 2006.

김기진, 「현 시단의 시인」, 『개벽』, 1925. 4.

김대규, 「아니마의 시학」, 『연세어문학』 제4집, 연세어문학회, 1973.

김명인, 「1930년대 시의 구조연구」, 고려대 대학원 박사학위논문, 1985.

______, 「백석 시고」, 『우보 전병두 박사 회갑기념 논문집』, 우보 전병두 박사 회갑기

념 논문집 편찬위원회, 1983.

김민정, 「백석 시 연구-민속성을 중심으로」, 홍익대 대학원 석사학위논문, 2000.

김수이, 「임화의 시비평에 나타난 해석과 평가의 시차」, 『한국문예비평』 제31집, 한국문예비평학회, 2010. 4.

김승희, 「언어의 주술이 깨트린 죽음의 벽」, 『문학사상』, 1985. 7.

김시태, 「소월의 낭만주의와 고전적 취향」, 『한국학논집』 제27집, 한양대 한국학연구소, 1995. 10.

김열규, 「김소월론」, 『한국시학연구』 제8호, 한국시학회, 2003. 5.

______, 「무속신앙과 기독교신앙」, 『기독교사상』, 대한기독교서회, 1988. 10.

______, 「한국 민간신앙의 생생상징 연구」, 『아세아연구』 통권 22호, 고려대 아세아문제연구소, 1966. 6.

김윤식, 「無에서 전개되는 변증법」, 『시와시학』 1996년 가을호.

______, 「소월에게 있어서의 정한의 거리」, 『현대문학』, 1959. 6.

______, 「소월을 죽게 한 병-오감도를 엿본 사람」, 『작가세계』 2004년 봄호.

김은석, 「백석 시의 무속성과 식민지 무속론」, 『국어문학』 제48호, 국어문학회, 2010. 2.

김장호, 「초혼과 Chant d' amour의 提材 비교」, 『논문집』 제17집, 동국대, 1978.

김정수, 「백석 시의 전통적 성격과 그 의미」, 『한국현대문학연구』 제27호, 한국현대문학회, 2009. 4.

김종호, 「說話의 주술성과 현대시의 수용양상」, 『한민족어문학』 제46집, 한민족어문학회, 2005. 6.

김준오, 「자아와 시간의식에 관한 시고」, 『한국어문학』 통권 제33호, 한국어문학회, 1975. 10.

김지선, 「소월과 백석 시에 나타난 지방주의」, 건국대 교육대학원 석사학위논문, 2005.

김지혜, 「김소월 「시혼」의 이기본석 연구」, 경북대 대학원 석사학위논문, 2011.

김태곤, 「황천무가의 사상성고」, 『민족문화연구』 2집, 고려대 민족문화연구소, 1966. 12.

김학동, 「궁핍의 모티브와 일상적 경험-소월의 후기시를 중심으로」, 『최정석 사백정념 퇴임기념논문집』, 1990.

김혜숙, 「김소월 초혼의 시 의식 세계를 통한 무용이미지 연구」, 세종대 공연예술대
　　　학원 석사학위논문, 2002.

남기혁, 「김소월 시에 나타난 근대풍경과 시선의 문제」, 『어문론총』 제49호, 한국문
　　　학언어학회, 2008. 12.

류순태, 「백석 시에 나타난 '고향의식'의 아이러니 연구」, 『한중인문학연구』 제12집,
　　　한중인문학연구회, 2004. 6.

마미기, 「근대시에 나타난 국어의식의 표출양상연구」, 건국대 대학원 석사학위논문,
　　　2010.

박경수, 「한국 근대 민요시 연구」, 부산대 대학원 박사학위논문, 1989.

박미서, 「백석 시 연구」, 동국대 교육대학원 석사학위논문, 1998.

박승희, 「1920년대 民謠의 再發見과 전통의 審美化 : 김억의 민요시론을 중심으로」,
　　　『어문연구』 제133호, 어문연구회, 2007. 3.

박윤우, 「백석 시에 있어서 고향의식과 근대성의 관계양상 연구」, 『국제어문』 제20
　　　집, 국제어문학회, 1999. 7.

박종화, 「문단 1년을 추억해야」, 『개벽』, 1923. 1.

박주택, 「백석 시 연구」, 경희대 대학원 박사학위논문, 1999.

박태일, 「한국 근대시의 공간현상학적 연구」, 부산대 대학원 박사학위논문, 1991.

백지혜, 「백석 시에 나타난 마을 형상화의 의미」, 『한국근대문학연구』 제4권 1호, 한
　　　국근대문학회, 2003. 4.

서정주, 「김소월의 시에 나타난 사랑의 의미」, 『예술논문집』 제2호, 대한민국예술원,
　　　1963.

＿＿＿, 「소월에 있어서의 정한의 거리」, 『현대문학』, 1959. 6.

＿＿＿, 「조선에 있어서의 상징, 소월 시의 초혼을 중심으로」, 『신천지』 2권 1호, 1947.

소래섭, 「백석 시와 음식의 아우라」, 『한국근대문학연구』 제16호, 한국근대문학회,
　　　2007. 10.

＿＿＿, 「백석 시에 나타난 음식의 의미연구」, 서울대 대학원 박사학위논문, 2008.

송효섭, 「진달래꽃의 기호학과 한의 소재학」, 『문학과 비평』 1987년 봄호.

신범순, 「샤머니즘의 근대적 계승과 시학적 양상」, 『시안』 2002년 겨울호.

＿＿＿, 「현대시에서 전통적 정신의 존재형식과 그 의미―김소월과 백석을 중심으로」,

『국어교육』제96호, 한국국어교육연구회, 1998. 2.

신철규, 「백석 시의 비유적 표현과 환유적 상상력」, 『어문논집』제63집, 민족어문학
　　　회, 2011. 4.

심선옥, 「김소월 시의 근대적 성격 연구」, 성균관대 대학원 박사학위논문, 2000.

심재휘, 「1930년대 후반기 시 연구」, 고려대 대학원 박사학위논문, 1997.

＿＿＿, 「한국 현대시의 전통서정 연구」, 『어문논집』제37집, 안암어문학회, 1998. 2.

안난숙, 「백석 시의 사물어 이미지 연구」, 『한국말글학』제23집, 한글말글학회,
　　　2006. 12.

오세미, 「한국현대시의 무속신앙 수용양상 연구」, 건국대 교육대학원 석사학위논문,
　　　2007.

오장환, 「백석론」, 『풍림』통권 5호, 1937. 4.

＿＿＿, 「조선시에 있어서의 상징」, 『신천지』2권 1호, 1947. 1.

오정국, 「한국 현대시의 설화 수용 양상 연구」, 중앙대 대학원 박사학위논문, 2002.

오태환, 「혼과의 소통, 또는 무속적 요소의 문학적 층위」, 『국제어문』제42집, 국제
　　　어문학회, 2008. 4.

유미애, 「김소월 연구―자연과 현실인식을 중심으로」, 명지대 교육대학원 석사학위
　　　논문, 1999.

유성호, 「백석 시의 세 가지 경향」, 『한국근대문학연구』제17호, 근대문학회, 2008.

유종호, 「임과 집과 길」, 『세계의 문학』1977년 봄호.

윤여선, 「백석 시에 나타난 샤머니즘 고찰」, 『문예시학』, 한국문예시학회, 2010.

이경수, 「맺힘과 풀림의 미학」, 『동국어문학』, 동국어문학회, 1991.

＿＿＿, 「백석의 기행시편에 나타난 장소의 심상지리」, 『민족문화연구』제53호, 고려
　　　대 민족문화연구원, 2010. 12.

이광수, 「우리 문예의 방향」, 『조선문단』, 1925. 11.

이기문, 「소월 시의 언어에 대하여」, 『심상』통권 112호, 1994.

이명찬, 「1930년대 후반 한국시의 고향의식 연구」, 서울대 대학원 박사학위논문,
　　　1999.

이몽희, 「한국근대시의 무속적 구조 연구」, 동아대 대학원 박사학위논문, 1988.

이문재, 「김소월·백석 시의 시간과 공간의식 연구」, 경희대 대학원 박사학위논문,

2008.

______, 「T. S. 엘리엇 시학의 베르그송 다시 읽기」, 『영어영문학』 제50권 1호, 한국영
　　　어영문학회, 2004. 3.

이소연, 「백석·윤동주 시의 동심지향성 연구」, 경희대 대학원 박사학위논문, 2011.

이숭원, 「백석 시에 나타난 자아와 대상의 관계」, 『한국시학연구』 제19호, 한국시학회,
　　　2007. 8.

______, 「소월 시에서의 자연과 인간」, 『관악어문연구』 제9호, 서울대 국어국문학과,
　　　1984.

______, 「시혼의 절대성과 평가의 상대성」, 『현대시학』, 2011. 3.

이영춘, 「김소월 시에 반영된 무속성 연구」, 경희대 교육대학원 석사학위논문, 1988.

이인경, 「백석 시 연구」, 인하대 교육대학원 석사학위논문, 2004.

이자욱, 「김소월 시에 나타난 자연 이미지 연구」, 연세대 교육대학원 석사학위논문,
　　　2002.

임문혁, 「한국 현대시의 전통연구」, 한국교원대 대학원 박사학위논문, 1993.

임수만, 「백석 시에 나타난 공동체 윤리」, 『개신어문연구』 제30집, 개신어문연구회,
　　　2009. 12.

임재서, 「백석 시의 풍물 묘사에 나타난 민속성과 전통의 의미」, 한중인문학회·부
　　　산외대 비교문화연구소 공동 국제학술대회, 2004.

임재욱, 「백석 시에 수용된 한국 고전시가의 전통」, 『고전문학연구』 39집, 한국고전
　　　문학회, 2011. 6.

장철환, 「김소월 시의 리듬 연구」, 연세대 대학원 박사학위논문, 2010.

정유화, 「음식기호의 매개적 기능과 의미작용」, 『어문연구』 제35권 2호, 한국어문교
　　　육연구회, 2007. 6.

정효구, 「백석 시의 정신과 방법」, 『한국학보』 57, 일지사, 1989.

______, 「진솔한 삶의 공간」, 『현대시』, 1990. 5.

천이두, 「한국적 한의 다층성과 다면성」, 『현대문학』, 1992. 3.

최운식, 「고전문학 연구의 성과와 의의」, 『한국의 민속과 문화』 제11집, 경희대 민속
　　　학연구소, 2006.

최원식, 「한국 근대문학의 근대성을 재고한다」, 『창작과 비평』, 1994.

최정례, 「백석 시 연구―근원에 대한 질문으로서의 근대성」, 고려대 대학원 석사학위 논문, 2001.

_____, 「백석 시의 근대성 연구」, 고려대 대학원 박사학위논문, 2005.

최정숙, 「한국 현대시의 민속 수용양상 연구」, 경희대 대학원 박사학위논문, 2003.

한계전, 「1930년대 시에 나타난 고향 이미지에 관한 연구―백석, 오장환, 이용악을 중심으로」, 『한국문화』 16호, 서울대 한국문화연구소, 1995. 12.

4. 국외논저

Adorno, Theodor W · Horkheimer, Max, 김유동 역, 『계몽의 변증법』, 문학과지성사, 2001.

Aristotle, 김재홍 역, 『시학』, 고려대 출판부, 1998.

Attali, J., 정혜원 역, 『21세기 사전』, 중앙M&B, 1999.

Bergson, H., 박종원 역, 『물질과 기억』, 아카넷, 2005.

Bachelard, Gaston, 이가림 역, 『순간의 미학』, 영언문화사, 2002.

Beuve, P. Sainte, 심우성 역, 『민속학개론』, 대광문화사, 1985.

Calinescu, M., 이영욱 · 백한울 · 오무석 공역, 『모더니티의 다섯 얼굴』, 시각과 언어, 1994.

Cassirer, Ernst, 최명관 역, 『국가의 신화』, 현대사상사, 1979.

Deleuze, Gilles, 이정우 역, 『의미의 논리』, 한길사, 1999.

Eliade, Mircea, 이동하 역, 『성과 속』, 학민사, 1983.

Eliot, T. S., *On Poetry and Poets*, The Moonday Press, 1976.

Feuerbach, Ludwig. A., 강대석 역, 『종교의 본질에 대하여』, 한길사, 2006.

Foucault, Michel, 김부용 역, 『광기의 역사』, 인간사랑, 1999.

Frazer, James. G., 장병일 역, 『황금가지』, 삼성출판사, 1993.

_____________, *The Golden Bough*, Macmillan Publishing Co., 1951.

Frye, Northrop, 김상일 역, 『신화문학론』, 을유문화사, 1971.

_____________, 임철규 역, 『비평의 해부』, 한길사, 1982.

Jung, C. G., 김성관 역, 『융 심리학과 동양종교』, 일조각, 1995.

_________, 설영환 역, 『C. G. 융 무의식 분석』, 선영사, 1986.

__________, *Man and His Symbol*, Del phblishing, 1964.

Jackson, R., 서강대 여성문학연구회 역, 『환상성』, 문학동네, 2001.

Kuhns, Richard, *Literature and Philosophy*, Routledge & kegan, 1971.

Loger, L. Jamelli & Dawnhee, Y. Jamelli, *Ancestor and Korean Society*, Stanford University, 1982.

Malinowski, Bronislaw. K., 서영대 역, 『원시신화론』, 민속원, 2001.

Rene Wellek · Austin Warren, 이경수 역, 『문학의 이론』, 문예출판사, 1987.

Steiner, G., 임규정 역, 『하이데거』, 지성의 샘, 1996.

Toynbee. A. J., 정성호 역, 『역사의 연구』 1, 오늘, 1993.

5. 신문자료

『조선일보』, 1925. 12. 11~12. 12; 1929. 11. 12; 1936. 1. 29.

『불교신문』, 2011. 6. 9.

ㄱ